슬픈 단군의 신화

이 천 도

〈슬픈 단군의 신화〉는

도서출판 미래성 대표 이미례 님에 의해 기획되었다.

슬픈 단군의 신화

장편 서사시

어느 날, 한 목소리가 물었다.
"지금 이 세계가 어떻게 생겨났습니까?"

그러자 또 하나의 목소리가 답했다.
"그가 성냥불을 켜자 온 세계가 피어났다!"

홍익인간 정신이란 무엇인가?
널리 인간을 이롭게 하는 것!

이는 예수에게로 가 '사랑'이 되었다!
이는 석가에게로 가 '자비'가 되었다!

결국 홍익인간의 정신이란
'선하게 사는 것'을 이른다.

북두칠성은 단군의 별이다.

대웅성좌(큰곰자리Ursa Major)는
단군의 어머니인 '웅녀'를 가리킨다.

큰곰자리의 북두칠성(the Big Dipper)은
그녀의 아들인 '단군'을 상징한다.

그리하여 북두칠성의 숫자 '7'은
단군을 지목하는 비밀의 기호가 된다.

슬픈 단군의 신화

서곡

1

(불시에 어머니를 여의고)
한동안 나는 슬프고 우울한 시간을 보냈다.
긴 세월 무능하고 무기력한 무명작가의 삶을
이어오면서 끝내 불초하여 부모님의 기대에
보답지 못하고 자식 된 도리를 다하지 못했다.

나는 늘 주변인의 눈칫밥을 먹는 유해무익한
천덕꾸러기였다. 날마다 누군가의 동정을
구걸하고 혼자 애면글면 끌탕하면서 속앓이를
해 온 근천스러운 기생자였다.

그러던 어느 날, 잠 못 드는 새벽이었다.
불현듯 어떤 이름 하나가 머리에 떠올랐다.

그날 아침 나는 무작정 버스에 올랐다.
그리고 몇 시간 뒤 나는 마침내 그곳,
'마이산 탑사'에 당도했다.
얼추 정오를 조금 넘긴 시각이었다.

어릴 적 나는 종종 어머니 손순복
(孫順福. 1940년 5월 ~ 2023년 9월)
여사로부터 이곳 탑사와 이갑룡 처사에 관한
신비스러운 이야기를 전해 듣곤 했다.

본디 진안에서 나고 자란 어머니는
(풍혈 냉천 인근, 좌포리 양화 마을)

소녀 시절 신심 깊은 외조모를 따라
수도 없이 이곳 탑사를 오르내렸다.

살아생전 어머니는 첫새벽에 일어나
조왕중발 그득히 정화수를 갈아 올리고
두 손 모아 신실히 비손하면서…
'사시사철 무시로' 탑사를 찾아
일심진력 지신심으로 불공을 드렸다.

2

어머니는 이따금 어떤 예언서(신서)에
관한 비밀을 들려주었다.

그것은 마이산 석탑을 쌓은 이갑룡 처사가
남기고 간 해독 불가한 의문의 예언서였다.

'훗날 영적 깨달음에 이른 누군가가
이 신서의 의미를 해석하게 되리라'는
또 다른 예언과 함께였다.

얼마 후 나는 이 처사의 좌상을 응시한 채
물끄러미 생각에 잠겼다. 문득 어디선가
고요를 스치는 산새 울음이 들려왔다.

그리고 얼마쯤이나 지났을까.

방금 막 이 처사의 좌상에서 눈을 떼고
뒤돌아서는 찰나였다.

그때 등 뒤에서 환청이 들려왔다.
곧이어 나의 귓속으로 넌지시 어떤 목소리가
흘러들어 왔다.

누구였을까. 어머니의 음성이었을까.
이 처사의 음성이었을까. 아니면 탑사 자신
혹은 한 서린 넋, 혹은 피 맺힌 혼,
혹은 신령스러운 마이산 그 자체의 정령,
산신의 음성이었을까.

아니면 이 모두를 품어 안은 이 땅의
민족혼, 애국혼, 그 슬픈 운명의 역사적,
신화적 울림이었을까.

3

그날 나는 탑사를 시작으로···
은수사(탑사와 더불어 모친의 공덕을 오롯이
간직한 또 하나의 성소, 평생의 기도터다)와
화엄굴, 금당사, 고금당(나옹굴), 이산묘(회덕전,
영모사, 영광사)와 주필대, 호남의병창의동맹비,
오현사 등을 돌아본 뒤 저녁 늦게 돌아오는
버스에 몸을 실었다.

거기 진안(鎭安: 편안히 가라앉힌다)이란 고을명
때문이었을까. 아니면 영검스러운 마이산의
신이한 치유력 덕분이었을까.

그날 이후 나는 절로 마음의 고요를 되찾았다.
뭐랄까. 얼른 설명하지 못할 기묘한 위안감이
나의 심혼을 어루만졌다.

그렇게 시간은 또 흘러갔다.

마침내 달포쯤인가 지났을 때, 나는 이 책
〈슬픈 단군의 신화〉를 써 내려 가기 시작했다.

그 순간 나의 귓가에는 또다시 그날의 음성,
'신비의 그 숨결'이 되울리고 있었다.

마이산馬耳山은 웅이산熊耳山이다.
말의 귀는 곰의 귀이다.
마이산은 말이면서 또한 곰이다.
곰은 단군의 어머니인 웅녀이다.
웅녀는 말이 되어 그녀의 아들이자
한민족의 시조인 단군을 등에 태운다.
......

* 진안 고을 스케치 *

- 은수사   조선을 건국한 태조 이성계와 몽금척 설화, 그리고 수령 600년이 넘은 청실배나무의 전설을 간직하고 있다.

- 이산묘   국조 단군, 조선 태조 이성계, 세종대왕, 고종 황제 등 네 분의 임금(회덕전)을 비롯하여 조선의 명현 41위(영모사)와 1905년 을사늑약 이후 순국한 충신열사 34위(영광사)의 위패가 배향돼 있다.

- 오현사   임진란 때 의병을 일으켜 왜적에 항거한 우국지사 다섯 분을 기리고 있다.

- 마이산   말의 귀를 닮은 두 개의 봉우리가 있는 타포니 지형(암석 표면에 벌집 모양의 움푹 팬 구멍, 즉 크고 작은 풍화혈이 형성돼 있다)의 산으로 그 이름과 관련하여 조선 태조 이성계와 그의 다섯 번째 아들이자 제3대 왕인 태종 이방원에 얽힌 설화를 지니고 있다.

- 탑사   이갑룡 처사와 돌탑, 예언서, 기행이적, 신통묘술에 관한 다양한 얘기가 구전되고 있다.

- 천반산/죽도   조선 선조 때 기축옥사로 죽은 정여립의 한과 원과 눈물이 서린 곳.

슬픈 단군의 신화

상 권

상처 입은 신화

유의미한 것은
말하자면 무의미한 것이기도 하다!

무의미한 것은
말하자면 유의미한 것이기도 하다!

마이산馬耳山은 웅이산熊耳山이다.

1곡

– 자부선인이 단군에게 물었다

"……세상에선 지금 예수가 하느님의 아들이자
메시아라고들 말한답니다."

그 음성은 어쩜 태고의 정적 속을 울리는
비밀의 숨결, 진리의 고동, 영혼의 맥박과도 같았다.

"아니, 하느님의 아들임과 동시에 하느님 그
자체라고도 말한답니다.
한데, 도련님. 도련님 생각은 어떠십니까?
그 말이 어떻게 들리십니까?
진실입니까, 거짓입니까?"

그 음성이 잦아들자 또 하나의 목소리가 말했다.

"조금 안타깝습니다.
어찌 보면, 간단한 문제가 아닙니까.
자, 선생. 들어보세요.

요컨대 그가 만약 하느님의 아들이라면,
또는 그가 만약 하느님 그 자신이라면, 이제 막
그가 태어났을 때, 제일 먼저 그의 배꼽을
확인해 보면 되었을 것이 아닙니까?"

"다시 말해……"
하고 그 목소리가 곧 말을 이었다.

"그가 단지 인간의 자식이라면 그의 신체에 분명
배꼽이 있었을 테고, 그가 정녕 성령으로 잉태한
신의 아들이라면… 혹은 그 자신이 정말로
하느님 그 자신이라면 그의 신체에 결코 여느
인간들이 지니고 있을 배꼽 같은 건 애초 없었을
테니 말입니다."

"게다가……" 하고 단군이 또 말을 이었다.

"또 한 가지 손쉬운 방법은… 해가 중천에 뜬
백주에 그 자신에게 과연 그림자가 생기는지,
아니 생기는지, 바로 그 간단한 사실 하나만
유심히 살펴봤어도 능히 그 의문에 대한 진위
여부를 짐작할 수 있는 일이 아니었겠습니까?"

2곡

– 단군이 자부선인에게
– 예수와 석가에 대해 말하다

조금 침묵이 이어지다가 자부선인이 또
입을 열었다.

"하면 도련님, 다른 건 모두 차치하고라도
이 하나만은 결단코 분명한 사실이겠군요.
일테면 석가모니는 분명 그의 신체에 배꼽이
있었을 테고… 그리하여 그는 신도 아닌,
그 어떤 절대적 존재나 초월적 존재도 아닌,
단지 좀 더 먼저 각성하고…
그 나름의 영적 깨달음에 이른 또 하나의
'선지자적 인간'이었다는 사실 말입니다."

(한동안 침묵이 흐른다.)

"하지만……" 하고 단군이 또 입을 열었다.

"정작 중요한 건 따로 있습니다.

요컨대 그가(예수) 설령 신이었건 인간이었건,
하느님이었건 하느님의 아들이었건, 그건 그리
대수로운 문제가 아닙니다.

그렇습니다. 정녕 소중한 건 따로 있습니다.
바로 그가 세상을 향해, 그가 인류를 향해,
그렇듯 온 마음을 다해 '사랑'을 외쳤다는 사실
말입니다."

"또한…" 하고 단군이 또 입을 열었다.

"그가(석가) 설령 신이었건 인간이었건,
초월자였건 선지자였건, 그 또한 그리 중요하지
않습니다.

그렇습니다. 정녕 고귀한 건 따로 있습니다.
바로 그가 세상을 향해, 그가 인류를 향해,
그렇듯 온 생애를 다해 '자비'를 외쳤다는 사실
말입니다."

3곡

– 자부선인이 단군에게

– 성냥불을 켤 것을 권하다

"도련님, 이제 때가 되었습니다.
바야흐로 다시 한 번 도련님께서
진리의 성냥갑을 드러낼 때가 되었습니다.

허니 어서 도온(온기를 나누는)의 성냥갑을
다시 집어 섭리의 성냥불을 켜시지요. 그리하여
우리 앞에 다시금 온 세상이 드러나게 하시고
저와 함께 한동안 인간의 세계를 관조하시지요."

거기 빛이라는 이름마저 사라진 치밀한 그
암흑의 심층 속에서 오직 자부선인의 그 온화한
음성만이 낭랑하게 귀를 울렸다.

그 뒤 얼마간의 침묵이 흐르고
그렇게 알 수 없는 시간의 흔적들이 소리 없이
어둠의 저편으로 내려 쌓였다.

그러다 한순간 탁! 하는…
단발성의 울림이 경쾌하게 침묵을 흔드는가
싶더니 이내 치르르! 하는 귀 익은 소리와
동시에 사르르 성냥불이 켜졌다.

곧 성냥불이 발산하는 불빛으로 인해
빛과 어둠이 각각 저마다의 영역으로 분리되면서
거기 은근하면서도 신비스러운 비밀의 공간이
눈앞에 드러났다.

다음 순간 은은히 타오르는 성냥불을 사이에 두고
고요히 마주하고 앉은… 그들 두 사람의 형상이
희미하게 어른거렸다.

조금 있자 그 형상은 차츰 흐릿한 윤곽을
걷어내면서 한순간 선명하게 그 실체를 드러내며
눈앞으로 성큼 다가왔다.

그 하나는 형형한 눈빛에 백옥같이 흰
두루마기를 걸친 깡마른 체수의 백발노인이었고,

또 하나는 반대로 헌칠민틋한 체구에 맑고

유순한 눈매를 지닌 삼십대 후반쯤의,
(그러니까 대략 38세가량의) 젊은 사내였다.

바로 그 젊은 사내의 이름은 '왕검'이었다.
(대개 경칭인 단군 혹은 단군왕검으로 부른다.)

그의 성은 '환桓' 씨였다.
(환은 또한 한으로도 부른다.)
다시 말해 그의 성과 이름은 곧 '환왕검' 혹은
'한왕검'이 된다.
(이는 약칭 '환검' 혹은 '한검'으로도 부른다.)

한편 그와 마주앉은 백발노인은
'자부선인紫府仙人'이라 불리는 전설상의
도인이었다(그는 상고시대 한민족의 선지자였다).

거기 흰 옥양목 두루마기 차림에 옥빛 머리띠를
두른 신선 같은 풍모의 자부 노인과 달리
젊은 단군의 복장은 퍽 수수하면서도 캐주얼한
모양새였다.

그러니까 약간 색 바랜 청바지에 조금 헐렁한

느낌의 편안한 골덴 점퍼를 걸친
다소 건조하면서도 밋밋한 차림새였다.

그의 머리숱은 검고도 풍성했고 그 길이는
길지도 짧지도 않으면서 단정하니 자연스러웠다.

그의 턱과 코 밑에는 짧고 짙은 수염이 다보록이
덮인 채였다.

조금 있자 멀리 어디선가 차락차락하며
아슴푸레하게 물결 이는 소리가 들려왔다.

뭐랄까. 그 소리는 언뜻 대숲에 이는 바람
소리인가 싶다가… 솔숲에서 들려오는 송도
(소나무가 바람에 흔들리는 소리)인가 싶다가…
이따금 바람에 불려 우수수 떨어져 내리는
나뭇잎 소리를 닮은 듯도 했다.

그렇듯 아스라이 흔들리는 물결 소리 사이로
성냥불의 기세는 어느덧 흐릿한 꿈결인 양
가물가물 잦아들고 있었다.

둘은 각자 시선을 내리깐 채 흡사 서로 다른
질감의 두 인물상인 양 물끄러미 생각에 잠겨
침묵을 지켰다.

일테면 그 한쪽(단군)은 질박한 느낌의 토제
인물상에 더 가까웠고,
그 다른 쪽(자부선인)은 좀 더 반드러운 느낌의
도자 인물상에 더 가까웠다.

거기 꺼져가는 성냥불의 잔약한 숨결 너머로
둘의 숨소리도 점차 가늘가늘 야위어 갔다.

둘은 계속 아무 말이 없었다.

흡사 박제된 물체인 양 둘은 그대로 숨죽인 채
미동도 하지 않았다.

이윽고 피지직 하는 소리와 함께 단군의 손끝에서
타들어가던 가냘픈 그 성냥불의 불꽃이 사위고
나자 주위는 다시금 치열한 그 어둠 속으로 홀연
파묻히고 말았다.

4곡

– 단군이 또 성냥불을 켜자
– '세상의 실체'가 모습을 드러내다

그 뒤로 또 얼마만큼의 시간이 지났을까.
한순간 검은 적막을 일깨우면서
부스럭부스럭하는 소리가 귀를 울렸다.

그토록 단단한 무한의 암흑 속에서 단군이
다시금 손에 든 성냥갑을 열어 그 안에서 곧
성냥개비 한 개를 꺼냈다. 이어서 탁! 하고
성냥개비가 성냥갑을 치는 소리와 함께 이내 또
치르르! 성냥불이 켜졌다.

다음 순간 단군의 손끝에서 타오른 성냥불이
스르르 그 어둠을 들추기 시작했고
그러면서 자연 불붙은 성냥개비 한 개가
들려 있는 그의 한쪽 손이 눈에 들어왔다.

곧이어… 그 성냥불이 점점 스스로의 광도를
늘려가면서 그 빛살이 은근히 주변으로

퍼져나가는가 싶더니

일순 놀란 새가 날개를 치듯 푸르륵 소리를
내며 저절로 단군의 손끝을 떨치고 날아올랐다.

그리하여 별안간 무섭게 광채를 증폭하면서
돌연 커다란 광원으로 변모해 이윽고 섬광처럼
빠르게 그 어둠을 양분하면서 그대로 단숨에
공중으로 솟구쳐 올랐다.

그것은 흡사 밤하늘을 꿰뚫고 비상하는 영원의
불새 혹은 어느 먼먼 시공의 벽을 깨고 되돌아온
존재의 빛, 정신의 넋, 불멸의 혼불처럼 보였다.

그리하여 그것은 눈 깜짝할 새 그 어둠의 끝으로
날아올랐고 마침내 더는 나아갈 수 없는 의식의
한계점에 다다른 듯 그 자리에 덜컥 안착하면서
움직임을 멈췄다.

이어 그것은 한낮의 불타는 태양으로 변신했고
바로 그 찬란한 빛살 아래 비로소 온 세계가
모습을 드러내기 시작했다.

5곡

- 역사인지 신화인지
- 영화인지 다큐인지 모를
- 연속된 장면과의 기묘한 조우

제일 먼저 시야에 드러난 것은 먼발치로 보이는
러시아 모스크바의 '크렘린 궁전'이었다.

곧이어 차례로 세계 각국의 이름난 도시와
문화적 상징물, 역사적 기념물, 광장, 공원,
경기장, 운하, 강, 다리, 성당, 교회, 모스크,
피라미드, 스핑크스, 뉴욕 자유의 여신상,
브라질 리우 거대 예수상, 콜로세움, 스톤헨지,
만리장성, 첨성대, 불상, 불탑,

그리고 하늘 높이 솟구친 지상 곳곳의 마천루와
사방팔방 어지럽게 뻗어나간 아스팔트 도로,
번화하고 빽빽하고 혼잡한 도심 길거리,
와글와글, 시끌벅적, 왁달박달,
발 디딜 틈도 없이 북적대는
온갖 시장 골목 따위가

흡사 눈부신 파노라마처럼 갈마들며
눈앞으로 휙휙 스쳐 지나갔다.

그러다 이윽고 장면이 바뀌면서 잇달아
뒤죽박죽 뒤엉킨 온갖 두서없는 영상들의 기괴한
혼돈의 변주가 시작되고 있었다.

그러니까 이런 식이었다.

이제 막 눈앞으로 고대 '트로이 전쟁' 장면이
불쑥 나타나는가 하면… 다음 순간 모세의
'출애굽기' 장면이 이어지다가…

마침내는 아담과 하와가 벌거벗은 몸으로
나란히 사과나무 아래 서 있는… 그 옛날
'에덴동산'의 풍경이 홀연 눈앞으로 떠올랐다.

잠시 후 천천히 장면이 바뀌는가 싶더니…
별안간 말을 탄 '나폴레옹 황제'가 나타나 이내
거칠게 박차를 가해 어느 광활한 들판을 홀로
질주하는가 하면… 한순간 말 머리를 홱 돌려
그대로 단숨에 이쪽을 향해 돌진하기 시작했다.

곧이어 그 남자의 형체는 돌연 '칭기즈 칸'의
모습으로 바뀌는가 싶더니 이내 또
마케도니아의 왕 '알렉산드로스'의 모습으로
변신했다. 이어 서서히 또 모습이 변형되기
시작하더니 이윽고 이번에는 그 특유의 콧수염을
기른 '아돌프 히틀러'의 형상으로 탈바꿈했다.

조금 있자 로마의 지배자 '율리우스 카이사르'와
이집트의 여왕 '클레오파트라 7세'가 어느 궁전
침실에서 단둘이 밀회하는 장면이 나타나더니…
이윽고 카이사르의 모습은 간데없고
이번에는 그의 충직스러운 수하였던 '마르쿠스
안토니우스'와 클레오파트라 7세가 터키(튀르키예)
파묵칼레 노천탕에서 단둘이 오붓하게 온천욕을
즐기는 장면이 순간 뒤를 이었다.

그러다 느닷없이 또 장면이 전환되면서 이내
로마 원로원 회의가 열리는 폼페이우스 극장
회랑이 나타나는가 싶더니…

잠시 후 '종신 독재관 카이사르'가 무기를 든
배신자들에게 쫓겨 달아나는 장면이 죽

이어지다가 이윽고 폼페이우스 동상 앞에서 결국
그들 '브루투스 일당'에게 꼼짝없이 포위된 채
연거푸 수십 차례 칼에 찔리면서 바닥에 털썩
쓰러지는 장면이 눈을 때렸다.

곧이어 여섯 척의 항공모함과(기함 아카기)
여타 전함 등으로 구성된 일본제국 해군의
연합함대가 수백 대의 함재기를 출격해
하와이 '진주만 공습'을 개시하였고…

곧이어 완파된 애리조나 호의 잔해와 함께
미국 대통령 프랭클린 루스벨트의 '치욕의 날
연설(The Day of Infamy speech)' 장면이
뒤를 이었다.

그러다 이윽고 검은 쥐떼의 폭풍,
죽음의 '페스트'가 창궐하여 마침내 거대한
시체의 바다로 변해버린 중세 유럽의 참혹한
폐허가 눈앞에 나타났다.

그러다 한순간 엄청난 폭발음과 함께 어느
비운의 도시 한복판에서 거대한 버섯구름을

피워내면서 '원자탄(Fat Man)'이 폭발하는
장면이 이어지는가 싶더니…

다음 순간 하늘 저 멀리 수백 대의 유에프오가
출현해 동시에 씽씽 허공을 가로지르면서 일제히
이쪽으로 날아오는 장면이 이어지는가 하면,

난데없이 덜컥 시야를 차단하면서 사방이 온통
까맣게 암전이 되었다가… 조금 있자 서서히
어둠의 농도가 옅어지면서 다시금 희끄무레하게
눈앞이 밝아오기 시작하더니…

이윽고 아주 먼발치서 프랑스 파리 '개선문'의
윤곽이 설핏 시야에 어른거렸다.

얼마 후 개선문의 윤곽이 부스스 해체되면서
곧바로 영국 '템스강'의 풍경이 펼쳐지는가
싶더니… 마침내 찰카닥하고 슬라이드 사진을
넘기듯 그 풍경을 밀어내면서…

이내 그 '돌진하는 황소상(Charging Bull)'과
함께 미국 월가 한복판에 있는…

'뉴욕증권거래소(NYSE) 전광판'이 번쩍하며
눈앞으로 다가왔다.

6곡

\- 우리는 현대인 그리고

\- 어느 찬란한 도시의 우울한 하루

여기는 대한민국 수도 서울. 모년, 모월, 모일.
어느 부도심, 2호선 지하철역 인근. 때는 오후,
아마도 2시 반에서 3시 10분 언저리. 이상스레
살풍경한 기운이 감도는 우중충한 날씨였다.

대략 12층 안팎으로 보이는 어느 낡은 빌딩의
정문 앞이었다. 그 형태는 뭐랄까. 그러니까
좀 기다란 장방형으로… 쉽게 말해 크고 튼튼한
성냥갑 모양의 콘크리트 건물 한 개를 그 자리에
수직으로 박아 세운 다음 그대로 견고하게
밑바닥에 고정시켜 놓은 듯한 모양새였다.

또한 그 빌딩 정면은 그대로 그 면 전체가 다
창이 없는 온벽 형태였는데,

거기에는 바로 '건곤감리(하늘 땅 물 불),
청홍백(음양 태극 백의민족), 즉 세로로 된 웅장한

태극기 문양'이 그려져 있었다.

그 빌딩 정면 오른쪽 맨 아래 벽에,
있는 듯 없는 듯 거의 드러나지 않게 회색빛
정문이 나 있었다. 또한 그 빌딩 양쪽 옆벽에는
세로로 각각 이런 이름이 새겨진 채였다.

그 오른쪽 옆벽: 환웅신시배달국
그 왼쪽 옆벽: 해모수북부여

(이하 이 빌딩명을 '해모수'로 지칭한다.)

얼추 초등학교 3학년쯤 됨직한 여자아이 하나가
등에 책가방을 멘 채 이제 막 그 빌딩 정문 앞을
스치는 중이었다.

그 책가방의 지퍼 손잡이(고리)에는
'깜찍한 양 인형' 하나가 덜렁 매달려 있었다.

그때 갑자기 한 젊은이가 다급히 그곳으로
달려오더니…

다짜고짜 어느 한 곳을 향해 힘차게 팔을
휘둘러 빠르게 돌팔매를 날렸다. 곧이어 따악!
하는 둔탁한 타격음과 함께 그 돌멩이는 저절로
쿵 소리를 내며 바닥으로 떨어져 내렸고
그사이 그 젊은이는 벌써 저쪽 어딘가로 잽싸게
줄행랑을 놓았다.

방금 그렇게 바닥으로 떨어져 내린 그 돌멩이는
일견 성인 남자의 주먹만 한 크기였는데,
조금 전 그것은 그 젊은이의 손에서 힘껏
팔매질을 당해 그대로 그 해모수 빌딩 정문 앞에
세워진 어느 청동상의 안면을 향해 정통으로
날아들었다.

바로 거기, 지금 그 돌팔매의 목표물이 된
그 청동상은 다름 아닌
단단한 화강석 받침대(대좌) 위에 육중하게
올라앉은 단군왕검의 형상이었다.

그 받침대 상부에는 바로 그 단군상을 보호하는
낮은 난간(보란)을 둘렀다. 난간은 받침대와
똑같은 화강석 재질이었고 높이는 대략 한 뼘

남짓했다. 단지 뒤쪽 한 면만이 유독 막힌 벽
형태였고 다른 삼면은 다 같이 넓게 터진 채였다.

그 받침대 정면에는 본디 '국조 단군상'이란
글자가 음각돼 있었는데, 지금은 거의 알아볼 수
없을 만큼 마멸된 상태였다.

즉 앞서 그 젊은이가 투척한 돌멩이는 그렇게
단군상의 얼굴을 향해, 거기 보좌에 정좌한 채
엷은 미소를 띤 그 형상을 향해…

단호하고 거침없이 날아가 이윽고 뭉툭한
충돌음과 동시에 이마 가장자리에 크고 선명한
상처를 새기면서 이내 그 사명을 다하고 당당히
바닥으로 떨어져 내렸다.

한데 기이한 것은, 지금 그곳을 스쳐가는
그 누구도 그 청동상이 직면한 그 같은 불행과
수난을 인지하지 못한 채(또는 외면한 채)
그저 아무 일도 없는 듯이 발걸음을 재촉할 뿐,
단 한 번도 그쪽으로는 눈을 주지 않는다는
사실이었다.

그런데! 바로 거기 단 한 사람!
그렇듯 무심히 지나치는 드바쁜 발길 아래서
아까 그 책가방을 등에 멘 소녀만이 홀로
그 자리에 우뚝 멈춰 선 채
흡사 놀란 꼬마 인형처럼 휘둥그레진 눈망울로
그 청동상의 얼굴을 뻥히 올려다볼 뿐이었다.

그런 그 소녀의 눈가에선 어느새 닭똥 같은
눈물이 뚝뚝 떨어지고 있었다.

'얼마나 아플까!'
'나쁜 어른들!'
'왜 이런 못된 짓을 할까?'
'저 동상 할아버지가 무슨 잘못을 했다고……'

소녀는 좀처럼 발걸음이 떨어지지 않는지
그저 그대로 망연히 울먹이며
한참을 덩그러니 서 있을 뿐이었다.

그러다 한순간 소녀의 목에 걸린 휴대전화가
울렸다. 곧 소녀가 울음을 그치고 가슴에서
휴대전화를 집어 한쪽 귀로 가져갔다.

전화기 저편에서 막 엄마의 목소리가 울렸다.

아마도 지금 어디인지 묻고 나서
(아이가 미처 답하기도 전에)

이제 곧 학원 갈 시간이니 어따 한눈팔거나
해찰하지 말고 얼른 서둘러 귀가하라는 내용인
것 같았다. 그러면서 엄마는, 이따 저녁에 나랑
같이 교회에 갈 거니까 오늘 학원 마치자마자
딴짓하지 말고 곧장 귀가하란 내용을 덧붙이고는
먼저 뚝 전화를 끊었다.

하지만 소녀는 전화기를 귀에 댄 채 상처 난 그
청동상을 내내 바라보느라…

방금 엄마의 목소리는 단지 웅얼거리는 소음인
양 덧없이 귓가를 울려댈 뿐, 실상 그 내용은
한 마디도 귀에 닿지 않았다.

이윽고 소녀가 전화기에서 손을 떼고는 눈앞의
그 청동상을 향해 가만가만 다가갔다.

잠시 후 소녀는 그 청동상의 받침대 앞에 멈춰
서서 거기 상처 난 그 얼굴을 빤히 쳐다보더니…
곧이어 등에 멘 책가방을 벗어 들고는 그 자리에
살며시 주저앉았다.

이어 소녀는 책가방의 지퍼를 열고 그 안에서 곧
귀여운 인형 캐릭터가 그려진 어린이용 밴드
한 개를 꺼냈다. 그러고서 소녀는 그 작은 밴드를
손에 쥔 채 바닥에서 천천히 몸을 일으켰다.

그러고는… 있는 대로 한껏 까치발을 들고 서서
한쪽 팔을 길게 뻗어 손에 쥔 그 일회용 밴드를
머리 위의 그 청동상에게 건넸다.

7곡

– 어느 외딴 초가집, 강가 그리고
– 나루터에서 단군을 기다리는 자부선인

(늦봄 혹은 초가을의 어느 날이었다.)

이제 막 초가지붕 위에서 참새 한 마리가
호로록 날아올라 잇달아 직직 물똥을 갈기면서
앞마당으로 사뿐 내려앉았다.

녀석은 곧 땅바닥을 총총대면서 즐겁게 콧노래를
부르듯 혼자 쉴 새 없이 지저귀었다.

야트막한 싸리울 밑 마당귀에는 작고 소박한
장독대가 보였다. 낮고 평평하게 흙을 쌓고 제법
큼지막한 돌덩이로 가를 두른…
언뜻 투박하면서도 소담스러운 공간이었다.

거기에는 크고 작은 장독 예닐곱 개가
띠앗 좋은 형제처럼 올망졸망 모여앉아 있었다.
바로 그 한가운데 놓인 장독 뚜껑 위에는

자란자란 정화수를 담은 사발 하나가 동그마니
올라앉아 있었다.

그 모습은 언뜻 하얗게 옷을 여민 어느
심덕 고운 여인의 결곡한 그 자태를 닮았다.

(자고로 '장이 단 집에 복이 많다'는 속담이 있듯
예전에는 집집마다 장독간에 서서 '장맛을 좋게
해 달라'는 축원을 드리곤 했다. 그렇게 올리는
장독굿을 일러 '뒤안굿 혹은 청룡굿'이라 불렀다.)

자부선인은 막 초가집 사립문을 열고 울 밖으로
걸어 나왔다.

작고 정결한 외양의 초가 뒤로는 다붓다붓
어깨를 겯듯 낮고 완만한 능선들이 겹겹으로
둘러앉아 크고 넉넉한 품으로 발밑의 집터를
포근히 감싸 안고 있었다.

그 능선 너머 저 멀리 구름 위로 우뚝 솟은
두 개의 봉우리가 얼핏 눈에 들어왔다.

그 모습은 얼른 보아 눈에 익은 동물들의
귀 모양을 하고 있었다. 그러니까 어찌 보면
'말의 귀馬耳'를 닮은 듯했고, 어찌 보면 또
'곰의 귀熊耳'를 닮은 듯도 했다.

사립문 밖 저만치 좌우 양쪽에는 각각 오래된
솟대와 장승이 하나씩 서 있었다.
이쪽 사립문에서 좌우 양편으로 대략 스물한
발짝씩 떨어진 지점이었다.

먼저 솟대는 사립문 왼편에 서 있었는데,
긴 장대 끝에 세 마리의 물오리가 서로 다른
방향으로 머리를 두른 채 안연히 올라앉은
형상이었다. 또한 사립문 오른편에 서 있는
장승은 목장승으로 그 형상은 남자도 여자도
아닌 일종의 중성적인 탈 모양의 얼굴로 언뜻
은근스레 웃음 짓은 인상이었다.

(예로부터 장승은 그 마을의 '수호신'이자
부락민의 보호자이며 동시에 향촌 사회의 근저를
흐르는 민속적인 금기의 대상이었다. 예컨대
'횡부가/가루지기타령'에서 남주인공 변강쇠는

도끼로 장승을 패어 땔감으로 썼다가 동티가
나서 비참하게 죽는다. 예서 동티는 '동토'에서
온 말로, '지신의 노염을 샀다'는 뜻이다.
마을제는 대개 부락 공동체의 안녕을 비는
동신제나 도당굿 외에 별도의 장승굿을 따로
드리곤 했다.)

먼발치 정면으로… 그러니까 얼추 백여 미터
떨어진 앞쪽에서 강가 나루터가 아렴풋이 눈에
들어왔다. 노인은 잠시 사립문 앞에 멈춰 서서
그곳 나루터 쪽을 바라보았다.

노인의 풍성한 백발은 두 어깨를 타고 넘어
은빛 폭포처럼 늑골 아래로 흘러내렸고
흰 수염은 앙가슴을 타고 내려가 위엄스럽게
복부 한가운데로 드리워져 있었다. 이윽고
노인은 다시 발을 떼어 느릿느릿 그쪽 강가로
향해가기 시작했다.

그리고 너덧 걸음쯤 나아갔을까. 강 아래 저만치
물굽이 근처 키다리 대나무가 삼렬한 대숲 속에서
일순 푸드덕하며 꿩 한 마리가 날아올랐다.

하늘에는 뭉실뭉실 양떼구름이 떠가고
실바람은 산들산들 두루마기 자락을 간질였다.

강 위쪽 솟대 너머 저만치에는 성깃성깃 소나무가
뻗어 오른 수구막이 솔숲이 자리하고 있었다.

얼마 뒤에 노인은 강가 나루터에 닿았다.

이쪽 강가에 멈춰 서서 노인은 잠잠히
강 건너편을 응시한 채 생각에 잠겼다.
멀리 맞바라보이는 건너편 강안 나루터에서
물 위에 뜬 한 장의 갈잎인 양 덩그러니 배말뚝에
매어 있는 작은 나룻배 한 척이 노인의 시야에
어른거렸다.

이제 한창 석양빛이 물드는 고즈넉한 강변의
오후였다. 맑고 깨끗한 물살이 한가로이 흐르고
검은 물잠자리 한 마리가 앉을락 말락 고민하면서
팔랑팔랑 날개를 떨며 수면 위를 빙빙 맴돌았다.

바로 그 건너편 강나루 부근에는 키 큰
'박달나무' 한 그루가 우뚝 서 있었고(이 나무는

또한 신단수, 신목, 당나무, 당산나무, 우주목
등으로도 부른다),

그 나뭇가지에는 알록달록 빛나는 오색 천들이
치렁치렁 매달린 채 간들간들 불어오는 강바람에
불려 가붓가붓 나부끼고 있었다.

그 박달나무 한옆에는 어른 키를 훌쩍 넘을 듯한
원뿔형 돌무더기 하나가 얼핏 투박하면서도
묵중하게 쌓아올려져 있었다.

(이 같은 돌무더기는 흔히
돌탑·조탑·돌무지·적석단·누석단 등으로도 불린다.
그 곁에는 으레 조그만 집 하나가 딸려 있는데,
이는 곧 서낭신을 모시는 당집이라 하여
서낭당이란 이름으로 부른다. 예서 서낭신은 곧
'산신/산왕신'을 뜻하는데, 이는 다름 아닌
한민족의 시조인 단군왕검을 가리킨다.
한데 이곳에는 그 돌무더기 하나만 쌓여 있을 뿐
웬일인지 당집은 보이지 않았다.)

그 한 그루의 키 큰 박달나무 뒤편으론

끝 간 데를 모를 만목황량한 들판이 펼쳐져
있었다. 그 공간은 실로 허옇게 시들마른 빛바랜
풀들의 거대한 무덤, 죽음의 평원, 삭막하고
건조로운 잿빛 폐허의 바다였다.

그러면서도 그 공간은 언뜻 희읍스레하게 잔설이
흩뿌려진 태고의 설원… 아득한 영원의 숨결이
내려앉은 인적미답의 회색빛 영지처럼 보였다.

거기… 광막한 그 황야의 끝… 그 신비롭게
일렁이는 무한의 지평선 너머에는 이른바
'호모 사피엔스 사피엔스'라 불리는 현생 인류의
찬란한 도시가, 바로 그 거대한 탐욕과 욕망과
잡답의 세계가 자리하고 있을 터였다.

'그나저나…… 이번엔 무슨 변고가 없어야 할
텐데! 매번 나가셨다 번번이 봉변만 당하고
돌아오시지 않았던가! 도련님도 참, 뭐하려고
굳이 강 건너 그 세계로 나가 그런 놀림과
수모를 당하고 돌아온단 말인가. 그것참,
그 풍진세계가 무에 그리 못 미더워
노상 저리 심뇌하며 애달복달하실꼬.

그 아무리 오매불망 힘을 쏟고 애탄가탄 마음을
써도 그게 다 아무 보람이 없는 괜한 수고로움일
뿐인 것을…

하기야 뉘라서 그 어기찬 고집을 꺾을 수 있으랴.
이거야, 원. 아무리 말려도 숫제 막무가내시니.
당최 어찌해 볼 도리가 있어야 말이지……'

그랬다. 단군 도련님은 아침 일찍 집을 나서
강 건너 그 지평선 너머 현대인의 도시로 바람을
쐬러 나갔다. 한데 이미 돌아와야 할 시간이 훌쩍
지났는데 여직 돌아오지 않아 노인은 슬슬
불안감이 피어오르며 내심 걱정에 사로잡혔다.

노인은 그렇게 마음속 생각을 이어갔다.

'아무리 그네들의 일상을 바라보고 그네들의
하루를 지켜보는 게 흐뭇해서 그런다고 하지만,
어디 그게 될 법한 소리인가. 이미 그네들은
누구 하나 애써 도련님을 회상하고 기억하지
않는데. 허기사 인정하기 싫으시겠지.
이미 당신이 까맣게 잊힌 망각의 존재라는 걸

선뜻 수긍하기 싫으시겠지. 그래. 어찌 보면
한스러우시겠지. 필시 그 소외감과 서운함이 적지
않으실 게야. 이렇게 엄연히 살아 있거늘…
이처럼 분명한 실재로서 살아 숨 쉬거늘…
그럼에도 늘 신화니 설화니 전설이니 미신이니
하면서… 그저 없는 사람, 지어낸 인물,
허울뿐인 환영, 단지 상상 속에서만 존재하는
허황한 이름쯤으로 치부당하고 있으니……'

그렇게 지그시 입술을 감쳐문 채 노인은 계속
내면의 독백을 이어나갔다.

'언제였던가. 하루는 또 도련님이 그러셨지.
모든 건 관심의 유무에 따라 달라진다고.

관심을 잃으면… 존재하는 것은 또한
존재하지 않는 것과 같다고.
관심을 얻으면… 존재하지 않는 것은 또한
존재하는 것과 같다고.

관심을 잃으면… 유의미한 것은 또한
무의미한 것과 같다고.

관심을 얻으면… 무의미한 것은 또한
유의미한 것과 같다고.

그리고 또 말하셨지.
역사란 단지 신화의 반대쪽 얼굴이라고.
신화란 단지 역사의 반대쪽 얼굴이라고.

신화란 곧 사실성은 좀 덜하면서도
신비성은 더 풍요롭고, 역사란 곧 사실성은
좀 더하면서도 신비성은 더 떨어진다고.

그리하여 인류는 그들의 역사 속에 은밀히
신화적 요소를 가미하고, 그들의 신화 속에
교묘히 역사적 요소를 가미한다고.

그리하여 인류는…
저마다의 현재를 위해 과거를 윤색하고,
저마다의 미래를 위해 역사를 채색하고, 나아가
저마다의 종족적 자부와 인종적 우위를 점유하기
위해 그렇듯 신비로운 전설과 성스러운 이적,
불가사의한 민족적 서사를 창조한다고……'

8곡

– 단군과 나룻배와 아리랑

– 그리고 또 한 번의 상처 입은 신화

그렇게 얼마쯤이나 지났을까.
마침내 강 건너 나루터에 한 남자의 형체가
모습을 드러냈다. 그 남자는 우뚝 멈춰 서서
말없이 이쪽 나루터를 바라다보았다.

잠시 강의 양안에서 서로를 응시한 채 둘은
무언의 눈빛으로 그들의 심중을 주고받았다.

단군은 막 배말뚝에서 계선줄을 풀고 나룻배에
훌쩍 올라탔다. 곧 그는 상앗대를 집어 들고
얕은 물바닥을 밀어 둥실둥실 나룻배를 띄웠다.

이어 그는 상앗대를 내려놓고 대신 잠박잠박
노를 저어 저쪽 강녘으로 뱃머리를 돌렸다.

먼발치서 다가오는 나룻배를 응시한 채 노인은
다시 생각에 잠겼다. 그러다 문득 생각을 멈추고

그쪽 나룻배를 향해 새삼 반가이 손을 흔들었다.
단군은 삐걱삐걱 노질을 이어가면서 대답 대신
두어 번 고개를 끄덕거렸다.

단군의 이마 가장자리에는 작은 일회용 밴드
하나가 비스듬히 달라붙어 있었는데, 그 주위로
벌겋게 핏물이 흐르다가 얇은 딱지처럼 바싹
말라붙어 있었다.

이윽고 단군은 절로 입술을 떼고 나직나직
노래를 부르기 시작했다.

아리랑~ 아리랑~ 아라리요~
아리랑 고개로 넘어간다~
나를 버리고 가시는 님은~
십 리도 못 가서 발병 난다~~

단군의 노래는 곧 이렇게 이어진다.

도라지~ 도라지~ 백도라지~
심심 산천에 백도라지~
한두 뿌리만 캐어도~

대바구니 철철철 다 넘는다~~

이제 막 단군이 강기슭에 배를 대고 이쪽 뭍에
발을 디뎠다. 노인은 얼른 도련님의 신색부터
살폈다. 순간 노인은 도련님의 이마에 달라붙은
밴드와 상처를 발견하고는 대번 깊숙이 한숨을
내쉬면서 입을 꾹 다물고 안쓰러운 눈길로
도련님의 얼굴을 쳐다보았다.

순간 단군의 이마에 난 상처 자리에서 다시
핏물이 흐르기 시작했다. 단군은 좀 무안했는지
이내 열없이 웃으면서 슬쩍 고개를 비끼고는
그대로 묵묵히 배말뚝에 줄을 묶었다. 이어 그는
무심히 노인을 스쳐 먼발치로 보이는 자신의
초가집을 향해 털털 걸음을 떼어놓았다.

어슬어슬 짙어가는 석양빛 아래서
멀리 산발치에 남향한 그의 초가는 흡사 짙은
눈썹 아래 박힌 작은 반점인 양 가물가물 시야
끝에서 흔들거렸다.

노인은 얼마간 틈을 뒀다가 부러 느린 걸음으로

멀찌막이 떨어져서 단군 도련님을 뒤따랐다.

얼마가 지났다. 그사이 둘은 초가집 단칸방
아랫목에 마주앉아 있었다. 단군의 이마에는
이제 일회용 밴드 대신 흰 무명 천조각이 칭칭
둘러 감겨 있었다.

노인이 그새 약쑥을 개어 지혈용으로 상처에
바르고 그 위에 붕대처럼 무명천을 둘러 감아
질끈 동여맨 터였다.

반자 없이 서까래가 드러나 있는…
낮은 천장에는 새끼줄로 엮은 마늘과 함께
짚으로 묶은 약쑥(묵은 황쑥) 다발이 나란히
매달려 있었다.

이윽고 노인이 도련님을 바라보며 나지막한
음성으로 책망을 하기 시작했다.

단군은 슬쩍 눈길을 비낀 채로 그저 말없이
듣고만 있을 뿐 아무런 반응이 없었다.
그러면서 언뜻언뜻 미소를 비칠 뿐이었다.

뭐랄까. 어찌 보면 기분이 언짢은 게 아니라
뭔가 남모르는 내밀한 기쁨이라도 음미하는
듯한… 적이 미묘하고도 알쏭달쏭한… 의문의
표정이 아닐 수 없었다.

그랬다.
단군은 그 작은 소녀를 떠올리고 있었다.

그 소녀는 뭐랄까.

일테면 소녀는 지금껏 처음으로 그의 상처를
바라보고 인식하고 슬퍼하고 나아가 진실로 마음
아파하며 그를 위해 기꺼이 동정과 안타까움의
눈물을 보여준 거의 유일한 존재였던 것이다.

바로 그 사실 하나만으로도 단군은 더할 수 없는
기쁨과 만족감을 느꼈다.

정말이지 그로서는 더 바랄 게 없을 만큼
'지극한 감동'과 전율을 느꼈다.

요컨대 오늘만큼은 결코 헛된 외출이 아니었던

것이다. 그렇듯 지상에 여전히 자신을 위해
순백의 눈물을 흘려주는 순진무구한 동심이
남아 있는 한, 그는 결코 외롭지도 서럽지도
슬프지도 않을 터였다.

그러면서 문득 '자신을 외면하고 경시하는
그 숱한 불신의 존재들에 대한 안타까운 연민과
애착의 감정' 또한 일었다.

그런저런 생각들을 떠올리면서
단군은 아까 이마에서 떼어낸 피 묻은 그 일회용
밴드를 만작거리며 절로 흐뭇하고 달달하고
기꺼운 느낌에 사로잡혔다.

그런 단군을 바라보며 노인은 말을 멈추고 입을
꾹 다문 채로 도무지 도련님의 심중을 알다가도
모를 일이라는 듯이 이마를 살살 가로저었다.

9곡

– 교회로 간 소녀는 또 그 생각에 잠기고

그날 저녁 엄마를 따라 교회로 간 소녀는
예배시간 내내 그 생각에 사로잡혀 있었다.
그러다 한순간 저도 모르게 또르르 눈물
한 방울이 흘러내렸다.

아무래도 소녀는 아까 그 청동상이 자꾸만
맘에 걸렸던 것이다.

그러면서 후딱 약국으로 달려가
바르는 약이라도 사다 줄 걸 그랬다는 자책감이
일었다. 일테면 자기 얼굴에 생채기가 났을 때
엄마가 발라주는 마데카솔이나 후시딘 같은 걸
사다줬으면 얼마나 좋았을까, 하는 아쉬움이
소녀의 머릿속을 가득 채웠다.

그런 안쓰러운 마음을 어쩌지 못해 소녀 혼자
남몰래 애태우고 있는데, 엄마가 문득 이쪽을

돌아보더니 이내 딸의 눈가에 어룽어룽 맺힌
눈물 자국을 보고 나서는… 돌연 감동한 빛으로
이렇게 말하는 것이었다.

"아아, 세상에!"
"이런 일이 다 있다니!"

"할렐루야! 할렐루야!"
"이렇게 기쁠 수가!"

"우리 애가 하나님의 은혜에 감동해서 이리
눈물을 보이다니!"

그날 저녁, 예배를 끝마치고 귀가하는 길에
엄마는 소녀에게 내일 방과 후 백화점에 가서
예쁜 새 옷을 사주겠다는 약속을 했다.
비록 오해의 결과였지만 그 순간 엄마는 감격에
겨운 나머지 그렇듯 딸애에게 응분의 선물을
약속하지 않고는 견디지 못할 만큼 자신의 들뜬
기분을 주체할 수 없었던 것이다.

그렇게 아파트로 되돌아온 엄마는 잠자리에

들기 전 오늘 교회에서 맞닥뜨린 그 감동적인
장면을 남편에게 들려주었다. 그러자 남편은
심드렁한 표정으로 '우리 선아에게 그런 면이
있었나?' 할뿐 그다지 왈칵 반기는 기색을
보이지 않았다. 그 통에 아내는 살짝 김빠진
느낌이 들었는지, 또는 그게 얼마나 큰 기적인지
깨닫지 못하는 남편의 신앙적 둔감성이 한심해
보였는지, 더는 아무 말도 하지 않고 그대로 팩
돌아누워 눈을 감았다.

이튿날 소녀는 방과 후 약속대로 엄마와 함께
인근 백화점에 가서 맘에 쏙 드는 태깔 고운 새
원피스 한 벌을 선물로 받았다.

소녀는 대번 함박꽃 같은 웃음을 터뜨렸고
그 바람에 소녀는 그 청동상에 관한 일은
절로 까맣게 잊고 말았다. 그 청동상은 그렇게
소녀의 머릿속에서 홀연 자취를 감추고 말았다.

10곡

– 소녀는 티브이를 보다가
– 돌연 그 청동상과 조우하고

그 뒤로 사나흘쯤인가 지났다.
저녁 8시경 소녀는 아파트 거실에 홀로 앉아
티브이를 보는 중이었다.

방금 보던 만화 영화가 끝나자 곧 소녀는 동요
한 소절을 옹알옹알하면서 이리저리 리모컨으로
채널을 돌려 새로 볼 프로를 찾기 시작했다.

곰 세 마리가 한 집에 있어~
아빠곰 엄마곰 애기곰~~

그러다 잠시 후 뉴스 프로가 나오자 무심코
손을 멈췄는데, 거기 티브이 화면에서 전날 그
상처 입은 청동상이 눈에 들어왔다.

바로 그 화면 속에서 한 젊은이가 막
그 청동상으로 돌팔매를 날리는 장면에 이어

저편으로 잽싸게 달아나는 장면 그리고 난데없이
날아온 팔맷돌에 맞아 이마 가장자리에 크게
타상을 입은 청동상의 얼굴 등이 연달아 소녀의
눈동자를 찔렀다.

이어 아나운서의 입을 통해 그 젊은이에 대한
간략한 개인 신상이 흘러나왔다. 그는 현재
서울 소재 모 대학 3학년에 재학 중인
복학생으로 조부모 때부터 대대로 독실한 기독교
집안이란 설명이었다. 또한 그 젊은이는 현재
피해 건물주로부터 재물 손괴죄로 고소를 당해
불구속 입건된 상태였다.

바로 그때 외출했던 엄마 아빠가 막 현관문을
열고 집으로 들어섰다.

잠시 후 중문을 열고 거실로 들어온 엄마는 흘낏
뉴스를 곁눈질하더니 곧 쯧쯧 혀를 차면서, 저게
무슨 죄가 되느냐며 외려 경찰과 법률 그리고 그
피해 건물주를 싸잡아 적대시하며 열렬히 비난을
퍼붓기 시작했다.

이윽고 듣다 못한 아빠가 돌연 엄마의 말을
끊으면서, 이건 개개인의 종교적 의지나 신앙을
떠나 엄연히 남의 재물을 손괴한 반사회적
범죄행위라고 단호히 반대 의견을 피력했다.
그러면서 덧붙이길, 대체 각자의 종교적 신념과
우리 민족의 시조인 단군 할아버지가 무슨
상관이 있다고 저리 호들갑을 떠는지 모르겠다며
자기로선 도무지 이해가 안 간다는 투로 잇달아
툴툴거렸다.

그 바람에 대번 기분이 상했는지 엄마는 냉큼
남편을 째려보더니 곧 딸애에게로 눈을 돌렸다.
순간 딸애의 눈망울이 촉촉이 젖어 있는 것을
알아채곤 갑자기 와락 달려들면서 생야단을
떨기 시작했다.

"아가, 아가!"
"왜 울어? 왜 울어?"
"응? 왜? 왜 울어?"
"응! 응? 왜 울어?"
"뭣 때문에 우는 거야?"

"저 할아버지가 불쌍해!"

소녀가 그리 울음 섞인 소리로 티브이 속
청동상을 가리키며 말했다. 엄마는 대번 낯빛이
확 돌변하면서 이내 퍼르르 몸을 떨며 당황히
언성을 높였다.

"어머, 어머! 애 좀 봐! 애 좀 봐!
애가, 애가! 아이고! 아이고 주여!
큰일나겠네! 큰일나겠어! 이게 뭔 소리야!
이게 뭔 일이야! 뭐? 뭐! 불쌍해? 불쌍해?
왜? 왜? 왜 불쌍해? 왜? 뭐가 불쌍해?
응? 응? 왜? 왜? 왜 불쌍해? 뭐가 불쌍해?
불쌍하긴 뭐가 불쌍해?"

그리 숨도 쉬지 않고
엄마는 다그치듯 말을 이었다.

"아가, 아가, 아가야!
엄마 말 잘 들어! 응! 응?
들어봐, 잘 들어봐!

저건 할아버지가 아냐!
저건 아무것도 아니란다!
저건 아무 실체도 없는 상상덩어리일 뿐이야!

응? 알겠니? 내 말 알겠니? 저건 나쁜 거야!
몹쓸 거야! 미신이야, 미신! 우상이야, 우상!
아니, 귀신이야 귀신! 그래, 그래! 가짜야, 가짜!
가짜야! 다 가짜야! 저런 건 다 말도 안 되는
한낱 헛소리란다! 알겠지? 알겠지?

그니까 얘야! 저런 건 절대, 절대, 절대!
절대로 믿는 게 아냐! 응? 알겠지?
알겠지, 얘야? 응? 응!

그래, 그래! 저런 허무맹랑한 동상 따윈
정신 나간 바보들이나 믿는 거란다!
그래! 그래! 저런 황당무계한 신화 따윈
마귀에 씐 사탄들이나 믿는 거란다……"

11곡
– 단군의 상처는 아물지 않고
– 소녀의 시간은 흐른다

그로부터 며칠이 지났다. 그날 오후였다.
날씨는 화창했고 저마다의 활기와 생동감으로
쉴 새 없이 보도블록 위를 스쳐가는 행인들의
발걸음은 또다시 경쾌하게 맥박 치면서 도도한
혈류처럼 일렁거렸다.

소녀는 방과 후 하굣길에 접때 그 해모수 빌딩
정문 앞에 멈춰 서서 다시금 홀로 단군상을
올려다보고 있었다.

단군상의 이마 가장자리에 난 상처는 전날
그대로였다. 조금 있자 소녀의 눈망울은 또다시
슬픈 연민의 정으로 초근초근 젖어들었다.

이윽고 소녀는 막 손등으로 눈가를 훔치면서
단군상에서 몸을 돌렸다.

이어 소녀가 서너 걸음이나 떼어 놓았을까.
그때 등 뒤에서 이런 목소리가 귀를 울렸다.

"아가야. 슬퍼 말 거라. 울지 말 거라.
너와 나는 이제 '서로 다른 공간을 살아가는
단 하나의 영혼'이란다. 그러니 울지 말 거라.
아가야. 어느 먼 훗날. 우린 꼭 만나게 될
운명이란다. 그렇단다. 그러니 슬퍼 말 거라.
아가야. 아무리 긴 세월이 흘러도,
만나야 할 사람은 꼭 만나게 되는 법이란다."

그렇게 세월은 흐르고 이후로도 소녀는
여러 차례 더 거기 그 자리를 다녀갔다.

일테면 초등학교 시절의 어느 여름날, 초등학교
졸업식이 있던 어느 겨울날, 중학교 시절의
어느 봄날, 여고 시절의 어느 가을날…

그리하여 그날 그 앳된 소녀는 어느덧 젊고
싱그럽고 세련된, 여느 도회적인 느낌의 어엿한
여대생으로 성장했다.

오늘도 그녀는 남자 친구 현규와 함께 대학
캠퍼스를 나와 얼마 후 정동 덕수궁 돌담길을
걸으며 단둘이 데이트를 즐겼다.

이어 둘은 광화문광장을 지나 북촌 한옥마을을
돌아본 뒤 인사동과 종각을 거쳐 스렁스렁
명동 거리로 향했다.

이후 둘은 명동 성당에 잠시 들렀다가
한동안 느린 보폭으로 그 거리를 거닐며
느슨하게 시간을 보냈다.

그런 다음 명동역과 '재미로(만화거리)'를 지나
얼마 후 둘은 남산 케이블카를 타고 'N서울타워
전망대'에 올랐다.

마치 먼 은하에서 날아온, 어느 우주선에 탑승한
젊은 우주인 커플이라도 된 양 거기 탑재된
망원경으로 둘은 요소요소 돌아가며 서울 시내
전역을 한눈에 내려다봤다. 한순간 명동 쪽으로
시야를 돌리자 아까 둘러본 명동 성당 첨탑이
당장 쿡 찌를 듯이 눈앞으로 덜컥 다가왔다.

그 뒤 둘은 남산타워 전망대를 내려와… 한동안
신세계백화점과 남대문시장을 두루 구경한 뒤
마침내 회현역서 지하철에 올라 한강을 가로질러
강남 쪽으로 건너갔다.

둘은 이제 강남의 번화가를 걸으며 다시금
알콩달콩 둘만의 시간을 보냈다.

그러다 어느덧 거뭇거뭇 땅거미가 지는
저녁나절이 되자 둘은 어느 주점으로 들어가
거기 한구석에 자리를 잡고 앉았다.

하늘은 파랗게~ 구름은 하얗게~

가게 문을 열고 들어서는 순간
스피커에서는 막 익숙한 리듬이 흐르면서
(신중현 작곡. 김정미 노래) '아름다운 강산'의
첫 소절이 흘러나오기 시작했다.

실바람도 불어와~ 부풀은 내 마음~

대뜸 흥얼흥얼 그 노래를 따라 부르면서

둘은 안쪽 구석자리로 걸어 들어갔다.

나뭇잎 푸르게~ 강물도 푸르게~

그 가게는 퓨전 막걸리 집으로 다소 고졸하면서도
토속적인 감각으로 내부가 꾸며져 있었는데, 좌우
벽면에는 '통영갓·패랭이·삿갓·벙거지·밀짚모…'
같은 여러 전통 쓰개들이 제가끔 비슷한 간격을
두고서 띄엄띄엄 장식돼 있었다.

아름다운 이곳에~
내가 있고 네가 있네~~

(얼마 후 노래 아름다운 강산이 끝나자 곧바로
박양숙이 부른 '어부의 노래'가 뒤를 이었다.
참고로 이 노래의 원곡은 배우 겸 가수 남석훈이
부른 '황혼빛 오막살이'다. 그 뒤로는 계속 7080
그룹사운드 노래들로만 죽 이어지면서 기분 좋게
절로 취흥을 돋우었다.)

그렇게 먼저 가게에 들어가 거기 한구석을
독차지한 뒤 둘은 곧 몇몇 친구들을 불러내

또다시 자유분방한 혈류를 타고 한차례 왁자하게
감성의 열기를 발산하며 마음껏 청춘의 격정과
박동과 환희를 누렸다.

그러던 중…
한 친구가 문득 '죽음이란 게 무얼까?' 하고
젊음과는 동떨어진 질문 하나를 던졌다. 이때
실내에는 한창 배철수(활주로)의 노래 '탈춤'의
간주가 울려대고 있었다.

그야말로 한껏 달아오른 분위기를 급랭하는
자못 생경하면서도 엉뚱스러운 질문이 아닐 수
없었다. 그는 서울의 한 대학 철학과에 다니는
친구였는데(그의 이름은 장두식이었다), 아마도
술기운에 불쑥 그런 질문을 떠올린 모양이었다.

평소 그는 과묵하면서도 별쭝난 행동 탓에 주변
친구들로부터 이름대신 '영노(젊은 노인)' 또는
'고인돌'이란 별명으로 불렸다. 어쨌거나
그 친구가 그리 즉흥적인 화두를 던지자
이내 재기 발랄한 젊음과 싱그러운 두뇌 속에서
연달아 그들만의 독창적인 견해가 도출되었다.

일테면 이런 식이었다.

'……죽음이란, 나는 분명 살아 있는데,
남들은 이미 죽었다고 생각하는 것.
죽음이란, 평소 의식조차 없던 호흡행위가
돌연 산 하나를 통째로 옮기는 것만큼
크고 어렵고 힘겹게 느껴지는 것.
죽음이란, 나는 지금 온몸으로 절규하듯
고함을 내지르는데, 남들에겐 그저
모기 소리보다 더 미미하게 들려오는 것.
죽음이란, 나는 아직 빛을 움켜쥐고 있는데,
남들은 벌써 어둠이 내렸다고 인식하는 것……'

이후 그들은 자정이 훌쩍 넘어서야 술자리를
파하고 도연히 취기를 띤 얼굴로 그 술집을
나왔다. 그들이 그렇게 자리를 접고 일어설 즈음
스피커에서는 막 서유석이 부른 '홀로 아리랑'이
끝나고 곧이어 정태춘의 노래 '떠나가는 배'의
전주가 시작되고 있었다.

잠시 후 연인은 그 가게 문어귀에서 친구들과
헤어져 단둘이만 오붓이 따로 남았다.

둘은 소곤소곤 귀엣말을 나눈 뒤 이윽고 저쪽
밤거리로 나란히 걸음을 떼어놓기 시작했다.

현규는 슬쩍 그녀의 어깨에 팔을 둘렀다가
갑자기 힘이 빠져 흘러내리듯 자연스레 그녀의
등을 타고 내려가 이제 막 엉치뼈 부분에서 뚝
움직임을 멈췄다.

12곡

– 선아는 클럽에서 광란에 빠지고
– 현규는 미소 띤 얼굴로 단잠이 든다

어느 눈 내리는 겨울밤이었다.

그녀는 남자 친구 현규와 둘이서 역삼동의 한
클럽에 들어갔다. 흔한 중류층 신분인 그녀와
달리 현규는 상류층 부잣집 도련님이었다.
한마디로 그는 집안으로 보나 외모로 보나
뭐 하나 부족하거나 아쉬울 것 없는
심히 불합리할 만큼 축복받은 청춘이었다.

그는 마치 써도 써도 줄지 않는 마법의 쌈지라도
감춰둔 양 닥치는 대로 마구 카드를 긁어댔다.

달리 말하면, '적당한 결핍이야말로 더 나은
만족을 위한 최고의 양념'이란 사실을 아직
깨닫지 못하는 상태였던 것이다.

어쨌거나 그는 좀 놀 줄 아는 한량이었다.

반면 그녀는 그의 그런 사치스럽고 무절제한
행동을 그리 썩 달갑게 여기지 않았다. 그래서
되도록 평범한 맥줏집, 막걸리 집 등지에서
조촐하고 소박한 방식으로 친구들과 어울리며
어떤 우월감이나 과시욕이 아닌 단지 순박하고
인간적인 진솔한 만남을 경험케 하려고
무던 애를 쓰곤 했다.

그때마다 그는 싫은 기색을 애써 감추고 내심
마지못해 안색을 꾸며가며 그런대로 어지간히
그녀의 기분을 맞춰주곤 했다.

(실은 다른 계집애들과 전혀 다른 그녀의 그런
의외로운 태도가 절로 그의 본능적 호기심을
자극해 색다른 의미를 촉발하면서 그로 하여금
자꾸만 그녀에게 집착하게 하는 결정적 원인으로
작용하고 있었다.)

그는 매번 그녀와 하룻밤을 보낼 장소로 최고급
호텔 스위트룸을 예약하고 싶었지만, 그녀의 그
유별난 취향을 좇아 하는 수 없이 내키지 않는
허름한 숙박 시설에서(이건 어디까지나 그의

시각일 뿐이다) 검소하게 보내야만 했다.

말하자면 그녀는 청교도적 신념의 극단적
금욕주의자는 아니었지만, 매사 지나치지 않을
만큼의 다부진 성정과 자기 절제적 태도를
견지하고 있었다. 그런 그녀의 중용적 성향은
어딘가 은미한 종교성과 함께 흡사 신녀의 그
정결함과 같은 미묘한 신앙적 경건함을 풍겼다.

그런 그녀가 그날은 무슨 바람이 불었는지
뜬금없이 고급 클럽에 가자고 말했던 것이다.
그에게는 분명 반가운 일이었지만,
그럼에도 왠지 급작스러운 그녀의 심경 변화에
대한 야릇한 불안과 근심 또한 피어올랐다.

그러면서 그는 '아마도 그녀가 눈 내리는 밤풍경을
바라보다가 일시적으로 뭔가 우발적인 감상에
부닥트린 나머지… 그처럼 불식간에 즉물적 충동
(혹은 즉각적 야성)에 휘둘리면서 감정의 전변을
일으킨 게 아닐까…' 하고 짐작하는 것이었다.

그날 클럽에서 그녀는 전에 없이 흥분한 채

방향감각을 잃고 광적으로 몸을 흔들며 불꽃같은
기세로 젊음의 열기를 폭발시켰다. 심장을 태울
듯이 들끓는 피의 폭주가 순간적으로 그녀의
자의식을 압도했다. 어느덧 그녀의 이성은 절로
냉정이란 이름의 정서적 지지대를 잃고 뜨거운
그 열정의 격류 속으로 무기력하게 녹아들었다.

매혹적인 관능의 폭풍, 경쾌하고 극렬한 리듬,
도발적 광희, 거기 섬광처럼 메아리치는…
현란한 사이키 조명의 회오리 속에서 그녀의 혼은
쉴 새 없이 전율하고 포효하며 감각의 극단에서
황홀하게 몸부림쳤다.

그러면서도 그가 은근히 제안해 온 달콤한
그 유혹에는 끝내 다기지게 저항하는 것이었다.
그는 계속 집요하게 그것(약물)을 같이 하자고
그녀에게 간청했지만 결국 그녀의 그 고루하고
고집스러운 도덕관에 밀려 뜻을 이루지 못했다.
그러자 그대로 단념하기에는 아쉬움이 컸던
나머지 그는 결국 넘어서는 안 될 선을 넘는
일탈적 선택을 하고 말았다. 그렇듯 그는
순간적 충동을 제어하지 못해 그만 돌이킬 수

없는 괴악적 실수를 저지르고 만 것이다.
그러니까 그녀의 술잔에 몰래 그것을 타서
감쪽같이 희석시킨 것이다.

그렇게 아무것도 모른 채로 그녀는 한순간 원치
않는 그 약물의 순결한 희생물이 되고 말았다.

얼마 후 그는…
현실과 환상의 경계를 오가는 몽롱한 상태가
되어버린 그녀를 데리고 나가 그토록 소원하던
최고급 호텔 스위트룸으로 직행했다.

그러고서 얼마쯤이나 지났을까.

마침내 번뜩 정신을 차린 그녀는…
지금 눈앞에 펼쳐진 그 상황이 무슨 상황인지
몰라 절로 어리둥절할 뿐이었다.

도대체 뭐가 뭔지 모를 일이었다.
도무지 아무것도 기억이 나질 않았다.

대관절 어찌된 영문인지 숫제 갈피를 잡을 수가

없었다. 정말이지 아무리 애를 써도
당면한 그 사태를 설명해 줄 그 어떤 단서조차
떠오르지 않았다.

외려 텅 빈 머릿속을 압박하며 뭔가를 자꾸
기억해내려 기를 쓰면 쓸수록 공연히 골머리만
괴롭혀 관자놀이가 띵하니 애먼 두통만 유발할
뿐이었다.

그러면서 뭔가 더럽고 찜찜한 불쾌감과 함께 어떤
돌발적 수치감이 오싹 전신을 훑어 내리면서 저도
모르게 왈칵 구역질이 치밀고 올라왔다.

곧이어 본능적으로 고개를 돌려 그녀는 옆자리를
바라보았다.

그러자 그런 그녀는 숫제 아랑곳없이 입가에 언뜻
만족스러운 미소를 흘리면서… (혹은 무에 그리
즐거운지 소리 없이 히쭉히쭉 웃으면서)
남자 친구 현규가 콜콜 단잠이 들어 있었다.

13곡

− 마침내 만남의 시간은 다가오고
− 눈은 더 풍성하게 내려쌓인다

그리하여 한 해가 가고 또다시 겨울이 왔다.
그사이 그녀는 남자 친구 현규와 의식적으로
거리를 둔 채 가급적 서로 마주치지 않으려고
무진 애를 썼다. 하지만 둘은 공식적으로 이별을
한 것은 아니었다. 단지 그녀 쪽에서 되도록
현규와의 만남을 기피하는 형국이었다.

한편 현규 스스로도 전날 그가 저지른 탈선적
과오를 의식해서인지…

그런 그녀를 전처럼 되돌리려는 어떤 적극적인
행동은 애써 자제하면서 짐짓 자숙 아닌 자숙의
태도를 가장해가며 그렇게 잠잠히 사태의 추이를
관망하는 형국이었다.

그러던 어느 날이었다.

늘 그렇듯 현규는 그동안 다른 여자애들과 실컷
놀아나면서도 여전히 맘속으론 그녀를 잊지 못해
안절부절못하고 있었다. 그렇듯 손쉬운 상대들을
농락하며 원 없이 탐락에 빠져들면 들수록 정작
그녀를 향한 그리움은 더 부각되면서 되레
해소되지 못한 내면의 갈급증만 한층 더해갈
뿐이었다. 그러다 마침내 그의 인내심은 완전히
고갈되어 그 초라하고 비루한 영혼의 이면을
여실히 드러내고 말았다.

현규는 급기야 그간의 자제심을 냅다 걷어차
버리고는 그때부터 그녀의 일거일동을 모조리
감시할 요량으로 즉각 쓸 만한 사람을 붙여
은밀히 그녀를 미행하도록 했다.

그리하여 당일로 즉시 낯선 사내 하나가 그녀의
뒤를 밟기 시작했다.

그런 사실은 꿈에도 모른 채로 그녀는 아침부터
저녁까지 평소처럼 평온하게 자기만의 일상을
이어갔다. 스멀스멀 어스름이 내리는 저녁나절
그녀는 홀로 에코백을 팔에 걸고 눈 내리는

거리를 걷고 있었다. 그러다 어느 순간
저도 모르게 우뚝 발걸음을 멈췄는데,
공교하게도 그 자리는 바로 전날의 그곳,
즉 그날의 그 해모수 빌딩 정문 앞에 서 있는
'청동 단군상' 앞이었다.

이제 곧 성탄절을 앞둔 터라 거리 곳곳에서
흥겨운 캐럴이 흘러나왔다. 그녀는 막 걸음을
옮겨 그 단군상 앞으로 좀 더 가까이 다가갔다.

바닥에는 두껍게 눈이 쌓였다.

단군상 받침대 위 난간 안쪽 빈 공간에도
수북수북 눈송이가 내려앉았다.

그녀는 잠잠히 단군상을 응시한 채 한동안
그 상태로 꼼짝도 하지 않았다.

늘 그랬듯이 단군상의 이마 한구석엔 똑같이
전날의 그 상처가 나 있었다. 하지만 그것이
전날의 그 상처인지… 아니면 최근에 다시 생긴
새로운 상처인지… 그도 아니면 전날의 그 상처

위에 또 다른 상처가 덧붙여진 것인지는 알 수
없었다.

어쨌거나 그녀의 눈에 비친 그 상처는 영원히
아물지 않고 그 상태로 그렇게 불치의 환부가
되어 끝없이 되풀이될 것만 같았다.

바로 그 생각을 하자 그녀는 순간 까닭 모를
애한에 젖어들면서 이윽고 저도 모르게
맘속에서 이런 말이 울려나왔다.

'왜 매번 당하기만 하세요?'

그녀는 곧 말을 이었다.

'아무 잘못도 없잖아요? 네?
자비로운 게 죄가 되나요?
우릴 사랑한 게 죄가 되나요? 네?
그 누구보다 앞서… 그 누구보다 먼저…
그토록 커다란 사랑과 자비심으로 인간을 널리
이롭게 하신 것이 잘못인가요? 근데 왜 매번
이런 수모를 당하고도 참고 있나요?'

순간 침묵하다가 그녀는 또 입을 열었다.

'네? 왜 그리도 청승맞게…
왜 그리도 궁상맞게… 왜 그리도 서글프게…
말 못하는 죄인처럼 그 상처를 끌어안고
침묵하나요? 네? 네? 아세요? 그거 아세요?
내일은 또 일요일이고…
전 또 습관처럼 교회에 갈 거예요.
그리고 낼모레는 또 성탄절이 다가오고…
전 또 교회에 나가… 어김없이 또 그렇게…
그날 그 탄생을 기념하고 축하할 거예요.'

그녀는 또 잠시 말을 멈췄다가 이렇게 다시
말을 이었다.

'오늘 제가 왜 이러는 걸까요? 네?
저도 잘 모르겠네요. 그래봐야 당신은
여전히 말 못하는 동상일 뿐이고… 속신이나
민간전승, 신화 속의 존재일 뿐인 걸요.
근데 왜 저는 당신만 보면 이렇게 마음이
시려오는 걸까요? 네? 네? 왜 그러는 걸까요?

왜 이렇게 저는 당신의 상처만 보면 가슴이
아려오는 걸까요? 그 상처는 이렇게 당신에게
있는데, 그 아픔은 왜 이렇게 가시처럼 찔러 와
이 마음을 쓰라리게 할까요? 왜 이렇게 자꾸만
무언가에 쓸린 듯, 무언가에 꼬집힌 듯, 무언가에
할퀴인 듯 이 심장이 아파오는 걸까요?

네? 네? 제발, 대답 좀 해주세요. 네?
제발, 꿈에라도 좋으니 대답 좀 해주세요? 네?
딱 한 번만, 오래전 그날처럼 딱 한 번만 제게
당신의 음성을 들려주세요……'

14곡

– 현규는 납치를 시도하고
– 만남은 돌연히 그녀를 찾아온다

그사이 그 사내는 미행을 멈추고
해모수 빌딩에서 저만큼 떨어진 장소에 몰래
숨어 이쪽을 관찰하고 있었다.

그녀는 설핏 눈물이 맺힌 눈으로 단군상을
올려다보며 여전히 상념에 잠긴 채였다.

그렇게 몇 분인가가 지났다. 이제 막 그 사내는
현규로부터 걸려온 전화를 받았다.

현규가 그녀의 행방을 묻자 그 사내는 눈앞의
그 상황을 즉각 가감 없이 그에게 전달했다.

(그 사내는 전화기를 든 오른쪽 손목에 '오방색
장명루 팔찌'를 차고 있었다. 또한 왼쪽 손목에는
묵직한 롤렉스 시계와 함께 '벽조목 염주 팔찌'를
찬 채였다. 그런가 하면, 양 팔뚝에는 각각

한자로 된 타투를 새겼는데, 이런 글귀들이었다.

왼쪽: 득도다조 실도과조/도를 얻으면 조력자가
많아지고, 도를 잃으면 조력자가 적어진다.

오른쪽: 자미득도 선도타/나의 구제를 잠시
미루고 불우한 타인을 먼저 구제한다.

그렇듯 양 손목에 찬 팔찌와 두 팔뚝에 새긴
문구를 통해 그 사내는 스스로 자신의 신앙적
바탕, 곧 불교적 탈속에 대한 추구와 은밀한
동경, 더불어 무속적/도가적 본성을 토대로 한
주술적 신비주의 성향을 번듯이 드러내고 있었다.

이는 어찌 보면 유대교인들이 테필린Tefillin, 즉
'양피지에 쓴 성구 두루마리가 담긴 작고 검은
가죽 상자'를 그들의 팔에 둘러 감는 것과 유사한
맥락이었다.)

현규는 상대방의 보고를 듣고 난 뒤
내심 어찌할까 자문하면서 잠시 침묵에 잠겼다.
그러다 갑자기 가슴에서 어떤 악마적 관능이

꿈틀대면서 이내 혈관을 타고 걷잡을 수 없는
피의 욕망이 끓어오르기 시작했다.

그는 결국 뒤끓는 정념에 압도당한 나머지
그 사내에게 냉큼 이런 지시를 내렸다. 그러니까
'지금 당장 무슨 수단을 동원해서라도 그녀를
납치해 자신이 있는 강남의 모처로 최대한 빨리
데려오라'는 즉흥적 지시였다.

그 사내는 전화를 끊자마자 어딘가로 즉시
전화를 걸었다. 마치 군대에서 상관의 명령을
수행하는 부하 병사처럼 한 치의 망설임도 없는
단호한 행동이었다. 이후 십 분도 채 안 돼
도로 저만치서 신원미상의 사내들이 탄
검은 차량 한 대가 나타났다. 차는 곧장 이쪽
해모수 빌딩 앞으로 다가왔다.

그 검은 차는 이윽고 해모수 빌딩 앞 도롯가에
이르자 그 자리에 조용히 움직임을 멈췄다.
차 안에는 운전자를 포함해 도합 세 명의 사내가
타고 있었다. 그러니까 앞좌석에 둘, 뒷좌석에
하나였다. 운전자는 알이 작은 선글라스를 꼈고

다른 둘은 맨얼굴이었다.

사내들은 차 안에 앉은 채로 다 같이 시선을
돌려 거기 정면으로 보이는 해모수 빌딩 정문
쪽을 응시했다. 그렇게 잠시 청동상 앞에 선
그녀의 뒷모습을 포착한 채 잠자코 앉아 있었다.

그러다 일순 운전자를 제외한 다른 둘이 동시에
차에서 내리더니…
이어 번개같이 앞쪽으로 달려가 순식간에 그녀를
붙들어 그 차 뒷좌석에 냅다 욱여넣고는
그대로 쌩하니 어딘가로 달아빼고 말았다.

한편 아까 그 사내는 지체 없이 현규에게 전화를
넣어, '방금 짐차가 물건을 싣고 그쪽으로
출발했다'는 보고를 통해 자신의 임무를 충실히
수행했음을 알렸다.

곧 그는 전화를 끊고 나서 담배 한 개비를 피워
물었다. 그는 담배를 입에 문 채 잠시 떨떠름한
표정으로 침묵에 잠겼다. 그러다 문득 생각이
난 듯 그는 힐끔 단군상 쪽을 돌아보았다.

그 검은 차는 얼마 후 동작대교를 지나 그대로
쉬지 않고 반포 쪽으로 내달았다. 그녀는 덜컥
두려움에 짓눌린 채 숨도 쉬지 못하고 뒷좌석에서
바르르 몸을 떨었다.

그 바람에 그녀는 자신의 에코백을 발밑에
떨어뜨린 사실조차 의식하지 못했다. 사내들은
위압적인 태도로 엄한 표정을 짓고 있었지만,
그러면서도 함부로 그녀를 기롱하지 않고…
그저 묵중히 석불처럼 앉아 있었다.

그렇게 또 시간이 흐르고…
그 검은 차는 막 어느 고급 호텔 정문 앞에
다다랐다. 잠시 후 차가 멈추자 사내 하나와
그녀가 먼저 뒷좌석에서 내렸다. 이어 조수석에
앉았던 사내도 따라 차에서 내리더니 곧 그녀의
귀에 대고 단내 나는 더운 입김을 훅훅 불어대며
이렇게 소곤거렸다(다른 둘에 비해 그는 유독 깡깡
마르고 키만 멀대같이 훌쩍 컸다).

"아까도 말했지만, 순순히 따라오지 않으면
오늘밤 네 부모들은 쥐도 새도 모르게 골로

가는 거야. 꼴까닥. 인생 하직. 황천행이라고.
그니까 험한 꼴 보기 싫으면 얌전히 굴어.
행여 허튼 생각일랑 애저녁에 집어치우라고."

그리하여 그녀는 한층 더 위축감을 느끼면서
그들 둘을 따라 곧장 호텔 로비로 들어섰다.
로비는 사람 하나 없이 조용했고 마침 근무자가
잠시 자리를 비웠는지 저쪽 프런트 데스크도 텅
비어 있었다. (그러고 보니 방금 전 정문 앞에
차가 멈췄을 때 으레 그 자리에 있어야 할
도어맨과 벨맨 또한 보이지 않았다.)

조금 뒤에 셋은 로열층 투숙객 전용 승강기를
타고 곧바로 그곳 최상층에 위치한 스위트룸으로
올라갔다.

거기 승강기 층수 표시등의 숫자가 올라갈수록
그녀의 불안감도 따라 층층이 상승하고 있었다.
이윽고 승강기가 멈추고 이어 막 출입문이
열리자 바로 눈앞에 한 남자가 서 있었다.

그 남자의 이마 가장자리에는 일회용 밴드

하나가 붙어 있었고 그 주위에는 벌겋게 핏물이
배어 있었다.

그랬다. 그는 다름 아닌 '단군'이었다.

단군이 다짜고짜 승강기 안으로 뛰어들어
순식간에 거기 두 사내를 때려눕혔다(이는 실상
폭력이라기보다 부득불 그들 둘을 제압하기 위해
동원된 최소한의 완력 사용이었다).

그러고는 재빨리 그들 둘을 승강기 밖으로
끌어내고는 곧장 1층 버튼을 눌러 다시금 호텔
로비로 내려가기 시작했다.

15곡

– 둘은 피신처를 찾아
– 함박눈을 뚫고 서울 근교를 달린다

둘은 급히 승강기에서 내려 총망히 호텔 정문을
빠져나왔다. 다음 순간 차 운전석서 대기하던
사내가 즉각 차 밖으로 튀어나와 그들 쪽으로
달려들었다. 단군은 단번에 그를 제압해 바닥에
잠재운 뒤 둘이 함께 즉시 앞좌석에 올라타고는
잽싸게 차를 몰아 어딘가로 내달았다.

이윽고 차가 저만큼 멀어졌을 때…
단군이 그녀에게 '사는 곳의 위치'를 물으면서
지금 곧장 그쪽으로 데려다 주겠다고 말했다.

그러자 그녀는…
'집은 이미 그들 일당이 장악하고 있을 거'라면서
'부모님은 현재 그들에게 억류된 상태일 거'라고
덧붙였다. 그러면서 아까 그들이 부모님의 안전을
볼모로 자신을 위협했던 사실을 말해주었다.

가나다라마바사~
아자차카타파하~
헤헤~ 으헤으헤으허허~~

그때 돌연 차 안의 분위기를 확 뒤집으면서
때아닌 전화벨이 울렸다. 바로 운전자 뒷좌석
발판에 떨어져 있던 그녀의 에코백 안에서
울리는 소리였다(송창식의 노래 '가나다라').

그녀는 곧 몸을 일으켜 그쪽으로 손을 뻗어
자신의 에코백을 집어 들었다.

잠시 후 그녀가 에코백 안에서 전화기를 꺼냈다.
뜻밖에도 그것은 엄마한테서 걸려온 전화였다.

엄마의 목소리는 평상시의 그 음성 그대로였다.
그러니까 평소와 다른 그 어떤 감정의 기복을
감지할 만한 일말의 기색조차 없었다.
그제야 그녀는 부모님이 아직 그들에게 억류된
상황이 아니며 아까 그 사내의 말은 단지 자신을
겁주려는 거짓 위협에 불과했단 사실을 깨달았다.

엄마는 으레 '위험하니 밤늦게 혼자 돌아다니지
말고 얼른 귀가하라'는 잔소리를 되풀이했다.
그녀는 곧 알았다고 답하고는… 문단속 잘하시고
절대로 낯선 이들에게 문을 열어주면 안 된다고
꼭꼭 다짐을 받고 나서 전화를 끊었다.

곧이어 단군이 그녀에게
'이제 어찌할 생각이냐'고 물었다.

그녀는 살짝 아랫입술을 깨물고는 아이처럼 눈을
깜박깜박하면서 몇 초간 생각하는 듯하더니,
'지금 자신이 집으로 가면 부모님만 더
위험해질지 모른다면서, 우선 어디든 잠시 숨을
곳을 찾는 게 좋을 거 같다'고 말했다. 그러니까
그자들이 반드시 그녀를 붙잡으러 자신의 집으로
뒤쫓아 올 거라는 추측이었다.

그러고서 둘은 침묵을 지켰다.

단군은 무작정 강남대로 어딘가를 질주하면서…
내심 어찌하면 좋을지 몰라 고민에 잠겼다.
도로는 평소와 달리 이상스레 적막감이 감돌았다.

아직 그럴 시간이 아니었음에도 어쩐 일인지
오가는 차량이 거의 없어 흡사 자정 이후 심야의
한복판을 내달리는 듯 괴괴한 느낌마저 들었다.

그리 한참이 지났다.
둘의 차는 그사이 강변도로를 내닫고 있었다.

고적한 차창 너머로 한강의 야경이 무심히
그리고 빠르게 스쳐 지나갔다. 아까부터 단군은
한강 위로 건너지른 뭇 교량들을 생각하면서 자꾸
문득문득 안타까운 죽음들이 떠올라(거기 그 난간
너머로 투신한 가여운 그 생명들이 눈에 밟혀)
좀체 우울한 심사를 지울 수가 없었다.

그러면서 그는
'민족분단, 청년실업, 노인빈곤, 소득격차,
빈부격차, 양극화, 고독사, 무연사,
빈곤의 대물림, 출생률 저하, 사회적 불평등,
희망 없는 미래, 계층이동 사다리 실종,
불신사회, 지역 간/계층 간/세대 간의
끝없는 갈등과 대립, 인간혐오, 인명경시,
물질만능, 쾌락주의, 독선적 개인주의,

극단적 이기주의, 인간성 상실, 인정의 몰각,
양심과 도덕과 죄의식의 증발,
인간 본연의 참다운 소통과 선량한 이타심과
포용적 정치력의 부재……' 등의
암울한 시대상을 떠올리면서
절로 깊은 시름과 고뇌와 자괴감에 잠겼다.

그 뒤 얼마쯤 지났을까. 그사이 단군의 의식은
자연 한강 다리에서 벗어나 본래 그 당면한
상황으로 되돌아온 터였다.

마치 어떤 숙명적 화두를 움켜쥐듯 단군은 계속
그 상황을 곱씹으며 혼자 고심에 잠긴 채였다.

그러다 풀쑥 이런 생각이 떠올랐다.

'이리 애써 고민할 게 아니라,
이대로 곧장 차를 몰아 거기 강 건너 그 초가로
피신하면 어떨까?'

하지만 곧 생각을 돌렸다. 만의 하나 그녀를 지금
거기로 데려갔다가 그곳의 위치가 자칫 속세인의

레이더에 노출되기라도 한다면…

대번 생각지도 못한 대혼란이 야기될 것이
불을 보듯 뻔했기 때문이었다.

또한 자부 선생이 절대로 도회인을 그리로
데려오면 안 된다며… 그에게 숱하게 주의를
주었기 때문이기도 했다.

그러므로 이제 상황은 자명해졌다.
그렇다면 어찌한다? 이 밤중에 대관절 그녀를
데리고 어디로 피신을 한단 말인가?

아닌 게 아니라, 생각할수록 난감한 노릇이
아닐 수 없었다. 정말이지 아무리 생각해도
좀체 적당한 은신처가 떠오르지 않았다.

그리 혼잣속으로 고심을 거듭하며
단군은 계속 생각에 잠겼다. 그러다 불현듯
좋은 생각이 떠올랐다.

'그래, 거기가 좋겠군!'

단군은 막 삼일대로 운현궁 맞은편에 자리한
'천도교 중앙대교당'을 떠올렸다.
'그래. 그리로 가는 거야. 우선 그리 가서 몸을
피한 뒤에 차차 거기 교령과 상의해서 어찌하면
좋을지 방법을 찾아보는 거야.'

마치 그 순간 부싯돌이 탁! 머리에 부딪치면서
번쩍 부싯불이 일어난 형국이었다.
정말 그랬다. 곧 다시 생각해보니 그런대로 썩
괜찮은 방법 같았다.

그래, 그러면 될 것 같았다.
왠지 모르게 거기라면 안심이 되었다.

천도교: 이는 수운 최제우가 창시한 '동학'을
제3대 교주인 손병희가 개칭한 이름이다.
동학이란… '도수천도, 학즉동학'을 말한다.
풀이하면… '도로 말하면 천도(하늘의 도),
학으로 말하면 동학(동방의 학문)'이란 뜻이다.

그리하여 단군은 곧장 천도교 중앙대교당이
자리한 종로구 경운동 쪽으로 차를 몰았다.

하지만 얼마 안 가 그는 다시 고민에 잠겼다.
즉 지금 가는 그곳이 둘의 피신처로 삼기에는
너무 공개된 장소라는 게 마음에 걸렸다.

아무래도 추적자들을 피해 숨어들기에는
그런 시내 중심가보다 좀 더 멀고 외진 의외의
장소가 응당 나을 듯싶었다. 일테면 이대로 당장
도심을 벗어나 훨씬 더 궁벽하고 비밀스러운
장소로 피신하는 게 현재로선 최선의 선택일
성싶었다.

그러자 곧 전남 해남의 단군전(일제강점기에
건립된 단군 사당)과 함께 충북 영동의 국조전,
광주광역시 선교총림선림원 등……

한민족 고유종교 선도의 맥을 잇는 몇몇 종단의
이름들이 연달아 떠올랐다. 그러다 이윽고
또 하나의 장소가 번득 머리를 스쳤다.

'그래! 거기야! 거기가 좋겠어!
왜 곧장 그 생각을 못했을까!'

그랬다. 바로 거기, 방금 머릿속에 떠오른 그
장소라면 일단 거리상으로 지나치게 멀지
않으면서도… 당장 추적자들을 따돌리기에
제격일 듯싶었다. 게다가 쉽사리 위치가 노출될
염려도 적어 내심 더 안심이 되었다.

그렇듯 단군은 마침내 더할 나위 없이 이상적인
최적의 피신처를 찾아낸 것이다. 그길로 곧장
서울을 빠져나가 근교 어딘가로, 금방 번쩍하고
머릿속에 떠오른 비밀의 그 장소로…
단군은 빠르게 차를 몰았다.

그리하여 시간은 흐르고…

그렇게 또다시 얼마가 지났다. 밤은 고요했다.
주위는 무섭도록 태연했고 시시각각 증식되는
검은 그 어둠 속으로 그의 차는 깊숙이,
하염없이 그렇게 빨려 들고 있었다.

한순간 문득 생각이 난 듯 그는 흘금 그녀를
돌아보았다. 그사이 긴장이 풀리면서 돌연 왈칵
고단함이 밀려왔는지 그녀는 이제 등받이에

머리를 기대고 그쪽 차창으로 약간 얼굴을 돌린
채로 곤히 잠이 들었다.

그런 그녀의 모습에서 단군은 문득 전날의 그
키 작은 소녀의 모습을 떠올렸다. 그리하여
잠든 그녀의 모습은 그대로 오래전 그 귀여운
소녀의 모습으로 탈바꿈했다.

단군은 저도 모르게…
한손을 이마 가장자리로 가져가 손끝으로 살살
피 묻은 그 일회용 밴드를 어루만졌다.

그러면서 전날 그 소녀가 고사리 같은 손을 뻗어
그 작은 일회용 밴드를 건네주던 바로 그 순간의
아릿한 기억을 떠올렸다. 이내 가슴에서 통증인지
희열인지 모를 벅찬 감정이 되살아왔다.

그러다 이윽고 그녀에게서 눈을 들어 거기 차창
밖으로 시선을 옮겼다. 바로 그 차창 너머 잇달아
휙휙 꿈결인 양 스쳐가는 가로등 불빛 사이로
주먹 같은 함박눈이 거세게 쏟아지고 있었다.

16곡

- 현규는 사납게 그 사내를 질타하고
- 절로 불같은 분심이 끓어오른다

이제 막 그 사내의 전화벨 소리가 울렸다. 자못
경쾌하고 구수한 리듬의 트로트 한 소절이었다.

그사이 그 사내는 아까 그 장소(그녀를 몰래
지켜보던 해모수 빌딩 근처)를 떠나 지금은 한
룸살롱에 앉아 좌우에 각각 여자 셋씩 거느린 채
혼자 질펀하게 술판을 벌이고 있었다.

그 가게의 상호는
'카르페 녹템Carpe noctem'으로
그 의미는 대충 이런 거였다.

'밤을 즐겨라! 또는 밤을 잡아라!'

좌우 계집들은 연신 요염한 작태로 간살을
떨어댔다. 그런 농익은 교태의 한가운데에서
그는 절로 '하렘의 궁녀(오달리스크)'들에

둘러싸인 어느 아랍 왕국의 술탄이라도 된 양
어뜩비뜩 거들먹거리면서… 벌그름히 술기운이
도는 얼굴로 정신없이 해롱거렸다. 이윽고
양옆에 찰싹 달라붙은 계집들을 밀쳐내면서
그가 막 전화를 받자 건너편에서 대뜸 다급한
보고가 날아들었다.

"보스! 낭팹니다, 낭패! 당했습니다!
놓쳤습니다! 달아났습니다!
물건이 사라졌습니다!
감쪽같이 사라졌습니다!
눈앞에서 꼼짝없이 당했습니다!
죄송합니다, 보스!
면목 없습니다, 보스!
호텔 스위트룸 승강문 앞에서
갑자기 웬 놈이 확 달려드는 바람에……"

이어 벼락치듯 맹질타하는 이쪽의 꺽센 목소리!

"바보! 천치! 백치! 둔치!"
"이런, 변변찮은 새끼들!"
"야 이 너절한 새끼들아!"

"야 이 빌어먹을 새끼들아!"

"그런 일 하나 제대로 못해!"

"에라, 이 밥병신 같은 자식들아!"

그 사내(보스)는 꽥 전화를 끊고… 별안간 인상을
확 긁으면서 주위 여자들을 향해 당장 썩 꺼지라며
성마른 어투로 벌컥 소리를 내질렀다. 대번
머리끝까지 화기가 지글대면서 거나했던 술기운은
그새 온데간데없이 사그라져 버렸다.

(그러면서 맘속으로… '이참에 수하들의 해이해진
군기를 다잡기 위해 한바탕 싸그리 물보낌을
해서라도 단단히 잡도리를 해야겠다'고 다짐했다.)

여자들은 화들짝 놀라 후다닥 일떠서서
어마뜨거라 옷에 불이라도 난 양 허둥지둥 팔을
내저으며 서둘러 쭈르르 룸을 나갔다.

그는 화를 참지 못해 한껏 오만상을 찌푸리며
씩씩대다가 이윽고 제 성질에 못 이겨 잇달아
양주병을 움켜쥐고 정면 벽에 냅다 던져 박살을
내버렸다. 그러고도 성이 풀리지 않자 이번에는

그대로 와락 팔을 뻗어 무슨 테니스 라켓을
휘두르듯 탁자 위의 술과 안주들을 모조리
룸 바닥으로 홱 쓸어버렸다.

그러고서 잠시 후⋯ 겨우겨우 속을 눌러 섰을
갈앉힌 그는 다시 휴대폰을 집어 들어 곧장
현규에게 전화를 넣었다. (이번에도 그쪽 통화
연결음은 으레 제니퍼 러시가 부른 '더 파워
오브 러브'였다. 참고로 현규는 대략 한 달에
한 번씩 주기적으로 컬러링을 변경하는데,
바로 전달에는 휘트니 휴스턴이 부른 '아이 윌
올웨이즈 러브 유'였고, 그 전달에는 스틸하트가
부른 '쉬즈 곤'이었다⋯⋯)

이윽고 현규가 전화를 받자⋯
그는 다시 한 번 자제심을 발휘해 감정의 농도를
희석하고는 곧이어 비교적 차분한 음색으로 방금
부하에게 보고받은 내용을 있는 그대로 소상히
그쪽에 전달했다.

그러면서 내심 이제 곧 불어닥칠 후폭풍에 대비해
전화기를 후딱 귓가에서 멀찌감치 떨어뜨렸다.

아니나 다를까, 그가 말끝을 채 마무르기도 전에
전화기 저편에서 당장 악에 받친 욕지거리가
날아와 연거푸 귀청을 때렸다.

그는 대번 귓구멍이 먹먹해지고
골머리가 지끈대면서 무슨 종잇장을 구기지르듯
거의 반사적으로 얼굴 근육을 잔뜩 찡그러뜨렸다.
그리 한동안 불같은 기세로 분노의 맹폭이
이어지다가…

마침내 제풀에 조금씩 그 기세가 숙어들더니
이윽고 반쯤 평정심을 복구한 목소리로 그쪽에서
보스에게 이런 지시를 내렸다.

"두목! 지금 당장 조직을 총동원해 두 연놈을
찾아내요! 대신 여자는 절대 건들지 말고…
남자는 상황이 여의치 않으면 그냥 없애버려요!
그리고 재깍 수하 몇 명을 따로 보내 여자의
부모를 인질로 잡아 비밀 창고에 감금하세요!"

방금 전화를 끊고 나서 보스는 냉큼 부하에게
전화를 걸었다. 그는 현규한테 지시받은 내용을

곧바로 자신의 부하에게 하달했다.

그러고서 전화를 끊었다가 잠시 후 어딘가로
다시금 전화를 걸었다. 이내 익숙한 선율의 통화
연결음이 들려왔다. 이번에는 어느 남자 테너가
부르는 가곡 '봄처녀'였다.

이렇듯 이 전화의 상대방은 트로트를 선호하는
그와 달리 독특하게도 '반달, 설날, 과수원길,
고향의 봄, 섬집 아기, 오빠 생각, 고드름,
엄마야 누나야' 같은 동요와 함께 '선구자,
보리밭, 비목, 얼굴, 봉선화, 가고파, 고향 생각,
동무 생각, 그리운 금강산, 기다리는 마음,
사공의 노래' 등 여러 귀에 익은 가곡들을 주로
컬러링으로 애용하고 있었다.

이윽고 그쪽 상대방이 전화를 받았다.

"오 형사님, 접니다.
지금 잠깐 뵐 수 있을까요?
네, 네. 거깁니다. 거기로 오시면 됩니다."

그쪽에서 무슨 일이냐고 묻자 그는 그저
별일 아니라고 말하면서 '둘이 잠시 만나 긴히
상의드릴 일이 생겼다고'만 대답했다.

둘은 그렇게 30분 뒤에 지금 그 장소에서
만나기로 약속하고 전화를 끊었다.

곧 그는 전화기를 테이블에 내려놓고 잇달아
룸 바닥을 두리번두리번하더니 이윽고 소파에서
부스스 일어나 한쪽 바닥으로 다가갔다.
거기 깨진 병조각과 나뒹구는 기물, 몇몇 음식물
따위가 마구 뒤엉켜 난장판이 된 그 바닥에서
그는 자기 라이터와 담뱃갑을 집어 들었다.

곧바로 소파로 돌아와 앉아 그는 담배 한 개비를
피워 물었다. 이어 그는 '사람 사는 게 그리
녹록지 않다'는 듯 씁쓰레한 얼굴로
마치 난생처음 흡연을 시도하는 사람인 양
잇달아 푸푸 연기를 뿜어내며
부연 그 연무 속에서 골똘히 생각에 잠겼다.

그러다 점차 안정감을 되찾으면서 이윽고

평소처럼 자연스레 입과 코로 동시에 담배연기를
내뿜기 시작했다. 다소 긴장감이 풀어진 탓인지
갑자기 허기가 지면서…

뱃속에서 연신 꾸르륵거리는 소리가 났다.

잠시 후 그는 숨을 한번 훅 들이마시고는
맘속으로 나직이 이런 말을 중얼거렸다.

'옴마니밧메훔. 세상의 모든 시름은 다 저마다의
사연이 있다더니. 이제야 그 말이 좀 살갗에
와 닿는군. 이래서 사람은 혼자 있는 시간도
필요한 거야.

옴마니밧메훔. 이렇게 혼자 있으면 그 순간은
본디 그대로의 온전한 나 자신이 되지만…
반대로 이 사람 저 사람 한데 섞여 같이 있으면
나는 단지 그 여럿 중의 하나일 뿐이잖아.

옴마니밧메훔. 일테면 조각조각 그 숫자만큼
따로 나눠진 그 여러 조각 중의 한 조각일
뿐이란 말이지.

옴마니밧메훔. 아누다라 삼막 삼보제.
아뇩다라 삼먁 삼보리. 마하반야바라밀다.

그래서 가끔은 있는 그대로의 나 자신을 되찾기
위해 이렇게 나 혼자만 덩그러니 앉아
천상천하유아독존, 즉 온 천지간에 나 혼자만
존귀하고, 나 혼자만 존재하고, 나 혼자만 숨을
쉬는 듯이 한동안 멍하니 내 마음의 쉼터로…
나 자신의 내면세계로 깊숙이 들어박힐 필요가
있단 말이지……'

이윽고 그는 평소 혼자 있을 때의 습관대로
또다시 즉흥적인 감상에 사로잡혀 잇달아
시니컬한 어조로 이렇게 자문자답하기 시작했다.

가장 행복한 인생은?
– 자기 뜻대로 사는 것.

가장 불행한 인생은?
– 남의 뜻대로 사는 것.

가장 행복한 죽음은?

- 타인의 죽음.
- 일테면 남의 죽음이야말로
- 내가 살아 있다는 확실한 증거니까!

가장 기분 좋게 죽는 방법은?
- 죽는 순간, 즐기는 노래를 듣는 것.
- 일테면 즐거운 트로트를 듣는다든가!

가장 참다운 삶의 철학은?
- 본래공(본디 모두 텅 비었다).
- 본래무일물(본디 아무것도 없다).
- 무일물처무진장(아무것도 없는 곳에
  모든 것이 다 있다).

가장 공평한 삶의 이치는?
- 생자필멸. 인생유한. 공수래공수거.
- '죽음'이란 두 글자.
......

17곡

− 자부선인은 도련님이 돌아오지 않아
− 홀로 근심하며 속을 태운다

자부선인은 막 사립문을 나왔다.

노인은 너덧 걸음쯤 나아가다 돌연 움직임을
멈추고 사뭇 근심스러운 눈길로 강물 저편을
바라보았다.

저만치 담묵빛 밤하늘에 희부연 보름달이 둥실
떠 있었다.

멀리 지평선 너머 펄펄 함박눈이 퍼붓는 도시의
그 하늘과 달리 이쪽 하늘은 아직 눈송이 한 점
흩날리지 않았다.

이제껏 도련님이 이리 늦은 시간까지 귀가하지
않은 적이 없었기에…

노인은 내심 '뭐가 잘못 된 게 아닐까…' 하는

어떤 사위스러운 예감과 함께 자꾸 바짝바짝
속이 타들어갔다.

그러면서 자연 두 분의 이름을 떠올렸다.
바로 단군의 할아버지인 '환인(한인)'과
단군의 아버지인 '환웅(한웅)'이었다.

이어 노인은 생각했다.

'……이번에 다시 세상에 내려오기 전…
두 어른께서 따로 나를 불러
도련님을 잘 지켜드리라고 거듭거듭 간곡히
당부하지 않으셨던가……'

그러다 이윽고 환웅 어르신의 목소리가
다시금 귀를 울렸다.

"선사. 내 선사만 믿소. 그사이 우리 왕검이
다소간 천리를 터득했다고는 하나…
여전히 젊고 감성적인데다 아직은 그리 생각이
깊지 않으니 그대가 각별히 잘 돌봐줘야 하오.
내 그대의 심모원려(지혜)와 우리 왕검을 향한

고심혈성(정성), 심열성복(애정)을 믿기에 이처럼
선선히 지상으로의 천강을 허여하니 말이오.
그나저나 낸들 어찌하겠소. 그리도 긴 세월이
흘렀건만 여전히 인간 세상에 대한 연민을 놓지
못해 저리도 연연불망 애태우고 있으니 말이오.
허니 이리 마냥 천계에만 붙들어 둘 수도
없는 노릇이 아니오……"

그리 한동안 두 분의 당부를 회억하면서 잠잠히
달빛 아래 섰다가 노인은 다시 몸을 돌려 사립문
안으로 들어섰다.

낮게 엎드린 초가지붕은 그사이 옅은 달빛을
품어 안고 감노랗게 메주 빛깔로 물들었고,
마당귀의 장독들은 어느새 다정히 그 달빛을
끌어안고 아이처럼 새근새근 잠이 들었다.

흰 사발 정화수도 제 옷깃을 여미고, 함초롬
그 달빛을 머금고 소르르 여윈잠이 들었다.

노인은 가만가만 앞마당을 지나
곧장 외짝문(지게문)을 열고 방으로 들어갔다.

거기 문 윗중방 조금 위쪽에는 누렇게 빛이 바랜
대나무 복조리 하나가 걸려 있었다.

(여기서 국자 모양의 복조리는 큰곰자리의
북두칠성을 형상화한 것으로 자연 한민족의 시조인
단군왕검을 상징하는 또 하나의 징표이다.)

방 안에는 은은하게 호롱불이 타고 있었다.

곧 노인은 방 윗목에 놓인 낡은 반닫이를 열고
거기 안쪽으로 깊숙이 손을 뻗어 도련님의
성냥갑을 꺼냈다. 그 반닫이 위에는 곤때 묻은
허름한 이부자리가 개켜져 있었다.

윗목 한옆에는 검은빛이 도는 낮은 나무탁자
하나가 놓였다.

그 탁자 위엔 조촐한 문방사우가 얹힌 채였다.
거기 탁자 위에 얹힌 흰색 화선지 위에는
새알심만 한 크기의 회백색 '조약돌 다섯 개'가
다붓다붓(∵) 모여 앉아 있었다.

또한 그 조약돌 바로 옆에는 '성냥개비 한 개로
조합된 어떤 독특한 느낌의 비밀스러운 기호'
하나가 형상화돼 있었다.

그것은 대략 이런 모양이었다.

즉 '성냥개비 한 개를 먼저
그 머리와(성냥골과) 몸통을 각각 분리한 뒤…
그 팥알 모양의 머리(·)는 위쪽에 놓아두고
남은 몸통은 다시 반으로 뚝 자른 다음
그중 반쪽(—)은 머리 아래 왼쪽에 놓고…
남은 반쪽은 다시 반으로 뚝 잘라(- -)
머리 아래 오른쪽에 나란히 놓았다.

그리하여 그 성냥개비 한 개는 이제
머리와 몸통으로, 다시 몸통과 몸통으로,
또다시 몸통과 몸통으로 따로따로 분리돼
전체적으로 정삼각형의 형태'를 띠고 있었다.

(여기서 조약돌 다섯 개와 성냥개비 한 개는
곧 태극과 음양오행을 구체화한 것이다.)

(소쩍소쩍) 멀리 어둠 속 어디선가 소쩍새
울음소리가 들려왔다.

이윽고 노인은 방바닥에서 몸을 세웠다. 순간
호롱불에 비친 노인의 그림자도 따라 탄력 있게
굴절되면서 크고 의미심장한 형체로 한쪽 벽에
어른거렸다.

노인은 장방형의 그 작은 성냥갑을 손에 쥔 채
방금 외짝문을 열고 다시 마당으로 나왔다.

거기 마당 한가운데 멈춰 서서 노인은 잠시 서쪽
하늘을 응시하다가… 이제 막 그쪽에서 눈길을
거두고 손에 든 그 성냥갑 안에서 가느다란
성냥개비 하나를 꺼냈다.

곧 노인은 그 성냥개비 머리를 성냥갑 옆구리에
대고 단번에 드르륵 그어 치르르 성냥불을 켰다.
이내 작고 온순하게 앞마당을 비추면서 한 송이
노란 꽃봉오리 같은 일 점의 성냥불이 켜지자…

곧이어 사립문 밖 저 멀리 검푸른 그 허공 너머로

일순 차원의 벽이 열리면서… 동시에 인간세계의
어떤 장면 하나가 홀연 눈앞에 떠올랐다.

18곡

– 오 형사와 두목은 단둘이 몰래 만나
– 모종의 음모를 꾸민다

거기 그 룸살롱 어느 방에서는 지금 오 형사와
두목이 나란히 붙어 앉아 단둘이 소곤소곤
귓속말을 주고받고 있었다.

둘의 생김새는 정반대였는데, 두목은 볼그무레한
얼굴에 군살이 거의 없는 호리호리한 체형이었고,
오 형사는 앙바틈하니 뚱뚱한 체구였는데
가마무트름한 얼굴에 얼른 보아 내용물의 압력에
못 이겨 금시라도 펑 하고 터질 것만 같은
땡땡하고 실팍한 살집을 지녔다.

그곳은 소파도 테이블도 바닥도 벽도 모두
깔끔한 상태였는데…

아까 두목이 혼자 지랄발광하며
한차례 폭풍처럼 화풀이를 해댔던 그 불행한
공간의 바로 옆방이었다.

꽤 신중한 태도로 두목의 말을 경청하면서
오 형사는 간간이 의식적으로 고개를 끄덕거렸다.
그런 가운데 되도록 상대의 말을 끊지 않으면서
자연스레 그 음성과 언어의 흐름을 따라가려고
무척 신경을 썼다.

그런 상태로 한참이 지났다.

두목이 돌연 말을 멈추고 외투 안주머니에서 노란
돈봉투(예전 월급봉투) 하나를 꺼냈다. 거기에는
정확히 오만 원권 현찰 백 매가 들어 있었다.

두목은 곧장 오 형사에게 그것을 건넸다.
오 형사는 슬쩍 봉투 안을 살펴보더니 곧
만족한 듯 입가를 한번 실룩하고는 자신의 잠바
겉주머니에 그것을 찔러 넣었다.

곧이어 두목이 테이블에 붙은 동그란 버튼을
누르자 잠시 후 문이 열리고 늘씬한 젊은 여자
둘이 먼저 룸 안으로 들어왔다.

둘 다 몸매가 훤히 드러나는

밀착형 슬립 드레스를 입은 채였다. 이어 남자
웨이터 둘이 각각 술과 안주 쟁반을 하나씩 나눠
들고 뒤따라 룸으로 들어왔다.

여자 둘은 자극적인 암컷 내를 훅 끼치며 으레
애교 섞인 눈웃음을 살살 치면서 두 남자의
옆자리에 각각 한 명씩 자리를 잡고 앉았다.

이윽고 두 웨이터가 룸을 나가자…
두 남자는 대번 고삐 풀린 망아지로 홀변해
좀 전 그 진지함은 간데없고 한바탕 부어라
마셔라 벌물 켜듯 하면서 마냥 꼴사납게 질척대며
열렬히 그 순간을 만끽하기 시작했다.

19곡

– 단군은 마침내 목적지에 도착해
– 어느 홍살문 앞에 차를 세운다

그곳은 서울 근교 외딴 산중에 자리한 이 나라
전통 민족 종교의 총본산으로 꽤 너른 터에
크고 고풍스러운 기와집 여러 채가 따로따로
흩어져 있는…

일종의 구원적 도량이자 청정한 믿음과 경배,
구도의 공간이며… 나아가 거룩하고 자비로운
영적 깨달음의 성전이었다.

(기와집의 형태는 쓰임새에 따라
'ㄱ자집, ㄷ자집, ㅁ자집' 등으로 구분되었고
그 지붕 또한 '맞배지붕, 합각지붕, 우진각지붕'
등등으로 다양한 모양새였다.)

그러니까 이곳은 이른바 국조신을 숭배하는
ㅇㅇ교의 핵심 근거지로서 이 나라 민족 종교와
토속 신앙의 영혼적 터전이자 유일한 구심점으로

불리는 곳이었다.

그렇듯 다소 웅장한 느낌을 주는 개개의
와옥들로 이루어진 이곳은…
'대종사·국선·국존·국통·도사교·종도사 혹은
진인'이라 부르는 1인 교주를 정점으로 그 수행
단계에 따라 '국자랑·조의·무절' 등으로 부르는
소수의 수제자들과 '낭도 혹은 화랑'이라 부르는
그 외 제자들… 그리고 매사 그들을 믿고 따르며
충실히 훈도를 받는 일반 신도를 포함하여 대략
일백이십 명 가까운 이들이 '영적·심적·정서적
한 뿌리 공동체'를 이뤄 함께 생활하고 있었다.

교주를 비롯한 제자들은 모두 도의 혹은
수련복을 걸쳤고, 다른 일반 신도들은 비교적
자유로운 형태의 생활한복을 착의하고 있었다.
그 외 공동생활을 하지 않고 정례적으로 집과
성전을 오가는 재가 신도들은 복장에 별 제약을
두지 않고 각자의 자율에 맡겼다.

또한 교주와 제자들은 별도의 수련관에서 따로
생활했고… 일반 신도들은 공동생활관에서 재가

신도들과 같이 지냈다.

현재 전국적으로 총 신도수는 대략 10만 명
안팎이었다. 그 정도면 딱히 적은 숫자는
아니었지만, 그럼에도 불교나 기독교, 가톨릭 등
주요 외래 종교에 비하면 심히 초라하고도 한껏
처량하리만치 미미한 교세가 아닐 수 없었다.

게다가 어떤 불선한 세력들에 의해 그 고유한
존재의 가치와 역사적 의미가 교묘히 오도되고
훼손되고 희화화되면서… 현재 새로운 신도는
거의 늘지 않는 반면 기존의 신도들은 꾸준히
이탈하는 형국이어서 갈수록 전체 신도수는 외려
줄어드는 형편이었다.

그들이 모시는 국조신은 특별히 '성제, 성조,
성신, 한배검, 대황신, 한얼님, 한울님' 등으로
칭했는데, 그 이름은 다름 아닌 한민족의 시조인
단군(왕검)을 숭모하고 떠받드는 애정 어린
경칭이었다.

그리하여 이들 교단의 중핵적 가르침은 말할

것도 없이 단군왕검의 '홍익인간 정신'이었다.

이제 막 단군의 차가 어느 높다란 홍살문 앞에
멈춰 섰다. 눈은 쉴 새 없이 내리고 있었다.
그사이 산중에는 온통 소도록하게 잣눈이 쌓였다.
그 홍살문 상부 세로살대 중앙에는 동그란 태극
문양이 달라붙어 있었다.

곧 둘은 차를 나와 묵묵히 함박눈을 맞으며 그
홍살문을 지나 저만치 앞쪽으로 나란히 걸어갔다.

밤의 허파 속을 지르밟는 둘의 발소리가
잇달아 긴박하면서도 조심스럽게 그 어둠의
내벽을 스치며 아득한 그 찰나의 호흡 속으로
스러져 갔다.

둘은 이윽고 어느 기와집 대문 앞에서 발을
멈췄다. 대문 처마에는 큼지막한 외등 하나가
둥실 내걸려 있었다.

단군이 잠시 주위를 둘러본 뒤 방금 오른쪽
주먹으로 거기 나무대문을 탁탁 두드렸다.

그리 세게 두드린 건 아니었지만,
온 세상이 잠든 오밤중의 산속인지라 그 소리는
일순 커다랗게 적막을 일깨우면서 잇달아
어둠을 박차고 세차게 허공으로 튀어 올랐다.

그리 몇 차례 더 대문을 두드리자 마침내 삐걱
문이 열리면서 동시에 한복(수련복. 일종의 답호)
차림에 허리에는 끈목 띠를 띠고 이마에는 푸른
띠를 두른 사내 하나가 비죽 얼굴을 내밀었다.

그의 머리띠 중심에는…
아까 홍살문 상부 세로살대 중앙에 달려 있던
것과 유사한 태극 문양이 박혀 있었다.

"어찌 오셨습니까?"
그가 물었다.

"잠시 교주님을 뵙고 싶습니다."
단군이 답했다.

그 사내는 잠시 고민하더니
"실례지만, 어디서 오신 누구신지요?

혹시 저희 교단에 입교하신 신도님이신지요?”
하고 잇달아 조심스레 물었다.

단군은 일순 난감한 기색을 보이다가 다시금
조용히 입을 열었다.

“그게… 그런 것이 아니라…
자세한 건 말씀드리지 못합니다.
우선 교주님을 만나게 해주시면 제가 그때
소상히 말씀 올리겠습니다.”

그 사내는 대번 의심스럽다는 기색을 보이더니
“그건 곤란합니다. 이건 좀 뜻밖입니다.
이런 늦은 시간에 불쑥 찾아와서 다짜고짜
교주님을 뵙자니요? 더구나 손님께선 신분조차
확실히 밝히시지 못하시지 않습니까?
손님, 죄송하지만 교주님은 그리
한가한 분이 아닙니다. 또한 지금은 이미
침소에 드셨습니다. 한데, 누군지도 모르는
낯선 방문객 때문에 잠든 교주님을 깨울 순
없지 않겠습니까? 허니 손님, 지금은 일단
돌아가시고 날이 밝으면 다시 찾아오시지요?”

하고 나름대로 짐짓 정중한 태도를 연출하며
'거절 의사'를 밝혔다.

그러고는 제 깐으론 충분히 예의를 갖춰
알아듣게 잘 대처했다는 듯 제풀에 그는
만족스러운 표정을 지었다. 제 스스로 생각해도
그런 자신이 꽤나 대견스러운 모양이었다.

단군은 잠시 침묵한 뒤 아무래도 안 되겠다 싶자
할 수 없이 조금 적극적인 수단을 쓸 수밖에
없다는 생각이 들었다. 이를테면 그는 지금
막다른 처지에 몰린 형세였는지라 당장 이것저것
재고 가리고 할 계제가 못 되었던 것이다.

그래서 곧 이렇게 다시 입을 열었다.

"내 분명히 경고합니다. 부디 눈앞에 다가온
메시아를 몰라본 어리석은 유대교인이 되지
마십시오. 부디 지금 당장 진리의 눈을 뜨고
그대의 그 청맹의 우매함에서 깨어나십시오.
그 옛날 그토록 기다리던 메시아를 마주하고도
끝내 그를 몰라보고 십자가에 매달은…

어리석은 그들의 실수를 되풀이하지 마십시오."
(청맹: 눈뜬장님.)

단군이 말을 마치자 그 사내는 내심
'아닌 밤중에 홍두깨라더니… 이게 대체 뭔
소린가?' 하는 표정으로 잠시간 얼떨떨한 기색을
보이더니 이어 무슨 생각을 했는지…

'잠깐 실례한다'고 말하고는 곧 몸을 돌려 어둠
저쪽으로 총총히 사라졌다.

눈을 밟는 발소리가 설핏 그 공간을 스치다가
절로 뚝 멎어서면서… 이내 덧없이 밤의 깃 속으로
사그라졌다. 그사이 둘의 머리에는 사분사분
눈송이가 내려앉고 있었다.

❊ 교주와 홍익인간의 가르침 ❊

이곳 교주가 강조하는
홍익인간의 정신이란 바로 이런 것이었다.

다시 말해 홍익인간의 정신이란, 글자 그대로
'널리 인간을 이롭게 하는 것'이며
(이는 나아가 홍익하는 인간, 즉 널리 인간을
이롭게 하는 존재 자체를 동시에 의미한다),

또한 널리 인간을 이롭게 한다는 것은 바로
'선善하게 사는 것'이며,

또한 선하게 산다는 것은
결국 '사람이건 동물이건 식물이건 벌레이건
그 어떤 하찮은 미물이건…
살아 있는 모든 것들에게 사랑과 정과 친절을
베푸는 것'이며,

아울러 '하늘이건 땅이건 바람이건 구름이건
그 어떤 물질이건 물건이건…

존재하는 모든 것들에게까지 그 마음을 확장하고
전달하는 것'을 이르는 말이었다.

결국 '선하게 산다는 것은 곧
우리 인간을 인간이게 하는 마지막 보루, 즉
우리 인간을 인간답게 하는 인류 최후의 항체와도
같은 것'이었다.

그리하여 그것은
예수에게로 가서 '사랑'이 되고
석가에게로 가서 '자비'가 되고
공자에게로 가서 '인仁'이 되었다.

그리하여 그것은 '정情과 의義와 충忠과 효孝'의
본바탕인 것이었다.

그리하여 홍익인간의 정신은 바로 '인류 최초의
박애주의 사상이자 영원히 불변하는 온 우주의
법칙'인 것이었다.

＊ 홍익인간의 정신 ＊

↓

넓리 인간을 이롭게 하는 것.
선하게 사는 것.
인간을 인간이게 하는 마지막 보루.
인간을 인간답게 하는 최후의 항체.
사랑, 자비, 인.
정과 의와 충과 효의 본바탕.
인류 최초의 박애주의 사상.
영원히 불변하는 온 우주의 법칙.

홍익인간의 정신 = 선善 = 정情

20곡
– 단군은 교주를 만나 전후 사정을 설명한다

그 사내가 다시 대문 틈으로 얼굴을 내민 것은
그로부터 대략 15분쯤 지나서였다.
둘은 곧 그 사내를 따라 대문 안으로 들어섰다.
경내에는 듬성듬성 장명등이 켜져 있었다.

(사박사박 구름 위를 걷듯)
곱게 내려앉은 숫눈을 밟으며 둘은 조용히
그 사내를 뒤따랐다. 셋은 말없이 밤눈을 맞으며
안침 어딘가로 부지런히 걸었다.

얼마 후 둘은 그 사내가 인도한 어느 방(혹은
법당) 안으로 들어섰다. 제법 크고 넓은 아늑한
공간이었다. 이어 곧 세 사람의 형상이 둘의
눈에 들어왔다.

거기 제단 앞 어간에 백발노인 하나와 함께 그의
제자들로 보이는 중년 남자 둘이 각각 자기 방석
위에 나란히 좌정하고 있었다.

(어간: 방의 한복판.)

셋은 다 같이 흰색 한복을 입고 있었는데, 그들
한가운데 도사리고 앉은 노인은 '검은 천으로
가를 덧댄 학창의'에 이마에는 금색 띠를 둘렀고,
그 좌우에 붙어 앉은 다른 둘은 '가선을 두르지
않은 소창의'에 이마에는 똑같이 붉은 띠를
둘렀다. 아울러 그들 각자가 깔고 앉은 세 개의
방석과 그 머리띠의 빛깔 또한 정확히 일치했다.

그들의 뒤편에는 눈에 익은 동상 하나가 모셔져
있었다. 그러니까 대략 어른 허리께쯤 됨직한
제단 위에 조금 큰 닫집이 설치돼 있고 바로 그
닫집 안에 그 낯익은 동상이 봉안돼 있었다.
그 동상 앞쪽에는 큼지막한 황동 촛대 세 개가
나란히 벌여 섰고…

거기 꽂힌 세 자루의 밀초들은 경건히 생살을
태우며 소리 없이 눈물을 흘리고 있었다.

(거기 정온히 보좌에 올라앉은) 닫집 안의 그
동상은 다름 아닌 '국조 단군상'이었다. 그 바람에

단군 곁에 선 그녀는 더럭 놀라 일순 무르춤했다.

지금 그 닫집 안에 모셔진 그 동상과
바로 그 해모수 빌딩 정문 앞에 서 있는 그
동상이 영락없는 쌍둥이인 양… 서로 쏙 빼닮은
터였기 때문이다.

그러면서도 이 한 가지만은 선명히 식별되었다.
요컨대 지금 그 단군상의 이마에는
아무런 상처도 일호의 흠집도 보이지 않는다는
사실이었다. 이를테면 지금 그 단군상과 전의 그
단군상의 차이점이라곤 단지 눈앞의 그 단군상의
이마가 아무런 상처도 없이 반질반질 빛이 나면서
실로 탐스러우리만치 매끄럽다는 사실뿐이었다.

이윽고 이쪽 둘은 그들 셋과 서로 서너 발짝쯤
공간을 둔 채 방석 없는 맨바닥에 조용히 자리를
잡고 앉았다.

단군은 단정히 책상다리를 하고 넌지시 정면을
바라보았고 그녀는 다소곳이 무릎을 꿇은 채로
자기 코밑으로 살짝 시선을 떨궜다.

거기 여울여울 타오르는 세 자루의 촛불 아래서
쌍방은 그리 정면으로 대좌한 채 한동안 정물처럼
앉아 있었다.

그제야 그들 세 사람의 머리띠 정중앙에 박힌
동그란 표식과 함께 바로 그 원 안에 새겨진
각각의 어떤 문양들이 하나씩 눈에 들어왔다.

먼저 그들 한가운데 정좌한…
노인의 이마에는 검은 신조 '삼족오三足烏'
문양이 수놓여 있었다.

(삼족오는 머리에 볏이 달리고 다리가 세 개인
검은 새다. 통상 태양을 상징하는 신성한 새로
일종의 불새 혹은 불사조다.)

그런가 하면 노인의 좌측에 좌정한 그 제자의
이마에는 '천지화天指花' 문양이 수놓여 있었다.

(천지화는 참꽃, 즉 '진달래'를 말한다.
또한 글자 그대로 머리 위의 '하늘을 가리키는
꽃'이란 뜻이다. 그 하늘은 다름 아닌

작은곰자리의 북극성과 큰곰자리의 북두칠성을
아울러 이른다.)

그리고 노인의 우측에 좌정한 그 제자의
이마에는 '목근화(무궁화)' 문양이 수놓여 있었다.

"자, 말씀해 보시지요?"
"절 뵙기를 청했다고요?"

마침내 그 교주가 먼저 입을 떼었다.
그러고서 노인은 한 손으로 쓱쓱 자신의
턱수염을 쓸어내렸다. 이윽고 단군은 눈을 들어
제단 위의 단군상을 한번 응시하고 나서 잔잔한
음성으로 이렇게 입을 열었다.

"제가 누구인지는 구태 말씀드리지 않겠습니다.
다만, 이 한 가지만 말씀드리겠습니다.
제가 지금 난처한 상황에 처했습니다.
저는 지금 쫓기고 있습니다.
해서 당장 은신처가 필요합니다.
하여 이리 야밤중에 무례를 무릅쓰고 이곳으로
급히 찾아든 것입니다. 하지만 그 이상의 자세한

내막은 말씀드리기 곤란합니다."

제자 둘이 대번 의혹에 찬 시선으로 양쪽에서
노인의 귀에 대고 번갈아 귓속말을 소곤거렸다.
노인은 묵묵히 귀엣말을 듣고 있다가 이윽고
이렇게 다시 입을 열었다.

"잘 알겠습니다."
"그것으로 충분합니다."

"말씀만으로도 족히 그 다급함을 짐작하고도
남습니다."

그리 말한 뒤 노인은 양옆의 제자들에게
나직나직 뭔가를 지시하고는… 먼저 자리에서
일어나 단군에게 가볍게 목례한 뒤 사뿐사뿐
그 공간을 나섰다.

곧 천지화 머리띠를 두른 제자가 따라 일어나
발끝걸음으로 가만가만 노인을 배종했다.

그들 두 사람이 방을 나가자 잠시 후 무궁화

머리띠를 두른 제자가 몸을 일으켜 두 빈객을
데리고 그 공간을 나왔다. 그런 다음 그 제자는
서벅서벅 걸음을 옮겨 이리저리 경내를 한참
돌고 돌아 이제 막 어느 기와집에 다다랐다.

곧 그는 거기 어딘가에 들어박힌 으슥한
구석방으로 둘을 안내했다. 아마도 방문자용
공간이었는지 두 사람이 들어선 그 방은 마치
현대식 원룸처럼 실내에 침대와 화장실 그리고
포마이카 탁자와 소파, 붙박이 옷장, 기타
부엌세간 등이 골고루 구비돼 있었다.

그 방으로 둘을 안내한 그 제자가 방금 보일러
온도를 올리고는 이어 편히 쉬라는 말을 남기고
곧장 몸을 돌려 방을 나갔다.

방 한쪽 벽면에는 두루마리 족자 하나가 걸려
있었는데, 거기에는 작은 붓글씨로 이런 글귀가
씌어 있었다.

오늘 너 자신을 정화하지 않는다면
끝내 너 자신을 정화할 수 없으리라.

네가 너 자신을 정화하지 못한다면
영영 너 자신을 정화하지 못하리라.

단군은 휘휘 실내를 둘러본 뒤 이윽고 그녀에게
안쪽 침대를 권하고는…

자신은 현관 옆 바람벽에 바싹 붙여 놓은 ㄱ자형
패브릭 소파로 다가가 거기 털썩 모로 누워
그대로 눈을 감고 잠을 청했다.

그리 내던지듯 소파 위로 몸을 부리기 무섭게
다락같은 피로가 몰려와 어깨를 짓누르면서
이내 그는 수르르 잠 속으로 빨려 들었다.

그리하여 그들 교단에서 내어 준 그곳 구석방을
임시 은신처로 삼아…
둘의 갑작스러운 피신 생활이 시작되었다.

21곡

− 단군은 졸지 납치범의 누명을 쓴다

그러구러 며칠인가가 지났다. 그날 저녁 9시경,
공중파 티브이에서는 며칠 전에 있었던…
어떤 납치 사건에 대한 뉴스가 방영되고 있었다.
방금 앵커 멘트가 끝나고… 곧이어 서울의 한
경찰서에서 젊은 여기자 하나가 담당 형사와
인터뷰를 진행하는 장면이 시작되는 중이었다.

본격적인 인터뷰에 앞서 잠시 경찰서 내부를
스케치하듯 이쪽저쪽 느슨하게 돌아가며
방송 카메라가 사무실 곳곳을 비췄다. 군데군데
벽에 걸린 한글 액자들이 언뜻언뜻 카메라 렌즈
속을 스쳐 지나갔다. 거기에는 검고 굵은 붓글로
'멸사봉공, 국태민안, 민중의 지팡이' 같은 낯익은
표어들이 씌어 있었다. 이윽고 그 담당 형사와의
단독 인터뷰가 시작되었다.

그는 다름 아닌 접때 그 룸살롱에서 두목과 몰래
만나 단둘이 밀담을 나누던 그날 그 오 형사였다.

그 인터뷰 내용은 대략 이러했다.

……그제 오전 오 형사는 경찰서 사무실에서
어떤 남자에게 걸려온 전화 한 통을 받았다.
그 남자는 다짜고짜 자신이 지금 한 여자를
납치하고 있다면서 그녀의 부모에게 공개적으로
거액의 몸값을 요구한다고 말했다. 오 형사는
즉각 그쪽의 동태를 살피면서 피랍자의 이름과
나이, 주소, 부모 양쪽의 전화번호 등의
인적 사항을 물었다. 그러자 그 남자는 추적을
의심했는지 부모 한쪽(엄마)의 전화번호만 급히
던져놓고는 다시 연락하겠다며 서둘러 전화를
끊었다. 이후 오 형사는 피랍자의 엄마에게
전화를 걸어 딸의 피랍 사실과 함께
그쪽에서 요구하는 몸값의 액수를 전하고는…
곧 '최선을 다해 사건을 해결할 테니 너무
걱정하지 말라'는 상투적인 멘트를 덧붙이며
전화를 끊었다.

그리하여 오늘 우여곡절 끝에 그 납치범의
얼굴이 찍힌 시시티브이 영상이 전격 언론에
공개된 것이었다. 바로 그 납치범의 얼굴이 담긴

그 영상은 대충 이런 장면이었다.

……강남의 모 오성급 호텔 스위트룸 승강문
앞에서 그 납치범(단군)이 혼자 초조한 기색으로
그 자리를 서성이는 장면. 잠시 후 해당 층에
승강기가 도착하고 곧이어 승강문이 열리는 장면.
이어 거의 동시에 그 납치범이 승강기 안으로
와락 뛰어드는 장면. 이어 순식간에 거기 탄 남자
둘을 때려눕히고 서둘러 승강기 밖으로 끌어내는
장면. 이어 승강기에 타고 있던 또 한 사람(바로
그 피랍된 여성)을 겁박해 신속히 1층 로비로
내려가는 장면. 이어 1층에서 승강문이 열리기
무섭게 그 여성을 덥석 잡아끌고 곧장 로비를
벗어나 냅다 호텔 문을 빠져나가는 장면.

그 영상은 뭐랄까.

그러니까 알 수 없는 누군가에 의해 교묘히
기술적으로 편집돼(혹은 악의적으로 조작돼)
그날 호텔에서 피랍된 그 여성의 얼굴은 거의
드러나지 않고 단지 그 납치범 일인의 선명한
얼굴(즉 짙은 이끼로 뒤덮인 듯 턱과 코 밑에

난 소보록한 수염, 이미 한 차례 누군가와
주먹다짐을 벌인 듯 이마 가장자리에 붙어 있는
피가 밴 일회용 밴드 등)과 더불어 호텔 내부에서
포착된 그의 동선 위주로만 자세히 공개되었다.

그리하여 단군은 졸지 부녀자 납치범이란 애꿎은
누명을 둘러쓴 채 더럽고 파렴치한 범죄자로
둔갑해 전국적으로(아니, 전 지구적으로)
공개 수배된 '기구하고도 어처구니없는 처지'로
전락하고 말았다.

그럼에도 그런 음모와 검은 야욕의 피해 당사자인
둘은 정작 그런 사실들을 아직 까맣게 모르는
상태였다. 그렇다고 둘이 완전히 고립된 나머지
바깥세상과의 소통이 아주 단절된 환경은
아니었다. 요컨대 거기 산중 은신처에도 최신형
플라스마 티브이가 설치돼 있었지만… 매순간
불안스레 숨죽인 채 하루하루 근근이 은신을
이어가는 그들로선 그리 한가하게 티브이를 켤
형편이 아니었던 것이다.

또한 불필요한 오해와 구설을 원천 차단하기

위해 둘은 일절 문밖출입을 삼간 채 극비리에
그 공간에 칩거하면서… 이따금 라면이나 빵,
몇몇 즉석식품 따위로 그때그때 대충 허기를
때워가며 마냥 기약 없는 침묵의 나날을
견디어 가는 상황이었다.

그런 상태로 얼마를 더 버티면서 피신을 지속할
수 있을는지 아직은 아무것도 장담할 수 없는
불안스러운 처지였다. 게다가 혹시 모를 위치
추적 등을 피하기 위해 그날 밤 차 안에서 있었던
엄마와의 그 통화를 끝으로 그녀는 지레 휴대폰의
전원을 냉큼 꺼버린 뒤 아직껏 그것을 다시 켤
엄두조차 못 내는 실정이었다.

22곡

– 하늘 아래 안전한 은신처는 어디에도 없다

교주의 수제자인 '다유'는
전날 새벽 그 둘을 거기 은신처로 데려다 준
그 중년(무궁화 머리띠)의 사내였다.

오늘 오후 그는 도생들이 머무는 수행관에서
평소처럼 조용히 독서삼매에 젖었다.

이번에도 의당 상고시대 한겨레의 역사서인
'환단고기'였다.

그렇듯 한 구절 한 구절 그 낱낱의 글자들이 지닌
현묘한 의미와 오묘한 이치를 그윽이 음미하면서
그는 갈데없는 기쁨과 행복과 즐거움에 젖었다.

아까 오전에는 그를 위시한 몇몇 핵심 제자들만
따로 모여 스승님의 강설을 들었다.

그러던 중 스승님은 또 잠시 쉬어 가자시며

이런저런 한담과 더불어 일상적인 가르침을
들려주었다. 요컨대 이런 내용들이었다.

"……우리 한민족은 그 어떤 난관에도 굴하지
않고 끝끝내 자존성을 지키며 그 천부의
순박함과 따뜻한 인간애를 잃지 않는 선량한
민족이다. 그리하여 가슴에는 저마다 아름다운
나눔과 너그러운 포용력, 향기로운 선의 씨앗을
품고 있으며… 혈관에는 저마다 다사로운 정과
자발적인 동정심, 천성적인 형제애가 흐른다."

스승님은 또 말씀하셨다.

"우리 인간은 본디 선량한 본성을 바탕으로
창조되었다. 그러므로 인간은 때로 그 선량한
본성을 잊을 수는 있을지언정… 결코 그 선량한
본성을 완전히 잃을 수는 없는 것이다.

그리하여 우리가 오늘 그 선량한 본성을
잊었다면, 이제라도 잊힌 그 기억을 되살리는
것이야말로 하늘이 우리에게 부여한 우주 본연의
근원적 법칙임과 동시에 우리가 우리 스스로에게
부여한 인간 본연의 필연적 의무이자 책임이며

또한 숙명적 과업인 것이다.”

스승님은 또 말씀하셨다.

“절대 없어지지 않는
참다운 재산이 무언지 아느냐?
그건 남에게 친절을 베풀고 선하게 살며
아낌없이 나눠주는 것이다. 이는 결코 사라지지
않는 ‘불후불멸의 참 재산’이다.

이는 곧 세상의 장부가 아닌
천상의 장부에 기록되기 때문이다. 다만 한 가지,
잊지 말아야 할 것이 있다.

바로 ‘후회하지 말아야 한다’는 것이다.

그 아무리 친절하고 선한 행동을 하였더라도
또한 그 아무리 아낌없는 나눔을 베풀었더라도
이를 스스로 후회하는 순간…

곧바로 천상의 장부에서 ‘그간의 덕업(선업)들이
가차없이 삭제’되기 때문이다.”

스승님은 또 말씀하셨다.

"……자고로 돈을 밝히는 (각종 헌금 장사,
온갖 축복 팔이) 종교는 전부 가짜다.
즉 목사, 신부, 승려, 도사, 술사, 무당… 그 외
여하한 종교의 교주를 불문하고 돈을 받고
그 액수에 따른 천복을 약속하거나 그 어떤
형태로든 대가적 보상을 제시하는 이들은 모두
하늘과 믿음과 천국을 칭탁하고 구원과 은총과
영생을 빙자한 거짓 선지자다.

무릇 구원과 깨달음은 모두 내 안에 있다.
너는 그 무엇도 너의 밖에서 구하지 마라.
바로 내 속에 구원과 깨달음과 안식과
모든 치유의 씨앗이 있다.

요컨대 내 마음이 곧 나 자신의 유일한
구원자요 치유자요 위안처다. 다시 말해
나 자신 스스로가 바로 나를 위한 기쁨과
축복과 깨달음의 근원지인 것이다."

스승님은 또 말씀하셨다.

"인간의 진정한 기품은 어디에서 오는가.
강한 자가 약한 자를, 잘난 자가 못난 자를,
더 가진 자가 덜 가진 자를, 뛰어난 자가
부족한 자를, 건강한 자가 병약한 자를,
성공한 자가 실패한 자를, 유능한 자가
무능한 자를 기억하고 되돌아보고 돌보아
주는 것. 바로 그 선량한 인간성에서 온다.

힘, 재주, 재능, 신체, 외모, 건강, 지능, 부모,
가문, 성격… 그 외 무엇을 막론하고 내가 만약
다른 이들보다 더 나은 조건으로 태어났다면…

그것은 결코 다른 이들 위에 군림하거나
자랑하거나 으스대거나 어떤 개인적 자만감을
갖거나 우월감을 향유하라는 뜻이 아니다.
결단코 그런 것이 아니다.

다만 그것은 나보다 더 못한 조건으로 태어난
이들을 위해 더 많이 애쓰고 더 많이 수고하고
더 많이 낮추고 더 많이 사랑하고 더 많이
이해하고 더 많이 배려하고 더 많이 용서하고
더 많이 베풀면서 살아가라는…
저 하늘의 간절한 부탁이자 애절한 바람이자 또한

너를 향한 그 음성의 절실한 호소인 것이다."

스승님은 또 말씀하셨다.

"모름지기 허드렛일이나 시역을 맡아하는 이들을
공경해야 한다. 무릇 오물을 치우거나 쓰레기를
거두거나 이러저러한 방식으로 남의 시중을 드는
이들이야말로 세상에서 가장 덕스럽고 고결한
사람들인 것이다.

예컨대 누구 하나 그런 일을 떠맡지 않고 모두
나 몰라라 한다고 가정해 보아라. 그러하면 결국
그 모든 수고와 짜증과 고역을 자기 자신이
스스로 감당하거나⋯ 아니면 그 누구도 선뜻
그런 짐을 떠안으려 하지 않아 세상은 곧 거대한
돼지우리로⋯ 엉망진창 뒤죽박죽⋯ 그 자체로
머잖아 혼돈의 시궁창으로 뒤바뀌고 말 것이다.

그러한즉 누구나가 꺼려하고 싫어하는 일을
떠맡아하는 것은, 그 어떤 이유 여하를 막론하고
단지 그 사실 하나만으로도 세상에서 가장
존중받고 우대되어야 할 숭고하고도 지극스러운
희생인 것이다."

그렇게 얼마쯤 지났을까.

문득 경독을 멈추고 그는 잠시 머리도 식힐 겸
자리에서 일어나 혼자 수행관을 나왔다.
이어 그는 "훔치훔치… 훔리함리…" 입속말로
연신 태을주를 외면서 슬렁슬렁 경내를 한보하다가
이윽고 일반 신도들이 머무는 제1생활관에 잠시
들렀다.

거기에는 군데군데 한자로 쓴 편액(강령)들이
걸려 있었다. 대략 이런 글귀들이었다.

단군조선 천세만세 신시배달 천추만대
홍익인간 제세이화 만고불후 현묘지도
이화세계 이상세계 인류태초 박애지도
……

그는 생활관에 들어서자마자 마침 티브이에서
방영되고 있던 그 납치 사건 뉴스와 우연히
맞닥뜨렸다. 하지만 그 자리에 있던 사람 중에
티브이 속 그 납치범의 얼굴이 현재 거기
은신처에 숨어 있는 그 사내의 얼굴이란 사실을
아는 것은 오직 그 자신 한 사람뿐이었다.

일테면 지금 그 산중에서…
그곳 은신처에 숨은 두 빈객에 관해 아는 이는
고작 교주와 자신 그리고 다른 제자 하나와
그날 그 밤에 그들을 응문했던 그 낭도 하나,
그렇게 딱 네 사람뿐이었던 것이다.
(응문: 대문에서 손님을 응대함.)

그만큼 그들 두 사람에 관한 일은
그곳 내에서도 철저히 비밀에 부쳤던 것이다.

그길로 곧장 생활관을 나와
그는 냉큼 교주에게 달려가 방금 티브이에서 본
그 사실을 은밀히 귀띔했다.
그러자 교주는 대번 안색이 일변하면서 뜻밖에도
이렇게 일갈하는 것이었다.

"입조심 하거라!"

그 제자가 무슨 영문인지 몰라 눈을 휘둥그레
뜨자 교주가 곧 이렇게 덧붙였다.

"너는 그날 그분의 존안(이마)에 난 상처를
보지 못했느냐? 그것이 정녕 무엇을 뜻하는지

너는 모르느냐?

이는 곧 지금 이 시대의 편견과 불신, 나아가
자천타배 패륜적 세력들로부터 가해진 비극적
수난의 가슴 아픈 상징이니라.
(자천타배: 내 것은 천시하고 남의 것은 숭배함.)

다유야, 그날 네가 승안한(처음 뵌) 그분은
다름 아닌 우리가 모시는 단군 성제님의 '거룩한
현신'이니라.

내 비록 그분의 뜻을 좇아 이렇듯 입을 닫고
부러 모른 척하고 있었다만, 내 이제 너에게만
따로 그 사실을 내시하는 것이니 이후 두 번
다시 그 같은 불경한 언사를 입에 담지 말거라.
비록 우리가 행보석을 깔고 영접하지는
못했을지언정 차후 그분을 응접하는 데 있어
추호라도 소홀함이 있어서는 안 되느니라.
(행보석: 손님맞이용 돗자리.)

아울러 다른 도반이나 신도들에게 비밀이 새
나가지 않도록 이제부터 각별히 더 입조심을
하거라. 게다가 혹시 몰라 노파심에 말한다만,

행여 재가 신도를 비롯한 가까운 친지나
외부인에게 몰래 비밀을 통겨줄 생각일랑 아예
생심조차 하지 말거라.

다만 본당에 모신 성제님을 뵈옵듯
오직 경모의 정으로 성심을 다해 그분의 거처를
지키고 돌보아 드리거라."

교주는 계속 이렇게 덧붙여 말했다.

"다유야, 나는 이미 일락서산… 늙고 쇠한
포병객이 아니더냐. 내 일전에도 말했다만,
이제 나는 지상에 머물 날이 얼마 남지 않았단다.
허니 앞으로는 네가 나를 대신해 공의로운
큰마음으로 이 종단을 이끌며 이 성전을 지키고
이 정신을 받들고 다른 도반들과 성전 안팎의
모든 신도들의 삶을 돌보아야 하느니라.
허니 이후로는… 매사 매 순간 그 언행과 처신을
더 각별히 바루고 조심해야 하느니라."

얼마 후 그 제자는 스승과의 독대를 마치고 혼자
교주의 방을 나왔다.

펄펄 백설이 흩날리는 겨울 성전은 온통
설색으로 물이 들었다. 경내 어디선가 어느
겨울나무 위에서 깍깍 때까치가 울었다.
멀리 맞바라보이는 건넛산 산부리는 마치 하얀
고깔을 쓴 백곰의 머리인 양… 희끗희끗
눈발 사이로 아른거렸다.

그는 후딱 발을 떼지 못해 잠시 방문 앞에 멈춰
서서 알쏭달쏭한 표정으로 연신 눈을 깜박이며
고개를 갸웃거렸다.

'설마, 그럴 리가. 그럴 리가……'

그러면서 언뜻 이런 생각을 떠올렸다. 즉 '온갖
물상과 세간사에 도통하신 스승님께서 그런
연륜과 노숙함에도 불구하고 그간 기력이
쇠미해진 탓해 그리 깜박 정신이 혼미해지신 게
아닐까' 하는 의구심이 일었던 것이다.

아무래도 은신처의 그 남자가, 기껏해야 마흔
안팎으로 그보다 족히 너덧 살은 더 어리지 싶은
초라한 행색의 그 낯선 사내가 자신들이 모시는
단군 성제님의 현신이라는 게 그로서는 좀체

납득이 가지 않았던 것이다.

그는 문득 그 남자의 이마 끝에 붙어 있던
그 피가 밴 일회용 밴드를 떠올렸다.

'스승님도 참. 그깟 피 묻은 밴드 하나가
성제님의 상징이라니. 참 내, 아무리 사람을
오인해도 정도가 있지. 지금 나더러 그 얘기를
믿으라는 말씀이신가? 나 참, 무슨 애들 장난하는
것도 아니고… 이건 도무지 밑도 끝도 없는
말씀이 아닌가……'

그는 순간 기도 안 찬다는 듯이 피식 실소를 짓고
말았다. 그러고는 입가에 실긋 설만한 웃음기를
띤 채 다시금 스승님의 그 언담을 떠올리며 자기
머리띠 한가운데 박힌 무궁화 문양을 손끝으로
둬 번 긁적거렸다.

23곡

– 교주와 다유 그리고 영준

어쨌거나 그는 스승님의 명을 좇아
한동안 누구에게도 그 사실을 발설하지 않기로
마음먹었다.

그러면서 문득 어떤 기억 하나가 절로 떠올랐다.
바로 스승님과 처음 대면했던 그날 그 순간의
신기롭던 그 광경이 어릿어릿 눈앞으로 되살아온
것이다.

그러니까 벌써 스무 해 저쪽의 오래전 일이다.
그날 그는 친구 영준의 권유로 우연히 이곳
성전에 들렀다가 마침 스승님의 삼일신고 강설을
같이 듣게 되었다.

그 후 얼마 안 가 그는 이곳 교단의 새로운
신도로 등록하고 그리 정식으로 입교식을 치른
뒤에 스승님의 신입 제자가 되었다.

그 자리에서 스승님은…
'기연장자의 위의(썩 훌륭한 풍모)를 지녔다'고
그를 사뭇 추어주면서…

오늘은 바로 '그 옛날 달마 조사가 혜가(훗날
수제자)를 만난 날과 진배없다'며 만면에 환한
미소를 띤 채 감격 어린 기쁨을 감추지 못했다.

그러면서 장차 성현 군자가 되어 우리 교단을
위해 크게 쓰일 양재이니 늘 '근수정진 무한부정
(끊임없이 갈고 닦고 정진함)'의 자세를 잃지
말라는 격려의 말로 그를 향한 남다른 기대와
애정을 표명했다.

그러자 영준의 얼굴에는 대번 부러움과 시샘과
서운함의 감정이 내리 교차하면서… 동시에
탐탁잖아 하는 낯빛이 가감 없이 드러났다.
그러면서 그는 실심한 듯 제풀에 폭 한숨을
토하고는 갑자기 이도저도 다 덧없고 된정나고
맥이 빠진다는 투로 이렇게 투덜거렸다.

즉 이제껏 그는 '스승님께서 저리 기뻐하고

흡족해하는 모습은 처음 본다'면서 전에 자신이
입교했을 적엔 단지 '신부족언 유불신언(믿음이
부족하면 불신이 자라난다)'이란 경구를
일러주면서 늘 심사묵고와 더불어 부지런히
도심을 닦고 '허정염담 심재좌망(마음을 깨끗이
비워 담담하고 편안하게 무아의 상태에 이르게
함)'의 자세를 잃지 말라는 피상적인 의미의
덕담뿐이었다고 말했다.

당시 영준은 이미 이곳 교단에 입교한 지
수년째인 정식 신도 신분이었다. 그런데 애초
그가 입교를 결심하게 된 계기는 이러했다.
즉 하루는 그가 고교 선배 김 모에게 마음속의
고민을 털어놓았다.

"저… 선배…
죽음에 대한 두려움을 떨칠 방법이 없을까요?"

이어 그는 여전히 저어하는 기색으로 이렇게
말을 이었다.

"그게… 실은… 말하기 좀 뭐하지만…

요즘 부쩍 죽음의 공포에 시달리고 있어요.
그게… 그러니까……
이러다 덜컥 죽어버릴지 모른다는 공포심이
무시로 제 영혼을 짓누르는 통에… 정말이지
겁이 나서 당장 숨이 막힐 지경이에요."

영준이 그렇듯 자기 고민을 털어놓았을 때
김 모 선배는 마침 이곳 교단에 입교한 지
여러 해가 지난 낭도 신분이었다.

영준의 그런 숨김없는 고백을 듣고 나자…
김 모는 절로 스승님께 들어 새긴 어떤 교훈
하나가 문득 떠올랐다.

그리하여 그는 잠시 생각을 가다듬고 나서
방금 그 물음에 대한 대답으로 이런 이야기를
들려주었다.

"영준아, 우리 스승님께서 언젠가 그런 말씀을
하셨어. 음, 그니까… 하루는 이런 일이 있었어.
그날 오후 스승님께서 경을 설하시는 중에 어떤
낭도 하나가 벌떡 일어나서 다짜고짜 난데없는

질문을 던졌던 거야. 우린 아예 생각조차 못할
만큼 당돌하고도 돌발적인 행동이었지.
바로 이런 질문이었어.

'스승님, 죽음의 공포를 이기려면 어찌해야
되는지요?'

아마 그 낭도 역시 남몰래 너랑 똑같은 고민을
끌어안고 있었는가 봐.

우린 순간 졸다가 '경책'이라도 한 대 얻어맞은
양 깜짝 놀라 일제히 긴장하고 말았지.
(경책: 졸음 쫓는 막대.)

그러면서 나는 내심 이런 생각을 했어.
이번에도 스승님은 '묵빈대처'를 하실 거라고.
(묵빈대처: 침묵으로 대응.)

그런데 아니었어. 잠시 후 스승님은 빙긋이
웃으시며 이렇게 말씀하셨어."

'죽음은 본디 감정의 대상물이 아니다.

고로 두려움과 공포의 대상도 아니다.
단지 싫거나 좋거나 성가시거나 옳거나
그르거나 바람직하거나 달거나 쓰거나 달갑지
않거나 하는 단순한 기분상의 문제일 뿐.'

그로부터(그날 영준의 시기를 부른 그 입교식을
치른 뒤로) 대략 3년쯤인가 지났을 때…
영준은 돌연 기독교로의 개종을 선언하며 이곳
교단을 떠났다. 그 뒤 둘은 두 번 다시 서로
얼굴을 마주하지 않았다.

그날 영준은 스승님의 강설 중에 느닷없이 벌떡
일어서더니 이내 스승님을 향해 마구 삿대질을
하면서 돌연히 선지자적 광염에 들떠 잇달아
악물스레 갖은 망발을 쏟아놓았다.

그런 그의 눈빛에는 뭐라 형용하기 힘든
광신(일종의 망아 혹은 빙의 상태)의 희열과
함께 미처 다 감추지 못한 스승님에 대한 감정의
혼란과 인간적인 번뇌가 동시에 이글거렸다.

그 통에 다른 제자들은 대번 경악실색하여

그만 숨도 쉬지 못할 지경으로 밀랍처럼 죄
굳어버리고 말았다.

그렇듯 한차례 좌중을 발칵 뒤집어놓은 뒤
영준은 절로 강당을 뛰쳐나가 그대로 영영
스승님과 교단과 도반들을 죄 등지고 말았다.
영준이 그리 돌발적으로 성전을 능멸하고
불연히 강당을 뛰쳐나간 뒤 스승님은 한동안
눈을 감고 입을 꾹 닫은 채로 상념(혹은 실의)에
잠겼다. 좌중은 순간 얼어붙은 듯 냉기에
휩싸였고 제자들은 저마다 시선을 떨구고 불안한
심정으로 숨을 죽인 채 스승님의 눈치를 살폈다.

스승님은 언뜻 엄정한 면색이긴 했지만 그럼에도
왠지 노기를 띤 기색은 아니었다. 엄밀히 말해
그 모습은 일견 무표정에 더 가까웠다.

어쩜 기습적으로 치밀어 오르는 분기와 역증을
도리어 순간적인 억제력을 발휘해 천연적인
무관심이나 무감정의 색채로 전환하고 탈색시킨
것인지도 몰랐다. 그 상태로 스승님은 이미
침정에 든 듯… 흡사 돌로 빚은 형상인 양 숫제

미동조차 하지 않았다.

그러다 마침내 스승님이 먼저 침묵을 깨고
이렇게 나직이 '성경의 한 구절'을 읊조렸다.

"노하기를 더디 하는 것이 사람의 슬기요,
허물을 용서하는 것이 자기의 영광이니라."

이어 스승님은 '화인악적 복연선경,
위선최락 위악난도' 하고 입속말로 중얼거렸다.

(화는 악으로부터 오고 복은 선으로부터 오노니.
선을 행함이 가장 큰 즐거움이요, 악을 행하면
도망할 길이 없노라.)

이어 스승님은 또 이렇게 성경 말씀을 음영했다.

"범사에 기한이 있고 천하만사가 다 때가 있나니,
울 때가 있고 웃을 때가 있으며 슬퍼할 때가 있고
춤출 때가 있으며, 찾을 때가 있고 잃을 때가
있으며 지킬 때가 있고 버릴 때가 있으며, 사랑할
때가 있고 미워할 때가 있으며 전쟁할 때가 있고

평화할 때가 있느니라."

그러고서 스승님은 들릴 듯 말 듯 이렇게
혼잣소리로 탄식을 뱉어내는 것이었다.

"그리하여 또한…
올 때가 있고 떠날 때가 있느니라."

(그러고서 잠시 침묵했다가 스승님은 곧 평온한
음성으로 이렇게 다시 입을 열었다.)

"영준아, 너의 말은 적어도 너의 그 믿음
안에서만은 한없이 옳고 바르고 정직하며
더없이 순연하고 투명한 내면의 고백이자
또한 그 자체로 틀림없는 실제요 역사요
끝내 그 누구도 부정할 수 없는 단 하나의
섭리이자 절대 불멸의 진리이리라.

그러나 그럼에도 불구하고 참된 신앙이란 본디
그 자신을 위한 심적 위로와 영적 안식을 향한
아름다운 확신, 자유로운 의지, 나아가 참사람의
이성적 밑바탕이 되어야만 하느니. 결코

서로 다른 신앙을 비난하고 비하하고 서로 다른
가치를 천시하고 폄훼하는 독단적 무기, 맹신적
도구가 되어서는 안 되느니라.

또한 서로 다른 종교와 교리와 믿음 사이에 비록
저마다의 특징과 구별은 있을지언정 결코 독선과
오만과 벽견에 기초한 그 어떤 차별도 그 어떤
배척도 그 어떤 우월감도 그 어떤 시시비비도
존재해선 아니 되느니라."

이후 교주는 제자들에게 '신과 종교와 믿음'에
관한 짤막한 소회를 들려주었다.

그 내용은 대략 이러했다.

"신은 실상 존재하는 것도 존재하지 않는 것도
아니다. 이른바 신이 인간을 창조했다는 것은
'하나의 가능성'에 불과하지만,
도리어 인간이 신을 창조했다는 것은 '거의
완전한 진실'에 가깝다.

무릇 인간이 없으면 신도 없다. 모름지기

인간이 없는 신의 삶은 존재하기 어렵다.

예컨대 신을 신이라 부르고,
신을 신답게 만들고, 신을 신다운 신으로서
존재하게 하는 유일한 생명체인 인간이 없다면,
대관절 무슨 수로 신이 신으로서 존재할 수 있단
말인가.

그리하여 신은 오직
인간의 관심과 흥미와 배려와 끝없는 애정과
호기심 안에서만 존재한다.

요컨대 인간이 당장 신에 대한 모든 관념과
관심과 의지를 철회한다면, 신은 대번 아무짝에도
쓸모없는 한낱 천덕구니가 되고 말 것이다.
말하자면 신은 정녕 인간의 호응과 동조 없이는
그 어떤 힘도 발휘하지 못한다.

다시 말해 신은 결코 인간의 의지와 호의와
의식을 떠나서는 살아남지 못한다. 그리하여
인간에게 버림받은 신은 결국 썩은 나무토막,
죽은 잔해, 굳어버린 화석이나 진배없는 한갓

무생물이 되고 마는 것이다……"

친구 영준이 그리 느닷없는 작경(몹쓸 짓)과
더불어 탈교를 선언하고 성전을 저버린 뒤
그가 다시 영준의 얼굴과 조우한 건 얼추
십여 년이 흐른 어느 초겨울의 늦은 오후였다.

다름 아닌 티브이에서 방영되는 긴급뉴스를
통해서였다. 거기 화면 속 그 장소는 서울역
광장 한복판이었고 하늘에선 푸슬푸슬 싸락눈이
날리고 있었다. 그날 한 남자가 갑자기 석유
한 통을 통째로 전신에 들이붓고는…
그 즉시 라이터를 켜 자기 몸에 불을 붙였다.

알지 못할 어떤 연유로 그리 전격 분신을 결행한
것이다. 당시 사회 내부적 혼란과 정치적 불안,
이념적 갈등, 사상적 대립, 시대적 우울과 개인적
분노감 속에서 크고 작은 가투와 더불어
이런 유의 사건은 심심찮게 돌발하고 있었다.

(일테면 전태일 열사의 분신도…
그런 시대적 애사 가운데 하나였다.)

이내 확 하고 불길이 솟구치면서 그의 몸은
순식간에 커다란 불덩어리로 변했다. 그 모습은
그대로 한 마리의 커다란 불사조를 방불케 했다.
그리 벌겋게 타오르는 소신의 불길 속에서 그의
몸은 대번 춤을 추듯 허우적대며 위태롭게
휘청거렸다. 그러면서 확확 무서운 열기를
뿜어대며 불의 혀가 날름거렸다.

그리하여 불은 이제 지옥의 겁화인 양…
더욱더 성난 기세로 검붉게 치솟으면서 이윽고
그 속에서 잇달아 이런 외침이 터져 나왔다.

"사탄들아, 물러가라!"
"악마들아, 물러가라!"
"마군들아, 물러가라!"

❋ 영준의 개종 혹은 탈교 선언 ❋

"······지금 우리가 믿는 것은 단지
허망한 미신이요 흉험한 마도일 뿐입니다!

단군은 그저 아무짝에도 쓸모없는 허무하고
헛된 망상에 불과합니다!

그는 결단코 우리의 시조가 아닙니다!
우리의 시조는 바로 하나님이 몸소 그분 손으로
빚어 만든 그들! 바로 그 옛날 에덴동산의
아담과 하와입니다!

그러므로 우린 모두 누구 할 것 없이 크나큰
죄인입니다! 지난날 하나님의 영을 어긴 그들의
원죄로 인해 우리는 모두 그들의 죄업을 똑같이
이어받은 커다란 죄인이자 끊임없이 속죄하고
용서를 구해야 할 구원의 대상인 것입니다!

도반 여러분! 이제 그만 깨어나십시오!

스승님을 믿지 마십시오!

그것은 또 하나의 작패이며 죄악입니다!
스승님은 우리에게 썩어빠진 관념과 얼빠진 환상,
얼토당토않은 삿된 믿음만을 심어주고 있습니다!

도반 여러분! 이제라도 생각을 돌리십시오!

이제는 깨어나야 합니다!
이제는 잠을 깨야 합니다!

이제는 진정 우리 안의 악을 드러내고 어둠의
길을 떠나 빛의 길로 들어서서 뼈저리게 우리의
죄를 뉘우치고 통절하게 속죄해야 합니다!

이곳은 정녕 마음의 성전도 진리의 교당도 생령의
옥토도 천진한 마음과 순실한 영혼을 위한 안식과
평화의 터전도 아닙니다!

이곳은 단지 죽음의 척토요! 악령의 소굴이요!
한낱 척박하기 그지없는 사탄의 마굴이요!
영성의 황무지에 불과합니다!

도반 여러분! 이제는 일어서야 합니다!

이제 그만 광명의 눈을 뜨고 그릇된 망령과
요사한 궤설, 괴악망측한 귀신놀음에서 벗어나
해묵은 폐습과 구태를 떨치고 굳세게 일어서야
합니다! 이 세상에 완전무결한 분! 순결무구한
분! 전지전능한 분은 오직 하나님 한분뿐입니다!

오직 그분만이 영원하고 절대적인 항구불변의
진리입니다!

오직 그분만이 곤고한 삶을 다독이고 신산한
날들을 어루만지는 참다운 위로의 손길이요!
따스한 은정의 숨결이요! 정녕 우리의 꿈과
영육을 살찌우는 복된 생명의 빛살입니다!

오직 그분만이 영혼의 황토를 갈아엎고 다시금
풍요롭고 비옥한 은총의 복토로 되돌려 줄
평강의 왕, 만군의 주, 안식의 품, 참된 영광과
존귀의 아버지입니다!

오직 그분만이 천지만물을 창조하고 생양하고

(낳아 기르고) 천하만국 억조창생의 복락을
보살피는 유일무이의 전능왕이십니다!

도반 여러분! 더는 스승님을 믿지 마십시오!

저분은 단연코 스승이 아닙니다! 단지 자신의
욕망을 은폐하고 그저 교묘히 궤계를 부려
스승의 탈을 쓴 희대의 사기꾼! 무속적 사술로
인심을 현혹하는 천하의 협잡꾼! 위선과 기망과
허위를 무기로 진리를 우롱하고 심혼을 호리는
괴망한 요설꾼!

황탄무계한 흉궤와 이간질로 우리 주 하나님을
향한 불신을 조장하고 믿음을 훼방하는 괴벽한
망상꾼! 허탄한 벽설과 괴탄한 허설! 조악하고
범박하고 공소한 허론이나 늘어놓는 일개
무뢰한이자 실로 음험하기 그지없는 허풍선이에
불과합니다!

저분은 진실로 우리가 믿고 따를 영명한 노사도
진정한 선견자도 위품 어린 무욕무심의
현인군자도 아닌 한낱 의뭉하고 간특한 잡술꾼에

지나지 않습니다!

도반 여러분! 나는 이 순간!
나 자신 스스로에 대한 깊은 자멸감과 함께
진심으로 회개하고 통회하고 자성하면서…
영구불변의 개종을 선언합니다!

아울러 밑도 끝도 없는 그 이름! 아무런 실체도
생명도 없는! 그 어떤 숨결도 생기도 없는!
한낱 뜬구름이요 빈껍데기요 허울뿐인 그 이름!
바로 그 단군이란 허상과의 절대무한의 결별을
선언합니다!"

24곡

– 다유와 스승님의 가르침

처음 얼마간은 낯선 세계에 적응하느라 다소
어려움이 있었지만 좀 더 시간이 흐르면서
그는 자연스레 이곳 생활에 동화되었다.

바로 그날(친구 영준을 따라 그가 처음 이곳
성전에 발을 들였던 날), 스승님의 강설 중에
유독 그의 마음을 잡아끄는 대목이 있었는데…
그건 정작 그날 배운 경전의 강설 내용과는
별도로 스승님이 잠시 쉬어 가자시며
설교 중간에 가벼이 덧붙인 여담 부분이었다.

그것은 곧 '우리 인간의 삶과 인생관 그리고
흐르는 시간의 개념'에 대한 스승님의 개인적
관점을 피력한 일상적 가르침이었는데,
그 가운데 특히 그의 맘을 더 강하게 끌어당긴
결정적 핵심부는 다음과 같았다.

"시간은 본디 인간을 모른다. 시간은 결코

인간의 삶에 관심을 두지 않는다."

스승님은 곧 말을 이었다.

"그러나 인간은 저절로 시간을 안다. 그리하여
인간은 하나뿐인 시간을 세 개의 토막으로
분리한 뒤 거기에 각각 '과거, 현재, 미래'라는
이름의 생소한 옷을 지어 입혔다.

그런 다음 바로 그 세 개의 조각으로 인생을
분할한 채 그 각각의 조각마다 '서로 다른
의미와 가치'를 부여하며 살아간다.

그럼에도 시간은 여전히 본연의 그 하나뿐인
시간일 뿐, 우리 인간이 명명한 '새로운 그
세 갈래'의 이름을 인식하지 못한다.

그리하여 시간은 우리 인간의 의식 속에 '과거,
현재, 미래'라는 이름의 개별적 관념으로만
존재할 뿐, 인간은 결국 〈과거, 현재, 미래〉라는
이름의 단 하나뿐인 시간을 동시에 살아가고
있는 것이다."

스승님은 곧 말을 이었다.

"하나뿐인 그 시간은 또한 한 그루의 기다란
대나무와 같다.

우리 인간의 일생 또한 그와 같다.
즉 인생에는 본디 성공도 실패도 행복도 불행도
존재하지 않는다.

단지 멈추지 않는 시간의 흐름, 즉 삶이라는
이름의 '단 하나의 과정'만이 존재할 뿐.

그럼에도 하나의 시간은 단순히 그 하나의
시간만은 아니다.

즉 한 그루의 대나무에 서로 다른 여러 개의
마디(죽절)들이 존재하듯… 단 하나의 과정뿐인
우리네 인생에도 그때그때 매듭진 뚜렷한 기억,
또는 추억이란 이름의 '서로 다른 두께와
굴곡'의 마디들이 있다.

바로 그 비슷하면서도 다른 각각의 마디들이

단 하나의 일생을 이어주는 '시간의 관절'이자
'의식의 눈금'이자 '한 인간의 역사와 가치의
척도'가 된다."

스승님은 곧 말을 이었다.

"이렇듯 서로 다른 그 하나하나의 마디마디가
연결되어, 즉 하나의 마디에서 또 하나의 마디로
이어지는 그 각각의 과정들이 한데 모여…

어느덧 전체의 과정으로 통일되면서 한 사람의
인생을 완성하고… 더불어 한 존재의 정서와
애환과 그 일생의 경험적 총화로 축적되면서
그 실존의 전부를 표상화한다.

그리하여 우리가 우리 자신을 기억하고 회상하는
것은… 단지 하나뿐인 그 시간 위에 아로새긴
'눈에 띄는 그 하나하나의 눈금 혹은 마디마디
도드라진 그 몇몇 징표뿐인 것'이다.

그러므로 '성공·실패, 행복·불행, 선두·낙오의
관념'을 모두 잊고 오직 하나뿐인 그 시간의

흐름 속에서 매 순간 그 마음의 순전한 열정과
그 영혼의 지극한 의지를 다하여라.

그리하여 자신에게 주어진 매 순간을 아름답고
향기로운 '그 인생의 눈금'으로…
고결하고 보배로운 '그 역사의 마디마디'로
충실하게 아로새겨라."

이윽고 스승님은 이렇게 끝을 맺었다.

"바로 이것이……
'과거·현재·미래'라는 이름으로 나뉘어진
그 하나의 영속된 시간 속에서 우리가 '인생 또는
과정이란 이름으로 부여받은 단 하나의 사명이자
의무이며 필연적 숙명'인 것이다."

25곡

– 예수를 팔아먹은 유다는 어디에나 있다

다시 며칠인가가 지났다. 그사이 납치범 아닌
납치범 단군에게는 특별 현상금이 붙었는데,
그 액수가 실로 보기 드물게 거액이었다.
그러니까 그의 은신처를 알거나 그의 신병을
확보하는 데 결정적 제보를 한 사람에게 무려
5억 원의 보상금을 제공하겠다는 내용이 주요
언론 매체를 통해 대대적으로 공개된 것이다.
그러자 이례적인 그 보상 액수로 인해 일각에선
너무 오버하는 거 아니냐는 냉소적 비아냥이
흘러나오기도 했다.

오 형사는 즉각 기자회견을 자청해
'그 보상 액수는 전날 범인이 요구한 피랍자의
몸값과 정확히 일치하는 금액'이라며 그건
피랍자의 부모와는 무관한 일로 '피랍된 그녀의
전 남자 친구 K씨가 안타까운 마음에 독자적인
의지로 그 같은 거액의 현상금을 전격 내건 것'
이라는 내용을 또박또박 조리 있게 설명했다.

그러면서도 당사자 보호와 익명성 유지를 핑계로
기자들의 끈질긴 요구에도 불구하고 그 K라는
인물이 실제로 누구인지 그 정확한 신분은 끝내
밝히지 않았다.

또한 '그 돈으로 직접 납치범과 일대일 협상을
시도하지 않고 왜 굳이 납치범의 극단적 행위를
자극해 자칫 피랍자를 위험에 빠뜨릴 부담을
감수하면서까지 이렇게 공개적으로 현상금을
내건 것'이냐는 돌발적 질문에는… 후딱 할 말을
찾지 못해 당황한 얼굴로 그저 뭐라 뭐라
어물어물할 뿐, 실상 아무런 대꾸도 하지 못했다.

물론 말할 것도 없이 그 K라는 의문의 인물은
바로 그녀의 전 남자 친구 현규였다.

그러니까 그 5억이란 현상금은 기실 현규로부터
두목에게로 먼저 지시가 내려지고…
곧바로 다시 두목에게서 오 형사에게로 하달된
일종의 눈 가리고 아웅 하는 식의 여론 몰이용
보상 액수였던 것이다.

오 형사를 찾는 전화가 경찰서로 걸려온 것은
그로부터 사오일이 지난 어느 오후였다.

오 형사는 그때 인근 식당에서 혼자 점심을
마치고 서로 돌아와 으레 휴게실에서 자판기
커피 한 잔을 뽑아 들고 이제 막 사무실로
들어가 자기 자리로 다가서는 참이었다.

"오 형사, 전화 좀 받아 봐!"

먼저 전화를 받은 것은 김 형사였다.
그가 곧장 오 형사 쪽으로 전화를 돌렸다.

곧 손에 든 종이컵을 책상에 내려놓고 오 형사가
선 채로 김 형사로부터 전화를 넘겨받자…
전화기 저편에서 대뜸 자신이 제보하면 정말로
그 현상금을 받을 수 있는지부터 물었다(마치
여차하면 당장 뚝 전화를 끊어버릴 듯이 잔뜩
경계심이 서린 음성이었다).

곧 오 형사가 제보가 사실로 확인되면 당연히
그 현상금 전액을 지급받게 된다고 답했다.

그러자 그쪽에서 몇 초간 침묵하더니 그제야 다시
조심스레 입을 열어 자기 신분을 밝히면서 '지금
그 남자가 한 여자를 데리고 자신들이 제공해 준
모처에서 숨어 지내고 있다'고 제보했다.
물론 그들로선 애초 그 같은 내막을 전연 알지
못했다는(그러니까 자기들은 이번 납치 사건과
전적으로 무관하다는…) 부연 설명과 함께였다.

그 제보자는 다름 아닌 교주의 수제자이자
그 교단의 실질적 2인자인 다유였다.

그는 교주의 명대로 내내 침묵을 지키다가 어느
이른 오후 허물없이 지내는 재가 신도 모모로부터
우연히 흥미로운 소식 하나를 전해 들었다.

즉 요새 세간에서 이슈가 되고 있는 그 거액의
현상금 얘기였다. 그리하여 그는 고민 끝에 결국
그 현상금의 유혹을 떨치지 못해 그 남자에 대한
정보를 몰래 팔아먹기로 돌연 결심한 것이었다.

그 순간 그 남자가 바로
'단군 성제님의 현신'이라던 스승님의 계언

따위는 온데간데없었다.

그날 늦은 오후, 교주는 여느 때처럼 수련관에
모여 제자들에게 천부경을 강하던 중 그날따라
그 제자의 행동이 어딘가 예사롭지 않다는 걸
눈치 채고는 뭔가 잘못된 것이 아닐까 하는
강한 의구심이 일었다. 아닌 게 아니라 평소의
그 침착성은 어디 가고 자꾸 흘금흘금 이쪽
눈치를 살피면서 안절부절못하는가 하면,
그런 그의 낯빛은 흡사 뭔가 음식을 잘못 먹고
두드러기라도 일어난 양 울긋불긋 이상스레
상기돼 있었던 것이다.

얼마 후 교주는 참전계경을 끝으로 그날의
강설을 마치고 다른 제자들을 먼저 강당 밖으로
모두 내보냈다. 그렇게 강당은 곧 텅 비고 마침내
그 제자하고만 단둘이 남게 되자 교주는 일순
안색이 굳어지면서 돌연 암담한 어조로 말했다.

"다유야. 예수를 팔아먹은 유다의 최후를
너는 아느냐?"

그러고서 잠시 기다렸지만 제자는 아무 답이
없었다.

"무슨 일이냐?
너에게 오늘 무슨 변고가 생긴 것이냐?
안타깝구나, 안타깝구나.

하늘이 날 버리는구나!

다유야, 이제 너를 어찌하면 좋으냐.
어찌 네가 그런 과오를 저질렀단 말이냐.
안타깝구나, 안타깝구나.

이것이 진정 꿈이란 말이냐, 생시란 말이냐.
모든 노력이 정녕 포화(허사)로 돌아가고야
말았구나.

네 한번 성제님께 독신을 저지른 이상…
네 한번 너 자신의 형신을 더럽혀 본디의
무결성을 훼손한 이상…

그 아무리 비대발괄 용서를 빌어 본들 뒤늦은

후회는 끝내 소용이 없느니라."

교주가 잇달아 슬픈 어조로 말했다.

다유는 그제야 교주가 이미 자신의 음흉한 속내를
간취했음을… 또한 그가 저지른 무도불측한 그
과오를 죄 꿰뚫어보고 있음을 깨닫고는 급기야
눈뿌리가 시큰해지고 절로 눈물이 핑 돌면서
일순 돌연한 자책감에 몸을 떨었다.

그러면서 그는 자신의 그런 오행(즉 일시나마
수행자로서의 본분을 망각하고 부세의 허욕을 탐한
저 자신의 훼절)을 스스로도 도저히 용납할 수
없었는지 더는 자기 자신을 향한 분기를 억누르지
못해 애먼 주먹만 꽉 부서져라 부르쥐었다.
그 통에 그의 몸이 덩달아 불안스레 흔들거렸다.

이윽고 그는 체념한 듯 눈길을 떨구고는…
이내 시르죽은 목소리로 울먹이면서 그예
고해성사하듯 제 속을 열고 그날 자신이 저지른
그 죄상을 전부 숨김없이 사실대로 털어놓았다.

26곡

― 결국 은신처는 발각되고

― 한차례 거친 난투극이 벌어진다

교주는 화급히 방을 나와 그길로 단숨에 단군의
은신처로 달려갔다. 그러고는 안쪽에서 현관문이
열리기 무섭게 왈칵 실내로 뛰어들면서
다짜고짜 단군을 향해 '어서 빨리 서둘러 이곳을
피하시라'고 아뢨다.

그러고서 제자들에게 일러
'지금 당장 두 분을 모시고 산을 내려가 제2의
성전(국사당)이 있는 불암산 골짜기로 신속히
피신시켜드리라'고 명했다.

우선 급한 대로 그리 피신했다가
곧 다시 상황을 보아 멀리 진안 마이산의 심산
토굴(전날 자신의 은둔 수도처)로 재차 은밀히
피신시켜드릴 계획이었다.

그리하여 둘은… 미처 이유를 물을 새도 없이

창황히 은신처를 뛰쳐나와 교주의 핵심 제자
수십 명의 호위를 받으면서 이제 막 이곳 성전의
정문(전의 그 기와집 대문)을 빠져나온 참이었다.

그리고 다음 순간… 단군 일행은 그만 각목과
쇠파이프, 목검, 야구 방망이 따위의 둔기를 든
건장한 어깨 수십 명과 정면으로 딱 맞닥뜨리고
말았다. 그 괴한들은 바로 두목이 급파한 최정예
부하 폭력 조직원들이었다.

아까 저녁나절 두목은 오 형사로부터
그 정보(둘의 은신처)를 전달받기 무섭게 자신의
수하들 중 가장 아끼는 비밀 행동대를 즉시
그리로 급파했던 것이다. (두목은 그 행동대를
특별히 '별초 혹은 우달치'란 이름으로 불렀다.)

곧이어 무기를 든 두목의 부하들과 숫제 맨손으로
맞서는 교주의 제자들 간의 치열한 몸싸움이
벌어졌다. 그렇듯 그 성전의 정문에서 저쪽
홍살문에 이르는 그 성스러운 청정무구의 공간은
이제 피와 욕설과 잔인무도한 폭력이 난무하는
목불인견의 난장판으로 돌변하고 말았다.

그리 한동안 처절하고 무자비한 쌍방 간의
난투극이 이어지다 결국 교주의 제자들은 죄
피칠갑을 한 채 사방에서 퍽퍽 바닥을 나뒹굴며
속절없이 신음하기 시작했다.

바로 그 인혈 낭자한 소란통에 그들 둘은 덜컥
괴한들에게 붙들린 채 꼼짝없이 홍살문 밖으로
끌려 나갔다. 이어 둘은 검은 차 뒷좌석에
짐짝처럼 욱여넣어져 그대로 득달같이 어딘가로
끌려가고 말았다.

얼마 후 갑작스러운 그 사태에 놀라
경내에 남아 있던 신도들이 우르르 정문 밖으로
뛰쳐나왔을 때는 그 괴한들의 차가 이미
산중턱을 내려가 멀리 산뿌리를 벗어나 벼락같이
내빼 버린 뒤였다.

그런 일련의 난투극 과정에서…
단군의 은신처를 제보했던 교주의 수제자 다유는
그만 누군가가 휘두른 쇠파이프에 뒷머리를
정통으로 얻어맞고는 대번 눈구멍에서 눈알이 툭
튀어나오면서 그 자리에 푹석 쓰러지며 절명하고

말았다.

얼마 후 나이 든 교주는 죽은 그 수제자의
최후를 내려다보면서 비교적 담담한 표정으로
(실은 땅을 치며 통곡이라도 하고픈 심정으로…)
혀를 쯧쯧 차며 씁쓸히 입맛을 다셨다.

교주는 또 어김없이 한 손에 주장자 대신
오래되고 낡은 '물미장'을 짚고 있었는데,
이것은 전날 도붓장수였던 조부의 삶과 혼과
손때가 묻은 뜻깊은 유품이었다.
(물미장: 끝에 쇠를 박은 작대기.)

당시(구한말) 그의 조부 '김봉준'은
동료 보부상들과 달리 스스로 동학군 편에 서서
용감히 관군과 맞서 싸웠다.

그러던 중 조부는 결국 전투 중에 부상당한 채로
관군에 사로잡힌 뒤 그 즉시 몇몇 주모자들과
함께 저잣거리 한복판에서 반역의 본보기로
현륙을 당하고 말았다.

그리하여 참수된 그들의 수급은 그대로 창끝에
꽂혀 보란 듯이 장터 어귀에 나란히 효수되기에
이르렀던 것이다. 그 후 그의 부친 '김봉길'은
만주로 건너가 독립군이 되었고… 그렇게 일평생
일제에 맞서 싸우던 중 마침내 해방을 몇 달 앞둔
어느 날 젊은 아내와 두 살배기 아들을 남겨두고
타국에서 쓸쓸히 숨을 거뒀다.

이윽고 교주는 신도들에게 명해
다친 제자들을 신속히 경내로 옮겨 서둘러
응급조치를 취하도록 했다.

아울러 지체 없이 구급차를 부르는 동시에 관내
경찰서에도 즉시 그 참상을 신고하도록 지시했다.

27곡

- 둘은 괴한들에게 끌려가
- 뒷결박된 채로 모처에 감금되는데

그들 두 사람이 감금된 곳은 서울 암사동의
어느 으슥한 뒷골목에 있는···

낡고 음침한 버려진 창고였다.

(이곳은 전날 현규가 두목에게 그녀의 부모를
당장 인질로 잡아 감금하라고 명했던 그때 그
비밀 창고였다. 하지만 결과적으로 그날 밤
그녀의 부모에게 그런 불행한 사태는 일어나지
않았다. 그 뒤 무슨 영문이었는지 현규는 채
10여 분도 안 돼 두목에게 전화를 걸어 그 명령을
돌연 철회했던 것이다.)

둘은 뒷결박돼 거기 창고 안에 버려진 채
얼마인지 모르는 시간 동안 그 깊고 차고 농밀한
어둠 속에 꼼짝없이 갇혀 있었다.

스멀스멀 으스스한 한기가
살 밑으로 파고들면서 더금더금 둘의 혈관을
냉각하고 있었다.

그토록 의혹에 찬 침묵과 깊은 바다 밑에 갇힌
듯한 흑암의 압박 속에서 그들 두 사람이
토해내는 불규칙한 숨소리만이 크고 축축하고
불안스럽게 그 공간을 떠돌았다.

그 뒤 닫힌 창고 문이 다시 열린 것은 그로부터
수 시간이 더 지난 한밤중이었다. 누군가가
딸깍하고 벽면에 붙은 스위치를 올리자 곧
천장에서 깜박깜박하며 낡은 전구에 불이 켜졌다.

하지만 금방 도로 꺼져버릴 듯 전굿불은 또
불안스레 깜박깜박하더니 이윽고 또 한 번
간신히 깜박임이 멎으면서 용케도 낮은 촉수를
되살려 그대로 흐릿하게 창고 안을 비췄다.

창고 안은 꽤 넓었다.

거기 천장과 사벽은 거친 시멘트가 그대로

노출된 상태였고⋯ 여린 촉광 아래 공간은
전체적으로 썰렁하고 음습한 가운데 한구석에
강판, 철근, 합판, 잡목, 절단기 따위가 되는대로
한데 뒤엉켜 있었다. 또한 사면 벽 상단에는
여기저기 거미줄이 쳐져 있고⋯ 기중 두어
군데에는 추위에 꽁꽁 얼어 죽은 거미 사체가
얼핏 검게 익어 마른 고욤(혹은 건포도)인 양
달랑달랑 달라붙어 있었다.

바로 거기 텅 빈 한구석에 나란히 뒷결박을
당한 채로 그 벽 하단에 등을 대고 웅숭크린
그들 두 사람이 눈에 들어왔다.
그들 둘의 등짝은 이제 거의 감각을 잃을 만큼
딴딴히 얼어붙은 상태였다.
이윤즉슨 창고 벽은 낮 동안엔 내내 햇볕을 받아
때로 등을 기대고 싶을 만큼 일말의 온기를
저장하기도 하지만, 반대로 밤중에는 냉기를
끌어안고 흡수하고 응집하면서 더욱더 차디차게
돌변하기 때문이었다.

잠시 후 둘은 낯선 사내들에 의해 그쪽 구석에서
창고 한가운데로 질질 끌려나왔다. 곧 둘은 조도

낮은 전구 아래 꿇어앉혀진 채 검은 정장의
사내들에게 즉시 부채꼴로 둘러싸였다. 그렇게
위압적인 기세로 둘러선 채 금시라도 와락
달려들 듯 사내들은 무섭게 눈을 희뜩이며 그들
두 사람을 노려보았다.

둘은 초췌한 얼굴로 본능적 공포심에 짓눌려
무기력하게 눈길을 떨어뜨렸다. 조금 있자
그쪽에서 불쑥 정적을 깨고 이런 목소리가 순간
귀를 울렸다.

"이런, 이런."
"선아야, 선아야."
"이게 뭔 일이야?"
"이게 웬 개고생이야?"

홀연 자신의 이름이 그 공간을 울리자 그녀가
냉큼 고개를 들고 앞쪽을 바라보았다.

그러자 바로 눈앞에 자신의 전 남자 친구 현규가
서 있었다. 그제야 그녀는 이 모든 사태가 그의
집착 혹은 광기 때문에 벌어진 불의의 참사라는

걸 깨달았다.

"자, 말해봐?"
"대체 뭐야?"
"이 자식은 누구야?"
"왜 너랑 같이 있는 거야?"
"이 자식이 뭔데?"
"뭔데 같이 있는 거야?"

현규가 그리 잇달아 물었지만… 그녀는 아무런
대꾸 없이 파리한 입술을 앙다물고 그저 사납게
그의 눈을 노려볼 뿐이었다.

이윽고 현규는 슬슬 비웃음을 머금고는
곧 똘마니들에게 '이 남자 놈을 당장 십자가에
매달으라'고 지시했다.

현규의 졸개 몇이 즉시 창고 한구석에 쌓인
잡목들을 뒤적여 순식간에 십자가 모양의 조형물
하나를 뚝딱 만들었다. 단군은 대번 한쪽
벽면으로 질질 끌려가 일순 뒷결박이 풀렸다가
냉큼 허옇게 웃통이 벗겨진 채 다시금 그 나무

십자가 모양의 조형물에 두 손목과 발목 그리고
하체 전체가 꽁꽁 겹겹으로 둘러 묶였다.

"선아! 잘 봐!"
"잘 봐두라고!"

현규가 그리 불쑥 내뱉었다.

이어 "저 자식이 누군지는 몰라도…
아니, 저 자식이 설사 예수라고 해도…
감히 겁도 없이 이 현규님의 자존심을 건든
대가는 치러야지!" 하고 거만스레 나불거렸다.

그런 현규의 오른손엔 그사이 쇠로 된 채찍이
들려 있었다. 그리 툭 몇 마디를 뱉어내고는
손에 든 채찍을 한번 기세 좋게 탁 바닥에
내려치고 나서 그는 곧장 단군이 결박된 그
나무 십자가 쪽으로 성큼성큼 다가갔다.

"에케 호모!"
(Ecce Homo. 이 자를 봐라!)

단군 앞에서 흘깃 선아를 돌아보며 현규가 또
풀쑥 외쳤다. 이어 그는 한 치의 망설임도 없이
힘 있게 오른팔을 휘둘러 찰싹찰싹 단군의 몸을
채찍질하기 시작했다. 이내 단군의 몸은 검은
채찍 자국과 함께 갈기갈기 살점이 찢기면서
참혹한 피투성이로 변하고 말았다.

그리 속수무책으로 무력하게 채찍질을 당하면서
단군은 이를 꾹 응등물고 가까스로 신음을 삼키며
연신 고통스럽게 거친 숨을 토해낼 뿐이었다.

선아는 이제 애처롭게 울먹이면서
'제발 그만하라며, 제발 그러지 말라며'
아이처럼 발발 떨며 애원하기 시작했다.

그럴수록 현규는 더 재밌다는 듯이
쾌재를 부르고 회심의 미소를 흘리면서 더한층
발작적으로 무자비한 채찍질을 가했다.

한동안 갈 곳 잃은 채찍질 소리가 이리저리
차가운 시멘트 표면을 부딪고 음산하게 그
공간을 울렸다.

잇달아 단군의 상처에서 검붉은 포돗빛 핏방울이
튀어 올라 흡사 표범의 얼룩무늬인 양 군데군데
점점이 그 바닥에 흩뿌려졌다. 그럴수록 피에
굶주린 야수처럼 발분하며 현규의 팔목은 더
강하게 채찍을 휘둘러 댔다.

덩달아 그의 채찍도 더 끈적하게 핏빛으로
물들어 갔다. 그렇듯 무섭게 피를 부르는 냉혹한
그 채찍 소리 사이로 단군의 신음 소리는 더
처절하게 일그러지며 어느덧 단말마적 경련과
함께 아슴푸레한 의식의 혼미 속으로 맥없이
흐트러지고 있었다.

그런 상태로 그를 향한 분노의 채찍질은 영원히
중단되지 않을 것만 같았다.

그 순간 현규는 이미 자기 자신에 대한 통제력을
완전히 상실하고 말았다. 어느덧 그의 이성은
극렬한 열분 속에 녹아내리고 동시에 그의 영혼은
최후의 저항력을 잃고 광포한 마성의 손아귀에
송두리째 점령당하고 말았다.

그리하여 단군의 육신에서 살점이란 살점은 죄
떨어져 나가고 뼈란 뼈는 모조리 으스러질 때까지
그는 그대로 광기의 채찍질을 계속할 태세였다.
그러다 마침내 단군이 축 고개를 떨구면서 그만
혼절하고 나서야 그는 겨우 채찍질을 멈췄다.

28곡

– 자부선인은 급히 치우 장군을 불러
– 도련님의 구출을 시도하는데

자부선인의 다급한 부름을 받고 달려온
'치우蚩尤' 장군이 방금 막 초가집 사립문 앞에
모습을 드러냈다. 그는 곧바로 사립문을 열고
앞마당으로 성큼 들어섰다.

거의 동시에 자부선인이 외짝문을 열고 손에
등불을 든 채 방을 나와 치우 장군을 맞았다.

치우 장군과 둑기: 그는 상고대 배달족의
선조로서 군신으로 추앙받는 전설적인 영웅이다.
아울러 서울 뚝섬의 본래 이름은 '둑섬'으로
이곳에 치우 장군을 상징하는 붉은 깃발인
'둑기纛旗'를 모시고 제사(둑제)를 지내는
둑신사가 있었다(치우 장군의 둑기는 곧 조선의
군권을 의미한다).

둘은 서로 짧게 눈인사를 나눴다.

노인은 치우 장군에게 급히 단군 도련님이 처한
곤경을 설명했다. 그러면서 지금 당장 강을 건너
그들의 세계로 들어가… 어서 빨리 도련님을
구출하라고 일렀다.

둘은 곧장 사립문을 나와 서둘러 저쪽 강가로
잰걸음을 놓았다. 이윽고 거기 나루터에 닿자
자부선인이 손에 든 등불을 치우 장군에게
들려주며 한시가 급하니 속히 가서 도련님을
구해오라며 다시 한 번 장군을 재우쳤다.

치우 장군은 얼른 등불을 받아들고 훌쩍
나룻배에 뛰어올랐다.

치우 장군은 곧 등불을 내려놓고 삿대로 배를
밀어 물가에서 이삼 미터쯤 강물 위로 나아갔다.
이어 삿대를 내려놓고 급히 노를 잡아 저벅저벅
배를 젓기 시작했다.

얼마 후 강 건너편에 닿은 치우 장군은 노를
내려놓고 발밑에서 냉큼 등불을 집어 들어 하늘
위로 세차게 던져 올렸다. 다음 순간 그 등불은

대번 날개 달린 천마로 변해 사르르 지상으로
내려앉았다. 치우 장군은 대뜸 배 위에서 훌쩍
몸을 날려 그 천마의 등에 사뿐 올라타고는…
이내 훨훨 공중으로 날아올라 그대로 박달나무
우듬지를 넘어 멀리 어둠의 저편으로 곧장
빠르게 날아갔다.

얼마 후 치우 장군을 태운 천마는 이쪽 세계로
날아와 거기 단군이 갇힌 그 창고 지붕(슬래브)
위로 사뿐 내려앉아 날개를 접었다.

치우 장군은 천마에 올라탄 채 잠시 밤하늘을
응시하며 생각에 잠겼다가 별안간 그쪽에서
눈길을 거두고는 그대로 훌쩍 몸을 날려 창고
아래로 뛰어내렸다.

곧 가뿐히 바닥으로 내려선 치우 장군은 거기
닫힌 창고 문을 철권으로 일격에 부숴버리고는
냅다 그 안으로 뛰어들었다.

그런 돌발적 사태에 놀라 현규와 똘마니들은
대번 가슴이 철렁하며 동시에 섬뜩한 전율감이

자르르 전신을 관통했다.

그러면서 누구 할 것 없이 본능적으로 무춤무춤 뒷걸음질을 쳤다. 그도 그럴 것이 뿔 달린 철갑 투구에 두꺼운 무쇠 갑옷을 둘러 입고… 장검을 찬 치우 장군은 구척장신에 짙은 눈썹, 크고 부리부리한 눈망울, 그리고 쉬 떨쳐낼 수 없는 반사적 공포감을 자아내는 일당백의 위풍당당한 장골이었던 것이다.

이내 현규의 공격 명령이 떨어졌지만 졸개들은 절로 기죽어 선뜻 달려들지 못하고 서로서로 눈치만 살피면서 머뭇머뭇 미적거릴 뿐이었다.

급기야 현규가 벌컥 성을 내면서 거의 발광하듯 졸개들을 향해 악다구니를 퍼부었다.
그리 한바탕 발작에 가까운 불벼락이 떨어지고 나서야 졸개들은 겨우 공포심을 누르고 하나둘씩 행동을 개시하는 것이었다.

이어 그들은 한쪽 구석에서 닥치는 대로 무기를 집어 들고는 눈앞의 그 거대한 형체를 향해 일제히 달려들었다.

그리하여 현규의 졸개 수십 명과 치우 장군
한 사람의 격렬한 일전이 돌연 개시되었다.
순간 치우 장군은 가소롭다는 듯…
비소를 흘리면서 아예 장검조차 빼어 들지 않고
그저 맨손으로 선선히 그들 무리와 맞섰다.

그렇게 얼마쯤 지났을까.
그사이 현규의 졸개들은 잇달아 팩팩 바닥에
널브러져 곳곳에서 신음하고 있었다.

하지만 그토록 살벌한 격투 중에도 가급적 급소
겨냥을 최소화하려는 치우 장군의 초인적 자제심
덕으로 그중 치명상을 당한 상대는 거의 없었다.

그런 틈에 현규는 벌써 다른 똘마니 두엇과 함께
슬슬 게걸음을 쳐 창고 밖으로 날름 달아나고
없었다.

남은 졸개 몇몇은 그제야 사태를 파악하곤 절로
순순히 패배를 인정하고 냉큼 무기를 내던지며

완전히 저항을 멈췄다.

치우 장군은 먼저 선아의 결박을 풀어주고는
곧장 혼절한 단군에게 다가가 결박을 푼 뒤
그대로 단군을 들쳐업고 창고를 나왔다.

29곡

– 천마는 다시 날개를 펴고

– 단군과 선아는 말에 올라

– 둘이 함께 시공의 강을 건넌다

치우 장군이 막 창고를 나왔다. 그사이 천마가
바닥으로 내려와 날개를 접은 채로 창고 문 앞에
온순히 대기하고 있었다.

치우 장군은 먼저 선아를 한쪽 팔로 안아 천마에
오르게 한 뒤... 이어 단군을 어깨에 둘러멘 채
단번에 훌쩍 말 등으로 뛰어올랐다.

이어 천마는 다시 날개를 펴고 이내 붕 허공으로
솟아올라 그대로 단숨에 밤하늘을 가로질러 먼먼
어둠의 저편으로 훨훨 멀어져갔다.

그렇게 얼마쯤 날아갔을까. 마침내 천마는 다시
박달나무 우듬지를 넘어 한 마리 커다란
은백색의 나비인 양 거기 시공의 강기슭에 너부시
내려앉았다. 천마가 살포시 날개를 접자

치우 장군이 먼저 말 등에서 훌쩍 뛰어내렸다.
이어 단군을 그대로 어깨에 둘러멘 채 한쪽 팔로
다시 선아를 안아 조심스럽게 바닥에 내려놓았다.

단군은 여전히 의식을 잃은 채였다.

순간 천마는 다시 크기가 줄어들어 이내 처음의
그 작은 등불로 되돌아왔다.

곧 선아가 몸을 숙여 바닥에서 빛나는 그 작은
등불을 집어 들었다. 잠시 후 셋은 그 나루터에
대기하고 있던 아까 그 나룻배에 몸을 실었다.

이어 치우 장군이 노를 젓는 동안 선아는 등불을
내려놓고 혼절한 단군 곁에 앉아…
물끄러미(걱정스러운 눈길로) 그를 내려다보았다.

삐걱삐걱 노 젓는 소리.
한숨처럼 울리는 그 소리를 안고
끊어질 듯 끊어질 듯
단군의 여린 숨소리가 강물 위를 떠돈다.

이윽고 건너편 강기슭에 닿은 일행은 즉시
배에서 내려 저만치 달빛 아래 웅크린 단군의
초가로 걸어갔다. 선아는 등불을 손에 든 채
두어 발짝 떨어져서 침울하게 치우 장군을
뒤따랐다. 옅은 달빛 사이로 밤의 적막을 뚫고
둘의 발소리만 무심하게 그 어둠을 울렸다.

단군은 여전히 사경을 헤매는 듯 좀처럼 깨어날
기미를 보이지 않았다. 그렇게 주검처럼 늘어진
단군의 몸을 어깨에 들쳐 멘 채 터벅터벅
밤이슬을 깨우며 치우 장군은 점점 달빛 어린
강가에서 멀어져 묵묵히 월하의 그 심연 속으로
빨려 들어갔다.

얼마 후 둘은 단군의 초가집 사립문 앞에 막
다다랐다. 거기 사립문 너머로 외짝문에 비친
호롱불이 아스라한 탈속의 꿈결인 양 흐릿하게
흔들거렸다. 그사이 아궁이에 불을 지폈는지
뒤울안 굴뚝에서 모락모락 연기가 피어올랐다.

자부선인은 이미 앞마당에 나와 서서 그들
일행을 기다리고 있었다. 달빛 아래 우뚝 선

그 형상은 순간 뭐라 형용 못할 초탈적 위광과
함께 신오한 외경심을 불러일으켰다.

곧장 사립문을 열고 치우 장군은 성큼 앞마당으로
들어섰다. 자부선인이 대번 땅이 꺼지게 한숨을
내쉬면서 어서 도련님을 방으로 모시라고 치우
장군에게 일렀다. 치우 장군이 방으로 향하자
선아는 대뜸 손에 든 등불을 자부선인에게
건네고는 자기도 얼른 뒤따라 방으로 들어갔다.

조금 지났다. 그사이 단군의 몸은 처연히
방 아랫목에 뉘어지고 그 곁에서 선아는
조마스러운 눈길로 그 얼굴을 지켜보고 있었다.

그러는 동안 치우 장군은 마당에 나가
자부선인과 나직나직 대화를 주고받았다.

"이리도 망측할 수가!"
"이런 참담한 변고가 생기다니!"

자부선인이 수연한 음색으로 말했다.
치우 장군이 덩달아 폭 한숨을 내쉬었다.

그대로 잠시 침묵이 이어지다가 자부선인이
다시 입을 열었다.

자부선인이 치우 장군에게
'혹시 낯선 이에게 추적을 당한 것은 아닌지'
물었다. 치우 장군이 냉큼 고개를 저으면서
'그럴 일은 없으니 안심해도 된다'고 답했다.

"알겠네. 아무튼 수고 많았네."
"어디 다친 데는 없는가?"

자부선인이 물었다.

치우 장군은 딱히 다친 데는 없고 간만에 몸을
썼더니 몇 군데 근육이 좀 욱신거리는 게
전부라고 말하면서 자신은 괜찮으니 걱정하지
않으셔도 된다고 대답했다. 그러면서 그보다는
도련님이 큰일이라면서 어서 빨리 깨나셔야 할
텐데 그게 더 걱정이라고 덧붙였다.

"아무튼 고맙네. 당분간 좀 힘드시겠지만
도련님은 다행히 대탈은 없으실 테니

너무 심려 말게나. 정말이지 자네 덕에 그리
신속히 구출이 됐기에 망정이지 하마터면
손도 한번 써보지 못한 채로 아찔한 상황이
벌어질 뻔했다네."

자부선인은 말을 하다 말고 일순 그 생각을
떠올리고는 절로 움찔하며 부르르 몸을 떨었다.
동시에 손에 든 등불도 순간 아르르하며 경기를
일으키듯 덩달아 흔들거렸다.

"자, 자. 그건 그렇고."
자부선인이 다시 입을 열었다.

"자네도 많이 고단할 테니… 여기 일은 내게
맡기고 이만 아사달로 돌아가서 쉬게나."

그러자 치우 장군은 곧 이렇게 대답했다.

"아닙니다, 국사님.
우선 돌아가기 전에 마이산에 먼저 들렀다가…
이후 제 사당이 있는 뚝섬(纛島둑도)에 가 잠시
노곤함을 씻을까 합니다.

그런 다음 곧장 마니산 참성단으로 건너가
삼칠일(세이레) 기도에 돌입해 일차로 도련님의
무사 회복을 비손한 뒤 그길로 태백산 천제단과
구월산 제천단으로 이동해 재차 지성진력으로
도련님의 쾌복을 비숙원할 생각입니다.

그리고 난 뒤 끝으로 동해로 날아가
울릉도와 독도(우산도)를 돌아보고 나서 마침내
묘향산 단군굴을 거쳐 아사달 도읍으로 되돌아가
이내 또 목욕재계하고 만세천추 도련님의 평강을
위한 백일기도에 들어갈까 합니다."

이어 그는 "그럼, 또 뵙겠습니다, 존사님!" 하고
마지막 인사말을 올리고는… 곧 공손히 머리를
조아리고 나서 그대로 펑 하는 소리와 함께
허공 어딘가로 표연히 자취를 감추고 말았다.

30곡

– 현규는 화가 머리끝까지 치밀고
– 당장 두목과 오 형사를 불러들인다

한밤중 현규로부터 급히 호출을 받은 두목과
오 형사는 접때 그 룸살롱으로 거의 동시에
허겁지겁 달려 들어왔다.

한창 자다 말고 현규의 호출을 받은 두 사람은
당장 뛰쳐나가듯 집을 나와 부랴부랴 택시를
잡아타고 냅다 이쪽으로 내달린 것이었다.

현규는 미리 와서 상석에 앉은 채로
잔뜩 인상을 찌푸린 채 그들 둘을 기다리고
있었다. 이제 막 두 사람이 룸으로 뛰어 들어와
후다닥 양쪽으로 갈라져 그의 좌우에 따로따로
착석하자 그는 대뜸 두 사람을 번갈아 쏘아보며
혼자 씩씩거렸다. 대체 뭔 일인지 몰라 내심
근심스러운 얼굴로 둘은 불안하게 침묵을 지켰다.

"놓쳤습니다!"

"달아났습니다!"
"행방불명!"
"소재불명!"
"오리무중!"

이윽고 현규가 그리 신경질적으로 툭 뱉어냈다.
그러고는 제 성질에 못 이겨 몇 초간 더
씨근씨근하더니 다시 또 불퉁스레 입을 열었다.

"대체 그것들이 어디로 숨었는지!
어디로 토꼈는지! 어느 구석에 짱박혔는지!
이제 도저히 찾을 길이 없단 말입니다!"

그러고서 일이 분간 무거운 침묵이 이어졌다.
현규는 여전히 분을 삭이지 못하는 형색이었다.

다른 둘은 뭐라 말을 꺼내기도 뭐해 줄곧
멀뚱히 앉아 애먼 눈만 연신 깜박대면서 어서
빨리 현규의 화가 제물로 눙쳐 수그러들기만을
바랄뿐이었다.

마침내 웬만큼 화가 시그러졌는지…

현규가 다시 입을 열어 아까 그 창고에서 있었던
일을 차근차근 그들에게 들려줬다. 그러는 동안
둘은 슬쩍슬쩍 눈길을 교환하면서 이런 무언의
대화를 주고받았다.

'이게 뭔 뚱딴지같은 소리냐?
이 무슨 까마귀 미역 감는 소리냐고?
이게 뭔 코끼리 하품하는 소리냐고?
나 참, 자다가 봉창 두드린다더니!
이 무슨 염생이 방귀 뀌는 소리냐고?
뭐? 뭐라고! 갑자기 장검을 찬 거인이
나타나서 졸개들을 단방에 때려눕히고
거기 가둬둔 물건들을 냉큼 빼앗아 갔다고?
와, 그니까 지금 우리더러 그 말을 곧이들으란
말인가? 와, 이건 좀 심한 거 아니냐? 아니,
귀신 씻나락 까먹는 소리도 정도가 있지.
이거 솔직히 너무하는 거 아냐? 이거 혹시
머리가 회까닥 돌아 정신이 어떻게 된 거
아니냐? 아니면 약에 취해 지금 환각 속을
오락가락하는 게 아닐까?'

그러다 이윽고 현규가 가까이 오라고 손짓하자

둘은 재깍 그의 곁으로 바투 다가앉았다. 그렇게
바싹 붙어 앉아 셋은 서로 수굿이 머리를 맞대고
심각하게 대책을 논의하기 시작했다.

먼저 오 형사는 '그 창고 인근 치안센터에 자신과
친분 있는 박 형사가 근무하고 있으니까 곧바로
그 친구한테 부탁해 그 주변을 은밀히 탐문해
보게끔 하겠다'고 말했다.

이어 두목은 '자신의 조직을 총동원함은 물론
그쪽 지역 두목들과도 면밀히 연계협력해서
최대한 빠른 시일 내에 그들 도망자들의 행방을
반드시 찾아내겠다'고 다짐했다.

그제야 현규는 다소 낯빛이 누그러지면서 점차
심리적 느긋함을 되찾고는…

이윽고 테이블에 부착된 호출 버튼을 눌러 그들
두 사람을 위한 술과 안주와 여자를 주문했다.

31곡

– 현규는 선아네 집으로 찾아가

– 미리 각색된 자초지종을 설명한다

밤 8시경, 현규는 미리 전화로 약속한대로 혼자
선아네 집을 방문했다. 이제 막 아파트 현관문이
열리고 선아 어머니가 문간에서 현규를 맞았다.
현규는 선아 어머니를 따라 집 안으로 들어섰다.

전에 종종 편안하게 드나들던…
익숙한 공간이었음에도 이날은 왠지 처음
방문하는 손님인 양 낯선 느낌이 엄습하면서
그의 눈가에는 저절로 어색함이 감돌았다. 평소의
그 낯 두꺼운 뻔뻔함은 이미 간데온데없었다.

본디 숫기 없는 성격의 선아 아버지는 굳은
표정으로 거실 소파에 앉아 입을 꾹 다문 채로
시무룩이 눈길을 떨어뜨리고 있었다.

현규가 그쪽으로 다가서며 꾸벅 인사를 건네자
그는 힐끔 한 번 쳐다보곤 이내 의례적인

눈인사마저 생략한 채 다시금 우울하게 눈길을
떨어뜨렸다.

그 바람에 현규는 더 왈칵 서름한 기분에
휘말리면서 저도 모르게 부쩍 더 소극성을 띠며
평소답지 않게 내적으로 바짝 움츠러들고 말았다.

이윽고 셋은 음료수 잔을 앞에 놓고 거기 소파에
마주앉았다. 잠시 후 아직 서먹함이 채 가시지
않은 빛으로 현규가 먼저 조심스레 입을 열었다.

현규는 두 분에게, '선아는 아마도 민족 종교니
뿌리 종교니 하는 못된 사이비 종교 집단에 빠진
한 젊은 신도에게 납치당한 것 같다'고 말했다.

그러면서 '그간 개인적인 인맥을 총동원해
백방으로 선아의 행방을 수소문해 보았으나
불행히도 아직은 별 단서를 찾지 못한 상태라며
너무 죄송하고 면목없다'면서 짐짓 미안함을
드러내며 씁쓸히 고개를 떨궜다.

그러자 선아 어머니는 얼른 현규를 위로하면서

'분명 흉악한 사탄을 숭배하는 그 사이비
종교집단에서 우리 선량한 기독교인들을 겁주고
탄압하려고 그런 몹쓸 마귀를 보내 우리 선아를
강제로 납치해 간 게 틀림없다'라며 한껏 격앙된
어조로 확신하듯 말했다.

그러면서 '우리 선아는 본디 모태신앙으로 어릴
적부터 독실한 기독교 신자이니 반드시 하나님과
천사가 지켜 줄 거라면서 머잖아 꼭 사탄의
마수를 벗어나 무사히 집으로 되돌아올 거'라고
거듭거듭 자기 스스로에게 다짐하듯 중얼거렸다.

이어 그녀는…
'내일 당장 교회로 달려가 담임목사님을 만나
뵙고 차후 이 문제를 어찌 대응하면 좋을지
긴밀히 상의하여 같이 대책을 강구해 볼 거'라는
뜻을 비쳤다.

이윽고 그때까지 내내 침묵만을 지키던 선아
아버지가 돌연 이렇게 입을 열었다. 그러니까
'그리 불쑥 감정적으로 대처하지 말고 우선은
상황을 좀 더 지켜보자면서 우리 교회 목사님은

그다음에 만나 봐도 되지 않겠느냐'며 진지하게
반대 의견을 표명했던 것이다.

순간 선아 어머니는 대번 못마땅한 안색을
짓더니 이내 어금니를 깨물고 격렬한 반응을
보이면서 단칼에 남편의 의견을 묵살하고는
앙칼지게 쏘아붙였다.

"당신은 정말! 이 판국에 그게!
고작 한다는 소리가 그래!
그게 아버지란 사람이 할 말예요!

당신은 도대체! 지금 생각이 있는 거예요,
없는 거예요! 지금 당신 딸이 납치를 당했는데,
우리 애가 지금 죽었는지 살았는지
아무 생사조차 모르는데, 그런 한가한 소리가
입으로 나와요!

자칫 때를 놓쳐 잘못되기라도 하면
어찌하려고요! 그런데도 그런 무책임한
소리가 입 밖으로 나오느냐고요!

지금 당장 새로운 십자군이라도 결성해서
지엄하신 하나님의 전위대가 되어 하늘 높이
응징의 깃발을 치켜들고 썩어빠진 그 사이비
종교집단을 죄 쳐부수고 짓뭉개고 모조리 다
송두리째 뿌리 뽑아도 모자랄 판에!"

그 서슬에 덜컥 기가 눌렸는지 선아 아버지는
마치 겁먹은 아이처럼 주눅이 든 채
눈만 껌벅껌벅하면서 절로 꾹 입을 닫고 말았다.

얼마 후 현규는 무슨 소식이 있는 대로 즉시
서로 연락을 주고받기로 약속하곤 곧장 자리에서
일어나 그곳 아파트를 나왔다. 그러면서 그는
맘속으로 이렇게 혼잣말을 중얼거렸다.

'새로운 십자군이라… 나쁘지 않은 생각인데…
이참에 새로 십자군을 동원해서 그들 사이비
민족 종교 집단을 싸그리 다 불태워버린다면……'

그런저런 생각에 잠긴 채로…
현규는 막 승강기에서 내려 잠시 후 아파트 공동
현관을 나왔다. 순간 저만치 주차된 그의 차

운전석에서 대기하던 그의 수하가 재깍 그를
발견하곤 곧 다시 시동을 켜고 이내 천천히 차를
몰아 이쪽으로 다가왔다.

잠시 그 자리에 멈춰 서서 그는 다가오는 자신의
차를 기다렸다. 이어 그 차가 자기 곁으로 바짝
다가와서 움직임을 멈추자 그는 평소와는 달리
부하가 운전석을 나와 차문을 열어줄 때까지
기다리지 않고 냉큼 제 손으로 차문을 열고
곧장 뒷좌석에 올랐다.

그 통에 부하는 운전석을 나오려다 말고
이미 반쯤 열었던 차문을 도로 닫고 급히
운전대를 다시 잡아 신속히 차를 몰아 아파트
단지를 빠져나갔다.

32곡

– 십자군의 기습으로

– 민족 종교의 총본산은 불타고

– 교주는 가까스로 목숨을 건진다

그로부터 일주일 후, 온 세상이 경천동지할
끔찍하고도 경악스러운 참극이 벌어졌다.

티브이 뉴스에선 온종일 거대한 불길에 휩싸인
어느 기와집 건물들의 처참한 광경과 함께
삽시간에 온통 아수라장으로 변해버린 그 충격의
재난 현장이 생생하게 방영되고 있었다.

그야말로…
온 나라가 대번 공포 일색으로 급변하면서
어른 아이 할 것 없이 그 상황을 지켜보는
눈동자란 눈동자는 죄 대경실색하고 말았다.

그랬다. 거기였다. 그 참혹한 영상 속 불타는 그
기와집들은 바로 그날 그 산중턱에 터를 잡은
유무형의 문화유산, 겨레의 성지, 즉 배달민족

고유의 유구한 전통과 역사, 무구한 토속 신앙을
결연히 온존해 온 순수 토착 종교 ㅇㅇ교의
심장이자 한민족의 정신적 탯줄과도 같은 총본산
교당이었다.

그날 아침 7시경.

흡사 땅에서 솟구친 듯 하늘에서 쏟아진 듯
대략 100여 명의 복면한 괴한들이
일시에 기습적으로 성전 경내로 난입해
닥치는 대로 사방에 휘발유를 끼얹으며 잇달아
불을 처질러 곳곳에서 화재를 일으켰다.

괴한들은 하나같이 검은 옷을 몸에 둘렀고
그 가슴과 등판에는 똑같이 굵고 붉은 십자가
표식이 새겨져 있었다. 그야말로 부지불식간에
벌어진 예측불허의 경악적 참변이자 천인공노할
극악스러운 만행이 아닐 수 없었다.

……게다가 그날은 모처럼 경내의 전 도반이
한데 모여 다 같이 떡메를 치고… 윷놀이,
그네뛰기, 널뛰기, 줄다리기, 연싸움, 제기차기,

줄타기, 씨름, 투호, 닭쌈, 고누, 쌍륙, 콩 주머니
던지기 등 가지가지 재미난 전통놀이를 함께하며
서로서로 온전히 어우러져 설맞이하는 시간을
보낼 예정이었다.

바로 그 느닷없는 불의의 화변에
경내는 삽시간에 맹화에 휩싸여 아비규환의
불지옥으로 변했다. 설상가상으로 바람조차 잔뜩
날을 세워 홀린 듯한 기세로 경내를 휘돌며 그
불길을 도왔다.

괴한들은 이제 난데없는 돌발 사태에 놀라
겁을 먹고 당황한 채 갈팡질팡하던 신도와
수행자들에게 달려들었다.

그리 한바탕 기광스레 폭력을 휘두르며 무참히
그들을 유린하고는 그야말로 신출귀몰, 한순간
펑! 하는 소리와 함께 괴한들은 감쪽같이 자취를
감췄다. 순간 허공에서 잇달아 이런 외침이 울려
퍼졌다. (기광: 마구 날뛰는 기세.)

"우리는 신성한 십자군이다!"

"너희는 모두 마귀의 자손들이다!"
"너희는 다 같은 사탄의 족속들이다!"
"죽어라! 죽어라! 모두 모두 죽어라!"
"이 못된 악신의 졸개들아!"
"이 썩은 마왕의 수졸들아!"
"모조리 다 불타 없어져라!"
"깡그리 타서 잿더미가 되어라!"

그날 발생한 화재로 말미암아
경내에 머물던 신도 수십 명이 그 자리서 목숨을
잃었다. 또한 그 두 배 가까운 사람들이 전신에
크고 작은 화상을 입고 말았다.

나이 든 교주는 천행으로 간신히 목숨을
건졌는데, 대신 그를 구하려고 무작정 그 열화를
뚫고 스승의 거소로 뛰어든 제자 둘 가운데
하나가 결국 치명적인 피해를 입고 말았다.

그는 바로 다유와 함께 법당에서 처음으로
단군을 영접했던 전날의 그 천지화 머리띠를
두른 또 다른 수제자였다.

그는 첫 번째 수제자인 다유의 횡사로 인해
교주로부터 곧장 제일의 수제자 겸 새로운
후계자로 정식 지목된 상태였다.

그날 그 난데없는 화마로 인해 성전(경전, 성물,
유물, 의물, 교조 및 선대 교주의 진영과 위패를
모신 영실, 여타 사료 등)은 죄 전소되고… 법당
닫집에 모셔진 단군상은 그예 그 형체를 가늠할
수 없을 만큼 홀랑 타버린 채 시꺼멓고 흉측한
몰골로 돌변하고 말았다. 그리하여 그곳 성전
터엔 이제 둥근 태극무늬가 박힌 높다란 홍살문
하나만이 덩그러니 그 자리에 남아 망연히
그 허공을 떠받치고 있었다.

그 뒤로 얼마쯤이나 지났을까.
갑자기 주위가 어두워지면서 사방에서 동시에
흑운이 몰려드는가 싶더니… 이윽고 천지가
진동할 듯 뇌성벽력이 일면서 이내 좍좍 대기를
휘갈기며 사나운 빗줄기가 쏟아지기 시작했다.

이튿날 오전 11시경.

한국 기독교 총연합회에서는 이례적으로 즉각
공식적인 성명을 내놓았다. 즉 '전날 발생한
그 참화와 우리 기독교인들은 아무런 관련이
없으며 이는 어느 극단적 성향의 사이비
이단/사교 근본주의자들의 광적인 표적 테러
행위가 분명하다'는 내용이었다.

한편, 한국 가톨릭 중앙회에서는 그저 조용히
사태를 관망할 뿐 아직 아무런 반응도 내놓고
있지 않았다.

그날 오후, 한국 조계종은 즉각 노장 스님들의
요구를 받아들여 임시 원로회의를 소집했다.
그리고 대략 한 시간이 지난 뒤 원로위원들은
회의를 마치고 나서 전격 기자회견을 자청했다.
바로 그 자리에서 원로회의 사무처장 백결
스님의 입을 통해 다음과 같은 긴급 선언문이
낭독되었다.

'……이 같은 반인륜적, 반종교적,
반사회적인 패악 행위를 심히 규탄한다!

모든 종교인은 똑같이 인류의 행복과 번영과
평화를 염원해야 한다!

오늘 지구상에 존재하는 모든 종교는 저마다
그 어떤 차별도 소외도 없는 상호 존중과 배려
그리고 종교 다원주의적 이해를 바탕으로 한
인간 본연의 양심과 사랑, 공동선, 인도적 포용과
아량, 인본적 가치관에 기초한 관용과 자비심을
회복해야 한다……'

슬픈 단군의 신화

하 권

승자와 패자

믿음이란 것은

이를테면 '불신에 대한 두려움'이기도 하다.

불신이란 것은

이를테면 '믿음에 대한 두려움'이기도 하다.

33곡

– 그사이 단군은 건강을 되찾고
– 선아와 함께 평온한 날들을 이어간다

한낮이었다.
둘은 지금 강물 한가운데 나룻배를 띄우고
다사로운 햇볕 아래 한가로이 마주앉아 있었다.

그제 낮엔 강가에서 풀잎을 꺾어
'삑삑! 삘리리! 삘리리!' 서툰 솜씨로 연신
풀피리를 불고… 이어 잠방잠방 강물 위로
물수제비를 뜨며 놀았다.

어제 낮엔 단군이 손수 만들어 준 새총으로
멀찍이 허공을 겨눠 강 저편으로 핑핑 돌멩이를
쏘며 놀았다.

그 순간 선아는 오래전 시골 외가댁에 놀러 가서
느꼈던 천진한 유년의 정취와 하늘빛 소녀의
감성이 되살아왔다. 그러면서 동시에 그 시절의
토속적 향수와 향토적 서정, 풋풋한 추억의

내음과 함께 아스라한 동심의 신비가 물든
무채색 그리움의 숨결이 새록새록 되살아났다.

단군의 얼굴에는 아직 채 아물지 않은
상처 자국이 남아 있었다. 그나저나 단군이 그리
빠른 회복을 한 것은 바로 자부선인의 치료
덕분이었다. 즉 '족삼리, 곡지, 단전' 등에 떠 준
쑥뜸과 함께 간간이 때맞춰 마늘즙을 마시고
노인이 손수 뒷산에서 캐어 온 약초들을 개어
만든 쌉싸래한 환약을 복용한 덕택이었다.

오늘 아침에는 노인의 처방대로 환약과 함께
황정(죽대 뿌리) 가루를 조금 물에 풀어 마셨다.
또한 노인은 가벼운 오한과 동시에 미세한
몸살기를 보이는 선아에게는 마황을 넣고 달인
찻물을 한 사발 마시게 했다.

둘은 그사이 전날의 그 일상복을 벗고 대신
단아하고 수수한 전통 한복을 걸친 채였다.
단군은 옥색 도포에 겨자색 술띠를 매었고,
선아는 노리개를 달지 않은 흰모시 치마저고리
차림이었다. 그 옷들은 요전날 자부선인이 홀로

어딘가에 가서 두 사람을 위해 손수 장만해 온
깜짝 선물이었다.

청명한 하늘과 희맑은 햇살…
거기 명미한 풍광 속 강물은 잔풍했고
(잔바람이 불어왔고) 어여쁜 물비늘은 싱싱하게
숨 쉬며 윤기 있게 반짝거렸다.

"참, 이상해요."

이윽고 선아가 그리 입을 열었다. 그런 선아의
손바닥엔 단군에게 선물 받은 그 작은 회백색
'조약돌 다섯 개'가 들려 있었다.

〈아까 단군은 뱃놀이하러 방을 나서기 전…
거기 나무탁자 위에 놓여 있던 '그 다섯 개의
조약돌과 함께 바로 그 성냥개비 하나로 조합된
정삼각형 형태의 기호'를 가리키면서…
먼저 '태극(무극)과 음양오행 그리고 자부선인이
만든 칠회제신력(즉 일월수화목금토, 이들 일곱
신에게 제사를 드리는 달력)'에 관해 간략히
설명을 해 주었다.

그러다가 선아가 선뜻 이해가 안 된다는 듯이
고개를 갸웃거리자 단군은 살짝 미소를 띠고는
'그럼 다른 건 잊고 이것 하나만 기억하라'면서
이렇게 말을 이었다.

"음양이란 간단히 말해
'플러스(+), 마이너스(−)' 같은 거예요.
세상만물은 모두 이 음양의 틀에서 벗어나지
못해요. 일테면 '밀물과 썰물도, 빛과 어둠도,
삶과 죽음도, 자석의 극성도, 인력과 척력도,
상대성이론도, 나침반의 원리' 등도 실은 모두
음양의 이치를 드러내는 거예요."

곧이어 단군은 그 다섯 개의 조약돌을 탁자에서
집어 그녀에게 건네주었다. 이어 그는…
'이 다섯 개의 조약돌은 곧 오행을 상징함과
동시에 멀리 야공에 뜬 다섯 개의 신성한 별,
즉 지구의 정수리 위를 지키는 영원의 빛,
진리의 혼, 섭리의 오성을 또한 상징한다'고
귀띔했다. 그러고서 그는 한 손을 들어
문 윗중방 쪽을 가리키면서… '저 복조리는
다름 아닌 대웅성좌(큰곰자리)의 북두칠성을

상징하는 것'이라고 일러주었다.〉

단군이 넌지시 눈을 들어 바라보자 선아가 곧
말을 이었다. "지금 세상에선 한창 난리가 났을
텐데, 왜 그런지 그 모든 게 마치 먼 과거인 양
희미해지면서 이렇듯 아무 일도 없었던 양
마음이 평화로우니 말예요."

단군은 지그시 미소를 머금었다.

선아는 자신의 손바닥에 들린 그 작은 조약돌
오형제를 바라보며 혼자 빙그레 웃었다.
바로 어릴 적 공기놀이하던 때의 그 밤톨만 한
공깃돌을 떠올린 것이다. 그 웃음이 절로 천진한
소녀의 투명한 미소를 닮았다.

"어린아이의 웃음과 다 큰 어른의 웃음이
어떻게 다른지 알아요?"

하고 단군이 문득 그녀에게 물었다.
그녀는 잠시 입을 쫑그리고 생각하더니
"동심 아닐까요? 동심 깃든 미소와

그렇지 않은 미소는 자연 그 빛깔의 순도와
선명함이 다를 테니까요." 하고 대답했다.

단군은 싱긋 웃고 나서 이렇게 동을 달았다.

"맞아요. 그렇지요. 그리고 또 한 가지
다른 점이 있어요. 아이들의 웃음은 온몸으로
웃는 웃음이지만, 어른들의 웃음은 머리로만
웃는 웃음이란 거요. 일테면 아이들의 웃음은
머리에서 발끝까지, 저 아래 발톱 끝자락까지
다함께 한 덩이로 웃는 동글반반한 웃음이지만
어른들의 웃음은 단지 이마에서 아래턱까지,
아니 그마저도 다 통일되지 못한…
한마디로 눈, 코, 입, 귀마저 따로따로 웃는
들쭉날쭉한 웃음이란 거요."

"사실… 삶도 또한 마찬가지예요." 하고
단군이 곧 말을 이었다.

"웃음뿐만 아니라 삶에 있어서도 아이들과
어른들의 그것은 너무도 큰 차이가 있으니까요.
일테면 아이들은 노상 그 순간 그 자체에 온통

자신을 집중하지만, 어른들은 대개 집중하는
것처럼 보이기만 할 뿐… 실상 거의 그 순간을
의식하지 않고, 그저 습관처럼 건조무미하게
스쳐가는 것에 불과하니까요."

(잠시 침묵.)

"한데 어쩌다 어른들이 돌연 그 순간을
크게 의식하고 새삼 집중하는 때가 있어요.
일테면 신변에 갑자기 큰 변고가 생겼다거나,
즉 병원에서 갑자기 뜻밖의 선고를 받았다든가,
또는 별안간 가슴이 꽉 막히면서 당장 숨을
쉴 수 없는 절급한 위기 상황에 직면했거나…
이런 경우 비로소 전에 없이 또렷한 정신으로
그 순간을 생생히 의식하게 되는 거지요. 평소
단 한 번도 호흡하는 것에 대해 생각해 본 적
없었지만, 일순간 어떤 이유로 기지사경이 되어
질식할 듯 숨 쉬기가 어려워지면
그제야 전력을 다해 숨 쉬기 하나에 온 신경을
집중하는 것처럼 말이죠."

(잠시 침묵.)

"그러고 보면……"
하고 단군은 또 말을 이었다.

"인생이란 결국 다음과 같은 단계를 거쳐
다시금 그 원점으로 회귀하는
하나의 긴 깨달음의 과정인 셈이지요.

즉 아이 때는 노상 눈앞에 주어진 현재의
그 순간에 온 마음을 집중하다가…
이후 나날이 성인으로 변해가면서 어느덧 과거
또는 미래라는 이름의 허상에 밀려 점차 눈앞에
주어진 그 순간에 대한 집중도를 잃어가면서
그저 무의식적 반복으로 매 순간을 살아가는
무감각한 일상으로 변모하고 마는 거지요.

그러다 종국에는 어떤 우발적인 사건들
(불행. 병고. 좌절. 실연. 배신. 오명. 추락. 상실.
소외. 고립. 상심. 낙심 등)을 경험함으로써
다시금 돌연히 그 순간에 대한 집중도가
되살아나면서 마침내 전날 그 아잇적 시선으로
되돌아가 새삼 '눈앞에 주어진 그 순간'에 온
신경을 집중하게 되는 거지요. 그러면서 자연

현재의 그 순간에 대한 의미와 가치를 절로
재인식하게 되는 것이지요."

(잠시 침묵.)

"그나저나……" 하고
단군이 순간 말머리를 돌렸다.

"지금쯤 부모님이 몹시 걱정하고 계실 거예요.
선아 씨가 원하면 오늘밤에라도 다시
'저쪽 세계'로 데려다 드릴게요."

그녀는 또 빙긋 귀엽게 웃고 나서
이렇게 대답했다.

"음… 아니요. 괜찮아요.
물론 부모님이 많이 걱정을 하시겠지만…
전 이리 무사하니 나중에 돌아가면 다 괜한
근심이었다는 걸 알 테니까…
그냥 좀 더 걱정하시게 놔둘래요."

그러고는 돌연 말괄량이 소녀 같은 새침한

표정으로(또는 살짝 어리광스러운 목소리로)
말을 이었다.

"뭐, 어쩜 잘된 일인지도 몰라요.
대학생활도 그렇고 신앙생활도 그렇고 실은
언제부턴가 하루하루 살아가는 게 자꾸 짜증이
일면서 왠지 모르게 권태롭고 싫증이 나던
참이었거든요. 근데 한순간 이리 갑작스럽고
위험스러운 상황에 내몰려 정신없이 한바탕
난데없는 소동을 벌이고 보니 외려 답답함도
가시고(소창), 우울함도 씻기고(산울), 어느새
그 권태로움이 싹 사라졌지 뭐예요."

"그리고 지금은…"
하고 그녀가 다시 입을 열었다.

"이렇게 온순한 햇살 아래 아무런 걱정 없이
안온한 시간을 보내고 있으니 더할 수 없이
아늑하고 낭만적인 무욕의 감정이 흐르는 걸요.
어쩜 이런 게 진정한 삶의 희락이자 참다운
행복이 아닐까요……"

그리고 한참이 지났다. 이제 막 선아는
입 속으로 이런 말을 중얼거렸다.

"홍익인간, 프로 호미눔 베네피키오
pro hominum beneficio.
널리 인간의 이로움을 위하여.
이화세계, 오르비스 옵티무스orbis optimus.
이상향, 최상의 세계……"

그것은 다름 아닌…
현재 그녀가 재학 중인 서울 소재 모 대학의
상징적 모토였다.

잠시 후…
선아는 다시 입을 열어 단군에게 말했다.

"전 알고 있어요.
말하지 않아도 느낄 수 있어요.
당신이 바로 '그분'이란 걸요.
왜냐면 제가 늘 당신의 동상 앞에 설 때마다
느꼈던 그 감정이 지금 제 심장을 온통
독차지하고 있으니까요. 그리고 전날 그 승강기

안에서 처음 당신을 보았을 때, 전 대번
의심 없이 그 감정에 사로잡혔어요.
그때 알았어요. 당신이 그분이란 걸.
그분의 실존이란 걸. 그래요. 그래 전
아무것도 묻지 않고 그리 무작정 당신을
따라갔던 거예요.”

“그리고……”
선아는 곧 말을 이었다.

“이제 전 선명히 느낄 수 있어요.
네, 알 수 있어요. 당신은 정녕 상상 속의 그
무엇이 아니란 걸. 지금껏 알고 있던 신화 속의
그 무엇이 아니란 걸. 그래요. 이제 전 확연히
느낄 수 있어요. 당신은 단지 신화 속 막연한
실체가 아닌, 이렇게 생생히 살아 숨 쉬는
엄연한 역사 속 존재이자 더는 부정할 수 없는
자명한 현실의 숨결이란 사실을요.”

(잠시 침묵.)

“그래요. 전 알고 있어요.”

선아는 또 말을 이었다.

"이렇게 당신은 저와 똑같은 심장을 지닌
또 하나의 슬픔, 또 하나의 눈물, 또 하나의
외로운 '인류애의 상징'이란 사실을요."

단군은 내내 뭉클한 감회에 잠겨 아무 반응도
보이지 않았다. 그의 눈가에는 다만 보일 듯
말 듯 가느다란 미소가 스쳤을 뿐이었다.

그러나 그 미소는 어딘가 지워낼 수 없는 우수가
깃든… 오랜 고독과 착잡한 심회, 서글픈 자기
연민의 색채를 띠고 있었다.

34곡

– 단군이 들려준 마이산 이야기

하루는 단군이 강가에 서서
뒷산 저 멀리 구름 위로 우뚝 솟은 두 개의
봉우리를 가리키며 말했다.

"선아 씨, 저기 저 멀리 구름 위로 솟아오른
두 개의 봉우리를 보세요. 저게 무엇으로
보이나요? 무엇을 닮은 것처럼 보이나요?"

선아는 곰곰 생각하더니 이윽고 이렇게 답했다.

"음… 어떤 동물의 귀 모양을 닮은 듯한데,
무얼까… 이렇게 보면 말의 귀 모양을 닮은 듯하고…
저렇게 보면 곰의 귀 모양을 닮은 듯하고……"

그러면서 살살 고개를 갸웃거렸다.
잠시 후 단군이 다시 입을 열었다.

"그래요. 맞아요. 저 두 개의 봉우리는

말의 귀를 닮아 '마이봉'이고, 동시에
곰의 귀를 닮아 '웅이봉'이지요.

그래서 저 두 개의 봉우리가 솟은 산명 또한
말의 귀를 닮은 '마이산'이면서… 동시에
곰의 귀를 닮은 '웅이산'이기도 하지요.

그래서 때론 말이 되어 누군가를 등에 태우고,
때론 곰이 되어 누군가를 품에 안고
다정한 모성처럼 영혼의 자장가를 불러주지요."

단군은 또 말을 이었다.

"저 위대한 영원의 모성 안에서…
인간은 절로 시름을 잊고 어느덧 천진무구한
젖먹이로 회귀하지요.

아무런 상처도 번뇌도 없는, 아무런 욕망도
갈망도 없는, 그 어떤 탐욕도 유혹도 없는,

그렇듯 온 마음이 치유되고 온 정신이 정화되어
어느덧 순진무구한 갓난이로 회귀하지요."

35곡
– 단군이 들려준 금척金尺 이야기

"선아 씨, 금척무를 추는 모습을 본 적 있나요?"
하고 단군이 문득 화제를 돌려 물었다.

선아는 언뜻 미소를 짓고는 이렇게 답했다.

"네, 전에 여고 때 본 적 있어요.
그해 국립국악원에서 개최하는 전통 궁중무용
경연대회가 있었는데…
우리 학교도 참가했었거든요. 저도 그때 초보
무용수로 활약했었어요."

그 시절 추억이 떠오르는지 선아는 또 싱긋
미소를 지었다.

"그날 진안에서 온 무슨무슨 여고인가도 참가를
했었는데, 그때 그 팀에서 재현한 궁중무용이
바로 금척무였어요."

그리 말하고 선아는 잠시 침묵했다가
이렇게 다시 말을 이었다.

"그날 처음 금척무란 이름을 접했어요.
그 뒤 얼마 안 가 조선을 창업한 이성계와
'진안 마이산에 얽힌 몽금척 설화'도 알게
되었고요."

그리고 얼마쯤인가 지났다.
그리하여 단군이 또 입을 열었다.

"그가(이성계) 전날 '마이산 은수사'에서 기도할
적에 나는 그의 꿈에 나타나 고조선의 귀보인
금척을 내려주며 말했지요."

'이 금자를 받아라. 너는 이 금자로 하여금
너의 나라를 재어 보아라. 너는 왕이 되리라.
임금이 되리라. 너는 이것으로 새 나라를 열어라.
그 나라는 나를 이어 조선이라 하여라.
너는 이 금자를 손에 쥐고 제왕의 관모인
익선관을 쓰게 되리라. 그리하여 마이산은 또한
너의 머리에 얹힌 익선관이 되고, 이곳 마이산의

두 봉우리는 또한 너의 익선관에 달린
두 개의 뿔, 바로 그 두 개의 날개가 되리라.'

36곡

– 단군이 들려준 돌탑石塔 이야기

"나는 잠시 멈췄다가 이렇게 또 말했지요."

'너는 이제 이 사찰(은수사) 앞마당에
청실배나무의 씨앗을 심어라. 그리하여
먼 훗날, 그 씨앗이 큰 나무로 자라나
오늘 이 몽금척의 역사를 증거하게 되리라.'

"나는 또 잠시 멈췄다가 이렇게 말했지요."

'너는 또 이곳 두 봉우리 아래 돌탑을 쌓아라.
태극과 천지 일월, 음양오행의 이치를 따라

한 마음, 한 마음, 혼신의 손길을 담아
한 정성, 한 정성, 창업의 바람을 담아

한 돌, 한 돌, 또 한 돌…
만백성의 안녕과 온 민족의 창성을 담아

쌓고, 쌓고, 또 쌓아…
한 탑, 한 탑, 또 쌓아…

길이길이 풍요롭게, 자자손손 향기롭게
이 겨레를 영속하게 하여라.'

37곡
– 단군이 들려준 일월오봉도 이야기

"나는 또 잠시 멈췄다가 이렇게 말했지요."

'그리하여 마침내 돌탑이 완성되는 날,
너는 또 아무도 모르게 그림 한 폭을
그려두어라.

이곳 두 봉우리와 그 아래 돌탑, 은수사,
그리고 알 듯 모를 듯 오묘하게 마이산의
산세와 정기를 형상화한 신이로운 그림…

그렇듯 남모르는 비밀과 창업의 발원을
화폭에 담아 은밀하고 소중하게
대망의 그날까지 간직하여라.

그리하여 마침내 운명의 그날이 오면,
그 그림은 어느덧 창업의 모체가 되어,
그렇듯 상서로운 왕조의 상징이 되어
오래도록 보배롭게 새 나라와 함께하리라.

38곡
– 단군이 들려준 탑사塔寺 이야기

"나는 또 잠시 멈췄다가 이렇게 말했지요."

'그리하여 세월이 가고…
흘러 흘러 또 흘러 세월이 가면…
공든 탑도 무너져 돌 더미가 되리라.

풀숲에 뒤덮이고 나무숲에 가리어져
꿈도 넋도 바람도 흔적 없이 스러져

신화도 전설도 그 설화도 부서져
먼지처럼 산산이 흩어지게 되리라.

그리하여 마침내 산하도 강토도
나라도 백성도 민족도 겨레도
비통하게 그 이름을 잃고 울부짖게 되리라.

그리하여 또다시 세월이 가고
망국의 아픔 속에 세월이 흘러

핍박과 압제의 무게가 정점에 다다랐을 때

홀연히 한 자손이 나타나 꿈을 꾸리라.
나의 꿈을 꾸리라. 너의 꿈을 꾸리라.
부활의 꿈을, 생명의 꿈을, 자유의 꿈을.

그리하여 나무숲을 가르고 풀숲을 헤치어
망각 속에 시름하던 돌 더미를 드러내리라.
무심 속에 허물어진 공든 탑을 되찾으리라.

그리하여 잠든 탑을 깨우고…
공든 탑을 되살려 어둠 속에 스러진 천년의
그 빛살을 일깨우리라.

그리하여 죽은 탑이 소생하고
갖은 탑을 축석하고, 천지 태극 일월성신
음양오행이 순환하고, 우주 만물이 상생하고

그리하여 새 희망이 눈트고 급기야 새 숨결이
용솟음치며 억눌린 민족혼이 깨어나 일제히
용틀임을 하리라.

그리하여 다시 솟은 돌탑과 함께
마이산의 두 봉우리는 마침내 구국(독립)의
염원이 되고 저항(의병)의 모태가 되고
단결(결의)의 성소가 되고 충의와 결사의
성역이 되어…

처절하고 서글프게 피어나리라.
아름답고 눈부시게 포효하리라.
찬란하고 장렬하게 타오르리라.

그리하여 끝끝내 돌탑의 꿈은 이루어지고
자유의 날은 되돌아오고
구국의 염은 현실이 되고

그리하여 이곳은 절터가 되고
절터는 그렇게 탑사가 되고

탑사는 그렇게 치유의 도량이 되고
신비의 공간이 되고 통일의 언약이 되고

그리하여 탑사는 신화가 되고
그리하여 탑사는 성지가 되고

그리하여 마이산은 영지가 되고
그리하여 마이산은 영산이 되고

그리하여 마이산은 모든 이의 구심처가 되고
모든 이의 구도처가 되고
모든 이의 안식처가 되고…

그리하여 마이산은 모든 이의 이상향이 되리라.'

* 구심처 : 참마음을 찾는 곳.
* 구도처 : 도심을 닦는 곳.

39곡

– 두목은 현규를 만나 드론에 대해 말한다

한밤중이었다.

방금 한 여자가 호텔 스위트룸을 나갔다.
잠시 후 두목과 오 형사가 동시에 그 스위트룸
안으로 들어섰다. 아까 두목으로부터 걸려온
전화를 받고 현규는 즉시 자신의 방으로 그 둘을
불러들인 것이었다.

현규는 다소 피로하고 헝클어진 기색이었다.
조금 멍한 표정이었다. 그는 알몸에 헐렁한
나이트가운 하나만을 걸친 채 소파에 비스듬히
기대앉아 있었다. 방으로 막 들어서는 순간,
오 형사는 뭔 생각을 했는지 얼른 슬쩍 침대
쪽을 곁눈질했다. 곧 그쪽에서 흐트러진 시트가
눈에 들어오자 절로 싱긋 웃음기를 던지면서
입아귀를 실룩거렸다.

현규는 방으로 들어서는 두 사람을 보면서 마치

소리 없이 고함이라도 치는 듯한 모양새로 길게
선하품을 했다. 이내 그의 눈구석에 촉촉이
물기가 돌았다. 그것을 본 두목이 저도 덩달아
냉큼 하품을 깨물었다.

둘은 그쪽으로 다가가 거기 탁자를 사이에 두고
현규의 맞은편 소파에 나란히 붙어 앉았다.

"두목, 뭐라고요? 다시 한 번 말해 보세요.
아까 전화에다 뭐라고 하셨죠?
드론이 어쨌다고요?"

이윽고 현규가 먼저 입을 열었다.
그는 다소 시큰둥한 표정이었다.

말은 그리했지만 그 어투는 어딘가 간신히
억누른 신경질을 내포하고 있었다. 두목은 대답
대신 큼큼 군기침을 하면서 몇 초간 의식적으로
뜸을 들였다. 그런 다음 누가 지금 그들 대화를
몰래 엿듣고 있을지도 모른다는 듯이 짐짓
주위를 살피는 시늉을 했다. 그런 뒤에야 안심이
된다는 듯 그는 막 이렇게 입을 열었다.

"그니까… 아까도 말씀드렸다시피… 제가 어쩜
그들의 행방을 찾을 수도 있는 단서를
발견한 듯합니다. 저기, 도련님. 그쪽 암사동
조직원들이 밤낮으로 그들 행방을 수소문한
끝에 어제 오전 한 청년을 만났는데…
그 청년이 마침 그날 밤에 밖에 나와 드론을
띄워 영상을 찍고 있었답니다. 헌데 한순간
어떤 물체 하나가 휙 하고 드론을 스쳐갔는데…
그 순간 이 친구는 본능적으로 유에프오가 아닐까
하는 생각이 들었고… 해서 거의 동시에
반사적으로 조종기를 조작해 그쪽으로 즉각
드론을 이동시켰답니다."

이쯤에서 잠시 긴장감을 증폭시키고 기대감을
한층 고양시키려는 의도로 두목은 부러 뚝 말을
끊고 은근히 현규의 낯색을 살폈다.

역시나 예상대로였다. 아닌 게 아니라, 방금 전
그 마뜩잖은 기색은 어디 가고…
그새 잔뜩 호기심에 찬 시선으로 현규는 계속
두목의 입만 뚫어져라 응시하고 있었다.

두목은 내심 회심의 미소를 지으면서 다시금
천천히 말을 이었다.

"도련님, 그날 그 친구가 드론을 날리고 있던
장소는 거기 '그 비밀 창고에서 대략 이삼 킬로
떨어진 암사동 선사유적지 근처'였다고 합니다.

그날 밤 자신이 어쩜 운 좋게도 유에프오를
촬영했을 가능성을 염두에 둔 채…
참고로 요새는 '미확인 비행 물체'를 뜻하는
유에프오 대신 '미확인 공중 현상'을 뜻하는
유에이피를 쓰기도 합니다… 여하튼 그 친구는
귀가하자마자 얼른 그 촬영 영상을 다시 여러 번
되풀이해 신중하게 재생했답니다."

이 대목에서 두목은 또 잠시 말을 눌렀다가
다시금 이렇게 말을 이었다.

"한데, 아무리 다시 봐도…
그것은 유에프오가 아닌 어떤 날개 달린 물체,
일테면 '그리스 신화에 나오는 날개 돋친 천마
페가수스'나 뭐 그런 것이 아닌가 하는 의심이

들더랍니다.

해서 그 친구는 곧장 그 촬영 영상을 자신의
인스타에 올리고는…

그게 정확히 무엇으로 보이는지 자신의 팔로워를
포함한 불특정 다수의 즉각적인 판단과 반응을
지켜보기로 했답니다.

헌데 마침 그쪽 조직원 가운데 어떤 젊은 친구
개인 인스타에 그 영상이 떴고 그 젊은 조직원은
그 영상을 접하자마자 그 인스타 계정주와 즉시
디엠으로 만날 약속부터 잡았답니다.

그리고 어제 오전 다른 조직원들 몰래 단독으로
그쪽을 만나본 뒤… 마침내 오늘 오후 몇몇 부수
정보들을 더 취합해서 자기 보스한테 비로소
그 사실을 고했답니다.

바로 그리해서 아까 초저녁에 그쪽 보스가 제게
전화를 걸어왔고… 저는 또 곧바로 오 형사에게
그 사실을 전달하게 된 겁니다……"

40곡
– 현규는 되레 실망한 빛으로 핀잔을 준다

"그래서요? 그게 어쨌다는 겁니까?"

현규가 버럭 내쏘았다. 대번 작색한 표정에
잔뜩 신경질이 얹힌 목소리였다. 으레 그 괄괄한
성미답게 그새 절로 호흡이 거칠어지고 있었다.

"아니, 그게 하늘을 나는 천마 페가수스라고
치자고요. 근데 그게 우리가 찾는 그것들하고
무슨 연관이 있다는 건가요? 이봐요, 두목.
지금 절 놀리시려는 거예요? 아니, 자다가
남의 다리 긁는다더니… 지금 대체 무슨 말을
횡설수설하시는 거예요?"

미처 예기치 못한 현규의 그런 과민한 반응에
어찌 응해야 할지 몰라 두목은 일순 당황한
표정으로 시무룩한 기색을 보이더니…
곧 다시 이렇게 말을 이었다.

"저기… 도련님. 그리 발끈하시지 말고…
우선 흥분을 좀 가라앉히세요.
그리고 좀 진득이 제 말을 더 끝까지 마저
들어보세요. 그니까 아직 제 말이 다 끝난 게
아니란 말입니다. 참 내, 이거야 원.
이리도 성급해서야. 그니까 도련님, 지금 제가
드릴 말씀이 그게 다가 아니라고요.
저기, 그니까 제 말은… 이제부터 정작 중요한
단서가 이어진다 이 말씀입니다."

그나저나 오 형사는 언뜻 불편한 기색을 드러낸
채 이러지도 저러지도 못하고 공연히 귓불을
만지거나 손거스러미를 물어뜯는 시늉을 하거나
또는 코를 킁킁대거나 또는 헛입만 쩝쩝대며
내내 좌불안석이었다.

평소처럼 고분대지 않고 뭔가 슬쩍 불손하게
느껴지는… 두목의 그 툭툭대는 언투에 현규는
또 왈칵 부아가 치밀었지만…
이내 그는 느른한 피로감을 느끼고는(이 부분은
필시 아까 초반에 오 형사가 눈여겨본 바로 그
흐트러진 침대 시트와 연관돼 있으리라…)

그저 꾹 감정을 누그리면서 '그럼 얼른 하던 말을
더 계속해 보시라'고 짐짓 완곡한 어투로
덤덤하게 말했다.

그제야 두목은 끊어졌던 말을 다시 이어가기
시작했다.

"저기… 그러니까…
그 젊은 친구가 그렇게 개인 인스타에 그 촬영
영상을 올리고 얼마 지나지 않아 그 밑에 다양한
댓글이 달리기 시작했는데… 그게 놀랍게도 그중
몇몇은 '그날 밤 자기도 그 물체랑 비슷한 뭔가를
촬영했다'는 뜻밖의 내용이었고…
그 뒤 한두 시간도 안 돼 그날 밤 그 날개 달린
괴물체가 촬영된 또 다른 영상들이 잇달아 여러
개인 인스타에 올라오기 시작했던 겁니다."

그제야 얼굴빛을 밝히고 현규는 절로 자세를
고쳐 앉으면서 이렇게 경청하고 있으니…
얼른 계속 말씀하라는 무언의 눈짓을 보냈다.

이윽고 두목이 또 말을 이었다.

"그래, 처음 그 사실을 발견했던 그 조직원이
거기 그 젊은 친구가 올린 촬영 영상 밑에 달린
방금 그 '특별한 댓글'들을 타고 곧장
그들 각각의 인스타 계정을 일일이 방문해서
거기 올려진 또 다른 촬영 영상들을 통해
그날 그 물체가 포착된 위치별, 시간대별 개개
정보들을 한목에 딱 운 좋게 확보했던 겁니다."

(이삼 초간 침묵.)

"그 뒤 그 친구는 그 사실을 보스에게 보고하기
전에 일을 좀 더 확실히 할 요량으로…
또한 이미 서로 만나기로 약속된 터였으므로,
몇 가지 사실 확인차 처음 그 영상을 올린 그
인스타 계정주를 먼저 만나봤답니다.

그런 다음 그 이튿날 오후, 자기 보스한테 가
그때껏 자신이 습득한 정보들을 소상히 보고했던
겁니다. 네. 바로 그렇게 된 겁니다, 도련님.

어쨌거나 그날 확보된 정보들을 토대로
그 친구가 그 문제의 영상들이 촬영된 장소들을

시간대와 위치별로 구분하여 '지도상'에 죽
표시를 해 봤더니……"

41곡

– 현규는 헬기에 올라 천마의 경로를 추적한다

그로부터 이틀 후(오전 11시경), 현규는 두목을
동반하고 어느 빌딩 옥상에 마련된 헬기장에서
그 미지의 비행 물체 혹은 천마를 추적할 헬기에
전격 몸을 실었다.

(그날 두목의 주장을 곧이곧대로 다 믿는 것은
아니었지만, 즉 상식적인 차원에서 보더라도
다소간 억지스러운 면이 없지 않은데다… 또한
그날 드론에 찍힌 그 날개 달린 괴물체와 지금
자신들이 찾는 그 대상물과의 연관성을 딱히
뭐라 확신할 수도 없는 상태였지만, 그럼에도
소위 지푸라기라도 잡겠다는 심정으로 현규는
이렇듯 그 날개 달린 괴물체를 한번 추적해
보기로 일단 결심했던 것이다……)

그리하여 천마 추적용 특별 헬기가 막 프로펠러를
회전시켜 빠르게 공기를 감아올려 날개바람을
일으키면서 천천히 공중으로 이륙했다.

바로 현규 아버지의 회사 빌딩(본사 사옥)
옥상에 마련돼 있는 회장 전용 헬리포트에서였다.

현규의 손에는 방금 두목에게서 건네받은 어떤
지도 하나가 들려 있었다. 거기에는 그날 밤 그
날개 달린 괴물체의 '시간대별 이동 경로'가
빨간 사인펜으로 일일이 표가 나게 동그라미가
쳐진 채로 그 처음 시작점부터 마지막 발견
지점까지 한눈에 쏙 들어오게끔 굵은 선으로 죽
그어져 있었다.

현규는 그렇게 아버지의 전용 헬기를 빌려 타고
그날 밤 그 미지의 날개 달린 비행 물체의 이동
경로를 따라가며 열심히 그것의 동선을 추적하기
시작했다.

헬기는 맨 먼저 암사동 선사유적지 쪽으로
날아갔다. 거기서부터 시작된 천마의 동선 추적
경로는 다음과 같다.

맨 처음 고덕역을 시작으로…
강일역… 미사역… 하남풍산역… 그리고 마침내

하남검단산역을 끝으로 그날 그 기묘한 비행
물체는 홀연 종적을 감췄다.

이렇게 천마 추적용 특별 헬기에 올라 한동안
축차적으로 그날 그 물체의 이동 경로를 죄
되짚어 본 현규는… 실상 아무 정보도 알아내지
못한 채로 깊은 실망감에 사로잡혔다.

내심 기대가 컸던 만큼 그 실망의 강도 또한
몇 곱절로 더 크게 다가왔던 것이다.

그러니까 결국 해소된 의혹은 하나도 없고,
해골은 더 복잡해졌으며…
공연히 기대감에 부푼 나머지 새로운 갈증만 더
부추긴 꼴이 되고 말았다.

이윽고 현규는 기왕 아버지의 헬기를 빌린 김에
나름대로 독자적 상상력을 발휘해 좀 더
멀리까지 추적을 해보기로 결정했다.

헬기는 곧바로 검단산을 지나 얼마 후 북한강을
따라 죽 올라가다가 마침내 청평호를 지나 멀리

신선산, 새덕산, 봉화산, 검봉산, 방아산, 삼악산,
계관산, 북배산, 가덕산, 몽덕산, 화악산 부근까지
쉬지 않고 날아갔다가……

그쯤에서 결국 모든 추적을 중단하고 다시금
처음 그 자리, 즉 아버지의 회사 집무실이 있는
여의도 방향으로 헛헛이 기수를 돌렸다.

그리하여 그날 오전 기습적으로 감행한 그 의문의
비행 물체에 대한 추적 작업은…
단지 아무 의미도 없는 한낱 시간 죽이기식 유람
활동이 되고 만 것이다.

42곡

– 선아 엄마는 그예 담임목사를 만나
– 대책을 상의하는데

아까부터 선아 엄마는 자기 단골 교회 담임
목사실에서 나이 든 목사와 단둘이 비밀스레
마주앉아 있었다.

시간은 대략 밤 10시경이었다.

둘 사이에 놓인 탁자 위에는
다소 낡은 티가 나는 '본회퍼 묵상집' 한 권이
놓여 있었다.

한쪽 벽면에는 한자로 된 가로 액자 하나가
걸려 있었다.

'斷行必伴聖靈助'

(단행필반성령조: 단호히 행동하면 반드시
성령의 도움이 함께한다.)

그리 한동안 나직나직 대화를 나누던 중
노목사가 잇달아 큼큼 생기침을 하고는 돌연
뭐라 뭐라 혼잣말을 웅얼대면서 선아 엄마의
말을 끊었다.

남모르는 지병이라도 앓고 있는지 노목사의
안색은 외꽃이 피듯 누리끼리하니 병색을 띠었다.

일단 그렇게 말곁을 챈 뒤 이윽고
다소 엄엄하게 어조를 달리해 노목사는 이렇게
다시 말문을 뗐다.

"이건 그리 단순한 문제가 아닙니다, 성도님.
뭐랄까. 에, 이건 하나의 '영적 전쟁'입니다.
다시 말해 성도님 개인의 사적 투쟁이 아닌
거기 그들 신앙과 여기 우리 신앙의 운명적
격돌, 즉 또 한 번의 피치 못할 처절한
종교전쟁이지요."

여기서 그는 들릴 듯 말 듯 혼잣소리로
이렇게 중얼거렸다.

"페데 포이나 클라우도pede poena claudo.
솔라 피데sola fide, 솔라 그라티아sola gratia,
솔라 스크립투라sola scriptura.
복수는 불가피하다. 오직 믿음, 오직 은혜,
오직 성경."

곧이어 "요컨대…"
하고 그가 다시 말을 이었다.

"이 전쟁은 따님과 성도님 그리고 우리 교회…
아니, 우리 기독교 전체의 운명이 걸린 지극히
중차대한 최후의 일전이 될 것입니다.
바로 이 영적 전쟁의 승패에 따라… 이 나라,
이 사회, 이 민족… 아니, 더 나아가
온 세계의 영적 판도가 완전히 뒤바뀔지도
모른다는 말씀이지요."

이어 몇 초간 침묵이 흐른다.

"거듭 말씀드리지만…
이건 그리 단순한 문제가 아닙니다."

노목사가 다시 말을 이었다.

"그들은 바로 성도님의 따님을 마권으로
납치하고… 따님의 영혼에 온통 이단 사도의
괴탄한 신앙을 주입해 세뇌시키는 방법으로
이번 영적 전쟁에서 승리해 다시 한 번
이 사회에서, 이 나라에서, 아니 온 세계,
온 열방, 온 우주에서 미신과 밀교와 사탄적
주술의 우위를 되찾고… 마침내 요망한 귀신과
허탄한 속신의 위력을 되살려 잃어버린 무속적
상상력과 폐절된 지배력을 복원하려 그처럼
추악하고 가증스러운 마군의 반란을 기도하는
것입니다. 허니 우리는 할 수 있는 모든 수단을
동원해서라도… 아니, 할 수 없는 무슨 수단을
이용해서라도… 설사 오늘 하늘이 두 쪽이 나는
한이 있더라도 이번 전쟁에서 기필코 승리해야
합니다……"

그 뒤로 한참이 지났다.

그리하여 노목사는 그녀에게 다음과 같은
해결책을 제시하기에 이르렀다.

그것은 다름 아닌 '클라붐 클라보 엑스펠레레!
(clavum clavo expellere. 못으로 못을 뽑는)',
한마디로 '이이제이 혹은 이독제독' 작전이었다.

즉 적으로써 적을 제압하는,
적그리스도로써 적그리스도를 퇴치하는
무척 노회하고도 기발한 발상이었다.

내심 썩 내키지는 않았지만 그럼에도 그녀는
이번 영적 싸움의 중요도와 노목사님의 간곡한
권면에 힘입어 결국 그 방법을 적극 활용하기로
마음먹었다. 그러면서 언뜻 선아를 생각했지만
그 생각은 곧 종교적 신앙심에 눌려 사그라지고
그녀의 의식 속엔 오직 '이번 영적 전쟁에서
승리해 하나님을 기쁘게 해드려야 한다'는 맹목적
일념만이 영혼 가득 극렬하게 차오르기 시작했다.
그렇듯 그녀는 자신의 딸 선아를 구출하는 일보다
그들 적그리스도 세력의 처참한 파괴와 완전한
절멸을 그 순간 더 간절히 희구했던 것이다.

그러는 사이…
시간은 어느덧 11시를 훌쩍 넘겼다.

얼마 있다 그녀는 그 밤의 밀회를 마치고 혼자
조용히 자리에서 일어나 담임 목사실을 나왔다.

그렇게 노목사와 헤어져 교회당을 나온 그녀는
곧장 집을 향해 걸으면서 혼잣속으로 거듭 어떤
의지를 움켜쥐고 이런 다짐을 되뇌는 것이었다.
즉 '잠시도 지체하지 말고 내일 당장 그곳을
찾아가 즉각 그 방법을 실행하기로!'

그런 그녀를 배웅이라도 하듯 저만치 뒤편으로
보이는 교회당 첨탑 위로 붉은 십자가의 불빛이
일순 더 강렬히 그 빛살을 토하며 더한층 짙붉게
그 어둠을 불사르고 있었다.

43곡

– 이튿날 오후 선아 엄마는
– 어느 용하다는 점집을 찾아간다

그날 찾아간 그 점집 신당에서 작은 점상을
사이에 두고 그녀와 마주앉은 점쟁이는 머리가
허옇게 센 왜소한 무당 노파였다.

그리 노쇠하고 주름이 자글자글한 낯가죽과 달리
그 눈초리는 마치 숯불에 벼려 놓은 칼날인 양
시퍼렇게 날 선 귀기를 내쏘고 있었다.

거기 그 짙붉은 대춧빛 점상 위엔 쌀 한 줌과
엽전 여남은 개 그리고 신령스러운 무구인
칠금령이 나란히 놓였다.

또한 안쪽 신단에는 요상하고 섬뜩한 시각적
공포감을 촉발하는 기기한 외양의 여러
신상들과 더불어 칠성검(신칼), 명도 거울(신경)
따위의 신물과 여타 무구(공양구) 등속이
빼곡하게 안치돼 있었는데, 맨 앞쪽에는 금은

촛대에 밝힌 몇몇 촛불과 함께 작은 놋쇠 향로
두 개에서 폴폴 두 가닥의 나릿한 선향(만수향)
연기가 피어오르고 있었다.

이윽고 그 점쟁이 노파는 막 점상에서 칠금령을
집어 들었다. 이어 지그시 눈을 감고 손에 든
칠금령을 딸랑딸랑 흔들면서 이내 접신하듯
입술을 발발 떨며 동시에 입속말로 뭐라 뭐라
중얼대며 그대로 언뜻 무아경에 잠겼다. 그러다
일순 눈을 번쩍 뜨면서 손동작을 멈추고는
돌연 날카로운 실눈을 뜨고 독살스레 그녀를
쏘아보았다.

이내 짜르르하며 선뜩한 전율감이 전신을
관통하면서 순식간에 그녀의 심저를 뒤흔들었다.
동시에 기겁하여 그녀의 혼은 그대로 콩알만 하게
졸아들고 말았다.

그 순간 맘속으로 다급히 주의 이름을
호명하면서 그녀는 그리 반사적으로 그 눈빛과
대치한 채 잇달아 꾹꾹 공포감을 찍어 눌렀다.

노파는 잠시 그러고 있다가 일순간 벌컥 성을
내면서 제풀에 퍼르르 몸을 떨고는…
급기야 그 눈초리에서 대번 흉악스러운 독기를
내뿜으면서 연달아 우악스레 쏘아붙였다.

"네 이년! 이 나쁜 년! 이 숭악한 년!
천하에 몹쓸 년이로다! 고얀지고! 천한지고!
천덕스러운지고! 네 이년! 이 간악한 년!
이 못된 악령아! 정녕 천벌이 두렵지 않느냐!
네 년이 시방 성제님을 모독하는 간교한 요괴!
서양 마귀의 하수인이 아니더냐! 네 이년!
이 발칙한 년! 네 년이 필경 앙륙을 당하고
싶은 게로구나! 액상을 당하고 싶은 게로구나!
네 이년! 예가 정녕 어디라고 찾아온 것이냐!
네 년이 시방 누굴 속이려 드는 것이냐!
어디서 그따우 덜된 수작질을 하는 것이냐!
네 년의 그 사특한 흉수를 내 모를 줄 알았더냐!
흉한지고! 비루한지고! 네 이년! 이 방자한 년!
네 년이 정녕 이 할미를 부추겨 하늘 성제님께
감히 불경을 저지르게 할 참이로구나!"

그러고서 노파는…

그 칠금령을 탁 점상에 내려놓고는 이를 꽉
앙다물고 단호히 고개를 가로저으면서…
그녀의 요구는 '절대로 불가한 일'이라는 듯한
강경한 제스처를 취했다.

노파의 그런 표독스러운 어세에 기가 질려 그녀는
일순 얼이 빠진 듯 당황했으나… 한편으론 또
이런 상황을 미리 예상 못한 것도 아니었으므로
곧 다시 마음을 다잡아 비교적 수월히 본디의
평정심을 되찾았다.

즉 이런 경우를 대비해 전날 노목사로부터
그녀는 이미 적들의 속내를 간파하고 동시에
자유자재로 그들을 요리하는 만능의 비기를 몰래
전수받은 터였다.

그날 목사님의 말마따나…
이럴 때 서로 이러니저러니 이악스레 입씨름을
하는 것은 그저 쓸데없는 가능성의 낭비이자
공연한 헛수고가 아닐 수 없다.

그녀는 문득 성경 구절 하나를 떠올렸다.

(출애굽기 22장 18절: 무당을 살려두지 말라.)

그대로 잠시 뜸을 들였다가…
그녀는 갑자기 핸드백의 지퍼를 열고 가만가만
그 안을 더듬적거리기 시작했다.

그런 그녀의 표정은 뭐랄까. 뭔가 선뜻 결정을
하지 못한 채로 내심 고민에 잠겨 갈등하는
듯한, 언뜻 진지한 듯하면서도 어딘가 또 슬쩍
연극적인 가식성이 배어 있는 듯한,
왠지 주목하지 않고는 견딜 수 없게 만드는
실로 교묘하고도 미심스러운 분위기였다.
그러다 이윽고 그녀는 문득 손동작을 멈추는가
싶더니 이내 그 속에서 두툼한 무지 백봉투
두 개를 꺼냈다. 그것은 각각 오만 원권 지폐 일백
장이 든 오백만 원짜리 돈봉투였다.

다시 말해 도합 천만 원이었다. 곧 그녀는
그 돈봉투 두 개를 점상에 올려놓았다.

노파는 순간 눈빛을 번뜩하며 닝큼
그 봉투(복채)를 눈질하고는 곧 더한층 매서운

눈초리로 그녀를 노려보았다. 바로 그때 그녀가
다시 핸드백에서 같은 액수가 든 돈봉투 두 개를
더 꺼내 그 점상 위에 보태 놓았다.

그리고 곧바로 같은 두께의 돈봉투 두 개를 더
꺼내서는 거기 점상 위에 놓인 다른 돈봉투 위로
얌전히 포개 놓았다. 그리하여 점상에는 이제
오백만 원짜리 돈봉투 여섯 개가… 즉,
총 삼천만 원의 현금이 올라앉아 있었다.

그사이 노파의 눈빛은 다소 누그러져 있었다.
그런 상태로 느슨하면서도 팽만한, 강고하면서도
유연한, 일종의 모순된 긴장과 탐색적 신경전
속에서 다시금 침묵의 몇 분인가가 지났다.

마침내 하는 수 없다는 듯 그녀가 천천히 손을
뻗어 그 점상에 놓인 돈봉투 하나를 다시 집어
핸드백에 도로 집어넣으려는 시늉을 했다.

그러자 거의 동시에…
그 노파가 불쑥 입을 열었다.

"이건 달리 방도가 없네.
이건 내 능력 밖의 일일세.
나로서는 역불급이란 말일세.
이건 아예 저주도 주문도 부적도
그 어떤 신술도 무술도 처방도 굿도 다
효과가 없네. 다시 말해 웬만한 대무도 숙무도
(큰무당도 노무당도) 이쪽에 대한 범접은 숫제
감불생심이란 말일세."

노파는 곧 말을 이었다.

"요컨대 상대는 그리 평범한 존재가 아니란
말일세. 해서 방법은 딱 하나밖에 없네.
당장 이 나라 최고의 퇴마사를 찾아가 도움을
청하는 방법 말이네."

잠시 후 그녀는 그 무당 노파가 건네준 어느
퇴마사(혹은 남무)의 명함 한 장을 손에 들고
그곳 신당을 나왔다.

물론 그 점상 위에 놓인 돈봉투 여섯 개는…
일종의 '천기를 누설해 준' 데 대한 보답으로

(바꿔 말하면 언제 무슨 액화를 입을지 모르는
심히 커다란 위험을 무릅쓰고 이렇듯
그 해결책을 몰래 귀띔해 준 데 대한 명목으로)
그 자리에 고스란히 남겨 둔 채였다.

바로 그 명함 앞면에는 그쪽 휴대폰 번호와
현재 기거처 그리고 천년 내공 퇴마 법사
'선도해'라는 소개 문구가 씌어 있었다.

또한 명함 뒷면에는…
거기 기거처의 위치를 알려주는 약도와 함께
이런 글귀가 덧붙여져 있었다.

모든 종류의 퇴마의식, 축귀의례, 액풀이,
초혼, 해살, 해원, 피흉추길, 특별 기양(복을
빌고 재앙을 쫓는) 의식 설행.

44곡

- 선아 엄마와 퇴마사의 의기투합
- 그리고 새로운 전쟁이 개시된다

그 명함 속의 퇴마사는 50대 후반쯤의 남자로
경기도 하남시 검단산 중턱에 엉성한 초막집을
짓고 여러 해째 홀로 수도에 정진하고 있었다.

그는 남루한 적갈색 누비 개량한복을 걸치고
같은 색 목도리를 둘렀으며… 거의 허리께까지
치렁치렁 늘어졌던 긴 머리는 연전까지 내내
총각머리를 하다가 그 후 이미지 변신 차원에서
냉큼 배코를 치고 상투를 튼 뒤 망건을 썼다.

배코를 치다: 배코는 백회百會에서 온 말로,
이를테면 배코를 친다는 것은 상투를 틀기
전에 통기성을 좋게 하려고 정수리 부분의
머리카락을 배코칼로 면도질하듯 동그랗게
빡빡 밀어 깎는다는 뜻이다.

또한 평소에는 망건 위에 탕건을 썼고…

어쩌다 중요한 퇴마 의식을 거행하거나…
산 밖으로 출타하거나… 방문객 등의 외부인을
맞을 시에는 탕건 대신 유건을 쓰곤 했다.

한데… 그가 상투머리를 하기로 결심한 데에는
다소 남다른 이유가 숨어 있었다. 애초에는
총각머리를 풀고 여느 도인들처럼 단순히 머리띠
하나만을 이마에 두를 생각이었다.

그러던 어느 날,
어떤 기억 하나가 문득 떠올랐다. 바로 돌아가신
조부님에 대한 어린 날의 기억이었다. 그러니까
그가 아직 코흘리개 소년이던 철부지 시절이었다.

(매암매암)

듣그러운 매미 소리가 울려대던 한여름의
오후였다. 하루는 조부님이 망건도 쓰지 않은
맨상투 바람으로 대청마루에 앉아 뻑뻑 장죽을
빨아대며 담배를 태우고 있었다. 베 등거리에
무명 잠방이를 걸친 시원스러운 차림새였다.

당시 조부님은 벼슬을 하지 않은 이름 없는
선비요 누대를 이은 한학자요 또한 초야에
은거하며 안빈낙도하는 무욕허심의 도학자였다.

그때 그는 앞마당에서 돌치기(비사치기)를 하며
혼자 놀고 있었는데, 한순간 조부님이 그를
대청마루로 불러 앉혔다.

그날 조부님은 그에게 여러 가지 재미난
얘기들을 들려주었다. 그중 유독 지워지지 않고
이제껏 생생히 기억에 남아 있는 것은 바로
이런 내용이었다.

즉 어느 순간 조부님은 하던 이야기를 멈추고
갑자기 당신 머리 위로 손을 가져가 가만가만
상투 끝을 만작대기 시작했다. 이윽고 조부님은
도로 상투에서 손을 떼고는 곧 다시 입을 열어
나직나직 이야기를 이어가는 것이었다.

"얘야, 우리 민족은 본시 상투의 민족이란다."
또한 이 '상투'라는 말은 본디 '상두'라는
말에서 왔단다.

헌데, 거개가 이를 '머리 두頭자 상두上頭',
즉 '머리끝'의 의미로 잘못 알고 있단다.

허나 예서 상두는
그런 상두가 아닌 '말 두斗자 상두上斗',
즉 '국자'를 가리키는 것이며…
이는 곧 '국자 모양의 일곱 개의 별', 다시 말해
'머리 위의 북두칠성'을 뜻하는 것이란다.
하여 예부터 상투를 틀 때는 앞뒤로 정성껏
'일곱 번'을 둘러 감았단다.

또한 이 상투는 다름 아닌 '머리 위에 솟은
지혜의 기둥이자 참된 이성의 더듬이'로써…

여기 땅 위에서 살아가는 우리 인간이
저기 저 멀리, 저 하늘 높은 곳…

바로 그 천구상의 별들과 서로 소통하고
합일하고 조화롭게 상생하고자 하는 그 무구한
바람과 기원과 소망의 의미를 담고 있단다."

조부님은 계속 말을 이었다.

"아울러 죽은 이가 눕는 관 바닥에 북두칠성을
뜻하는 칠성판을 먼저 까는 것과
고인돌 상판(뚜껑돌)에 북두칠성 모양의 일곱
개의 '별 구멍'을 뚫은 것 또한 반본환원, 즉
죽어서 그 넋이 다시 하늘로(존재의 근본으로)
돌아가고자 하는 인간 본연의 소박한 의지와
염원이 담긴 거란다"

그 남자는 지금 탕건 차림이었다.
둘 사이에 놓인 작은 앉은뱅이탁자 위엔 그가
벗어놓은 유건이 놓여 있었다. 아무 연통도 없이
갑작스레 객인이 찾아오는 통에 미처 그것으로
바꿔 쓸 여유가 없었던 것이다. 바닥에는 단지
두꺼운 덕석 두어 장이 깔려 있을 뿐이었다.

그녀는 아직 그 남자의 도움을 받을지 말지
마음의 결정을 하지 못한 상태였다. 그럼에도
일단 한번 만나나 볼 심산으로 그처럼 사전 연락
없이 무작정 이곳으로 향한 것이었다.

이윽고 그 남자가 먼저 찾아온 용건을 물었다.
그녀는 잠깐 생각한 뒤 오늘 자신이 이곳에

이르게 된 경위를 비교적 상세히 그에게
설명했다. 그는 살짝 미간을 모으고 입을 꾹
다문 채 진지한 태도로 그녀의 말을 경청했다.

딱히 이렇다 할 변변한 집물 하나 없는 허술한
초막 안은 거의 텅 비어 휑한 상태였는데,
거기 한구석에 누렇게 변색되고 모서리가
나달나달 개먹은 고서 여남은 권이 흡사
낡은 기왓장처럼 층층이 바닥에 쌓여 있었다.

그것은 대략
'천수경, 지장경, 유마경, 약사경,
퇴마경(대불정능엄신주), 태을경, 정심경,
부응경, 황정경(황정내외옥경경), 옥추경,
팔양경(불설천지팔양신주경), 황극경세서,
참동계, 삼황내문경' 등이었는데……

거기에는 밑동이 모지라진 길쯔막한 죽장
하나가 비스듬히 기대어진 채였다.

산속 어디선가 청랑한 새소리가 들려왔다.
그사이 뉘엿뉘엿 해가 기울고 있었다.

멀리 서녘 하늘로 노을이 지면서 시나브로
저녁 기운이 잠을 깨고 있었다.

둘은 얼마간 조용조용 대화를 주고받았다.

"이건 목숨을 건 모험입니다."
이제 막 그 남자가 말했다.

"전 상대가 명확히 어떤 존재인지 모릅니다.
(말은 그리했지만 그가 어찌 그 상대를 모를
리가 있겠는가.) 하지만 분명한 건 여타
귀신과는 전혀 다른 만만찮은 상대라는 겁니다.
일테면 지금 이 상대는 기실 귀신이 아니라
엄연히 살아 있는… 명백히 살아 숨 쉬는…
뭐랄까… 그러면서도 한편으론 또 살아 있지
않기도 한 기묘한 존재이기 때문이지요. 하지만
설사 그렇다고 해도 그간 제가 닦아 온 기방
(특수한 비술)을 쓴다면 처리하지 못할 정도는
아닌 듯합니다."

그 남자가 곧 말을 이었다.

"좋습니다. 그리하지요. 제가 하지요. 제가 다
물리쳐 드리지요. 제가 당장 그들 마계에서
따님을 되찾아 시주님께 되돌려 드리지요.
그리고 시주금의 액수는… 더도 덜도 말고 딱
일억입니다. 일억. 그 이상도 그 이하도 아닌
정확히 그 금액입니다. 어떻습니까?
하시겠습니까, 관두시겠습니까?
다시 말씀드리지만, 이건 그대로 제 목숨이 걸린
문제입니다."

그녀는 내심 그 액수에 당황했지만 이내 이렇게
생각을 돌렸다. '그래. 그게 무에 중요한가.
그 액수쯤은 실상 아무것도 아니다. 나중에
반드시 몇 곱절로 하나님이 되돌려 줄 테니까.'
그런 식으로 잠시 마음을 다스리고 나서 그녀는
응낙의 뜻으로 두어 번 고개를 끄덕거렸다.

순간 그 남자는 곧 이렇게 말을 이었다.

"자, 그럼. 이제부터 제가 하는 말을
잘 들으십시오. 정확히 모레 저녁 11시 59분에
어느 장소(이미 우리가 알고 있는 장소다) 앞에

사라진 따님의 모습이 나타날 겁니다. 허니
그 장소에 미리 가서 대기하다가 그 시각에
따님의 모습이 나타나거든 곧바로 제가
알려드리는 특수한 비방대로 조치를 취하십시오.
허나 그 형상은 결코 따님의 실제가 아니므로…
절대로 놀라거나 당황하거나… 또는 그쪽으로
와락 달려들거나… 또는 돌연히 울컥해서
그 이름을 부르거나 해서는 안 됩니다."

그 남자는 계속 말을 이었다.

"즉 그 형상은 단지 순간적인 도술로 불러낸
일시의 윤곽일 뿐, 사라진 따님의 진정한 본질이
아니므로… 자칫 경솔한 실수 하나에도 당장
형적도 없이 사르르 흩어져 버릴 만큼 극도로
민감하고도 불완전한 상태이기 때문입니다."

그러고는 몇 초간 틈을 뒀다가 다시 나직이
입을 열어 방금 전 언질 준 그 특수한 비방을
일러주었다. 이어 또 이렇게 말을 이었다.

"자, 그럼. 이제 시주님께 알려드릴 내용을 다

말씀드렸으니… 지금부터 전 이번 퇴마 의식을
위한 준비 작업에 들어갈까 합니다.

먼저 사귀의 접근을 차단하기 위해 수탉의 멱을
따고 생피를 받아 부적을 쓰고… 남은 닭 피는
초막 둘레에 고루고루 뿌릴 겁니다.

말하자면 서양에서 신부들이 성수로 악귀를
퇴치하는 것과 비슷한 이치입니다.

그런 다음 그날 그 시간이 될 때까지 금식하고
기도하면서 밤낮으로 오직 공력을 기울여 저의
온 정기를 삼단전에 응집시킬 것입니다."

❋ 한민족과 상투 그리고 북두칠성 ❋

이로써 한민족이 왜 '상투'의 민족인지…
또한 국자 모양의 '복조리'가 왜 북두칠성을
상징하는지… 또한 '큰곰자리'의 북두칠성이
왜 단군을 상징하는지…

또한 북두칠성의 숫자인 '7'이 왜 단군의
숫자인지… 또한 '삼칠일($3 \times 7 = 21$)'이 왜
금기의 일수이자 간절한 '기도(치성)'의 일수가
되었는지…

또한 '사십구재($7 \times 7 = 49$)'가 왜 그처럼 엄숙하고
정결한 의미를 지니게 되었는지…
또한 민간신앙의 절대적 숭배의 대상이 된
'칠성님(칠원성군)'이 왜 단군을 뜻하는지…

그간 오해와 불신과 자욱한 편견의 안개(캄캄한
무지의 베일)에 가려져 있던 그 오랜 비밀의
열쇠가 비로소 저절로 드러나게 된다.

아울러 위의 숫자 '3'은 응당 '환인·환웅·환검',
바로 이 세 분의 '성조'를 가리키는 것이며,
이는 그대로 '천지인/삼재/삼신일체'를 의미함과
동시에 민속적 '삼신신앙'의 정신적 뿌리가 된다.

이후 삼신신앙은 점차
'삼신각(삼성각, 세 분의 성조, 삼신상제,
나아가 삼신할머니로 이미지 변환),
산신각(산신령, 단군), 서낭당(서낭신, 단군),
칠성각(북두칠성, 칠성님, 단군),
독성각(홀로 깨달은 이, 단군왕검),
대웅전(큰곰자리, 단군) 등으로 자연 변화하면서
다각적으로 유형화된다.

이로써 또한 숫자 '3'이 왜 단군의 숫자 '7'과
더불어 그들 한민족과 떼려야 뗄 수 없는
민족적 '숫자(길수/성수)'가 되었는지…

또한 숫자 '3'이 왜 '삼족오'의 관념과 상징으로
이어지게 되는지… 바로 그 근원적 의문들에
대한 해답을 미루어 짐작하고 인식하면서…
절로 선명히 깨우치게 된다.

☀ 한민족과 숫자 3·5·7 ☀

에서 배달족과 관련된 특별한 숫자들을
간략히 정리하면 다음과 같다.

3 : 환인·환웅·환검(단군)/천지인(원방각)/삼재
7 : 단군/큰곰자리의 북두칠성
5 : 음양오행의 오/오방색의 오

21 = 3×7(삼칠일/세이레/곰이 웅녀로 변신)
10 = 3+7(십간)
12 = 5+7(십이지)
8 = 3+5(팔괘)

100 = 3+7(10) × 3+7(10)/백일기도/백일상
49 = 7×7(칠칠재/사십구재/칠월칠석/참고로
　　　팔일오광복 하루 전인 1945년 8월 14일 일본이
　　　연합국에 항복을 통보했는데, 공교하게도
　　　그날 또한 칠월칠석, 즉 음력 7월 7일이었다.)

3 = 삼신신앙/삼족오/삼세판

7 = 2+5(음양오행/칠회제신력/일월오봉도/단군)

7 = 칠성검/복조리/칠성님(칠원성군/단군)

7 = 원방각/천지인/0+4+3(태극0+단군7)

7 = 원(天○/0), 방(地□/4), 각(人△/3)

5 = 윷놀이의 다섯 가지 상징 동물

7 = 윷판의 가로세로 중심축 일곱 점

9 = 3×3(9)/중삼/삼월삼짇날

81 = 9×9(81)/중양/중구절/천부경 글자수

(이하 줄임.)

45곡

– 선아 엄마는 퇴마사가 일러준 장소에 가

– 딸 선아가 나타나기를 기다리는데

늦은 오후가 되고 서서히 어둠이 깔리면서
어느 순간 폴폴 눈발이 흩날리기 시작했다.

선아 엄마는 밤 10시 30분이 되자 옷장에서
두툼한 외투를 꺼내 입고…
간편한 숄더백을 어깨에 멘 채 현관문을 나섰다.

남편은 아직 귀가하지 않았다. 그길로 아파트
단지를 나와 잠시 후 택시를 잡아타고 그녀는
곧장 그 장소로 향했다.

대략 11시 10분쯤 되었을 때 그녀는 그 장소에
도착했다. 그곳은 다름 아닌 전날 그 해모수 빌딩
정문 앞에 세워진 단군상 앞이었다.

곧 그 단군상 뒤로 가서 그녀는 어깨에 멘
숄더백을 열고 그 퇴마사가 일러준 대로 미리

준비해 간 1리터 생수병 하나를 꺼냈다. 하지만
그 물병에는 맑은 생수가 아닌 다소 역겹고
괴상하고 엽기적인 액체가 담겨 있었다.

다시 말해 그 물병에는 바로 그녀의 소변과
가래침, 콧물 그리고 싱크대 수챗구멍에 낀
더러운 찌끼와 물때를 박박 긁어낸 오물이 한데
섞인 혼탁한 액체가 골싹하게 담긴 채였다.

먼저 물병의 마개를 열고…
그녀는 동상 받침대 뒷면에 물병 속의 그
내용물을 반쯤 골고루 찌끄렸다. 그런 다음 다시
마개를 돌려 닫고 그 자리에 너부시 쪼그려 앉아
조용히 그 시간이 되기를 기다렸다.

요컨대 그날 그 퇴마사의 말은 이러했다.

즉 '이날 밤 11시 59분에 정확히 딸애(그녀의
형체가)가 그 자리에 나타날 테니…
그 즉시 동상 앞쪽으로 가서 바로 그 물병에
남아 있는 그 액체를 모조리,
마지막 한 방울까지 탈탈 털어 그 동상의

얼굴을 향해 세차게 내뿌리라'는 것이었다.
그러면 곧 12시 정각(자정)이 되자마자
'마치 아무 일도 없었다는 듯 그녀는 문득
본래의 정신(단지 윤곽이 아닌 실제의 형신)으로
되돌아올 거라는 것'이었다.

그럭저럭하는 사이에 시간은 어느덧
11시 58분을 지나 이제 거의 59분에 근접하고
있었다. 이윽고 그녀의 휴대전화가 정확히 11시
59분을 알리자 그 동상 정면으로 몇몇 걸음
떨어진 지점에 그녀의 딸 선아의 형체가 스르르
모습을 드러냈다.

(그리 홀연 눈에 비친 그 형상은 여전히 그날
그 시공의 강물 위에서 뱃놀이하며 놀던 때의
그 한복 차림 그대로였다.)

하지만 그 형체는 어떤 구체적인 질량을 지닌
물리적 실체라기보다 얼핏 흐리흐리한 홀로그램
속에 떠오른 가상적 입체상(프로젝션 매핑)에
더 가까웠다. 그 형체는 순간 무아의 시공간을
헤매는 듯 비몽사몽한 상태로 이쪽저쪽 주위를

돌아보며 불안스레 흔들거렸다.

그사이 선아 엄마는 냉큼 동상 앞으로
뛰어나왔다. 이어 급히 그 물병의 마개를 열고
거기 받침대 위 그 동상의 얼굴을 향해 남은 그
액체를 확확 힘차게 끼얹었다. 다음 순간,
그 액체가 찰싹 그 동상의 안면을 때리는 찰나
뒤쪽에서 악! 하고 외마디가 울리면서 방금 그
형체는 팍하고 그 자리에 쓰러졌다.

선아 엄마는 그 소리가 나기 무섭게 재깍 물병을
내던지고 그쪽으로 달려가 바닥에 털썩 무릎을
꿇고 얼른 딸애의 머리를 감싸 안아 자기 무릎
위에 얹었다. (그사이 선아의 모습은 저절로
전의 그 평상복 차림으로 되돌아와 있었다.)

그리 딸애의 머리를 끌어안고 엄마는 뚝뚝
눈물을 떨구면서 훌쩍훌쩍 느껴 울기 시작했다.

그런 엄마의 품 안에서 딸애는 완전히 의식을
잃은 채로 죽은 듯이 미동도 하지 않았다.
엄마는 더 서러움이 복받쳐 흑흑 흐느끼며

울었다. 이윽고 엄마의 눈가에서 흘러내린
그 액체가 실신한 딸애의 얼굴 위로 톡톡 두어
방울 떨어져 내렸다.

잠시 후 선아는 문득 잠을 깬 듯 저절로 눈이
떠지면서 이내 사르르 의식이 되돌아왔다.
선아는 연신 눈을 깜박깜박하면서 얼른
머릿속에서 무슨 기억이든 되불러내 어떻게든
스스로 그 상황을 이해해 보려 무진 애를 썼다.

하지만 소용없었다.
정녕 불가사의한 순간이었다.

한순간 머릿골이 욱신거렸다.

이제 막 그녀는 악령의 저주를 풀고 기나긴
마법의 잠 속에서 깨어난 듯했다.

그럼에도 여전히 그 마신의 권역에서 완전히
벗어나지 못한 채였다. 마치 머릿속이 온통 더운
열기를 훅훅 내뿜는 고압 증기로 꽉 들어찬 듯
그저 모든 게 멍멍하고 흐리터분할 뿐이었다.

그녀의 시야는 자꾸만 짙은 운무 속을 헤매는 양
어떤 무채색 무늬들로 점점이 착란을 일으키면서
잇달아 아슴푸레하게 흔들리고 있었다.

엄마는 곧 선아를 부축해 조심조심 바닥에서
일으켜 세웠다. 그리고 딸애와 함께 한 발 한 발
저쪽 차도 쪽으로 걸음을 떼어놓기 시작했다.

그리 너덧 걸음쯤 갔을까. 별안간 선아가 불쑥
등 뒤를 돌아보았다. 그러자 거기 물병의 오물을
뒤집어쓴 채 머리부터 흐물흐물 녹아내리고 있는
단군상이 바라보였다.

46곡

– 단군은 고통에 몸부림치고
– 자부선인은 급히 어딘가로 향하는데

한밤중이었다. 단군이 별안간 방바닥을 뒹굴며
고통에 몸부림치는 사이, 자부선인은 황망히
집을 나와 곧장 나루터로 향했다.
(단군은 그사이 외양이 바뀌어 본래의 그 골덴
점퍼 차림으로 되돌아간 상태였다.)

몹시도 마음이 급했다.
실로 화급을 다투는 일이었던 것이다. 일순
도련님의 얼굴에 열꽃이 피어나면서 이내
극심한 복통을 호소하고 있었기 때문이었다.

노인은 대번 자신의 능력으로
도련님의 병증(원인 모를 열병)을 치유하기에는
역부족임을 깨달았다.

그리하여 늦기 전에 한시바삐
'그분'을 모셔 와야 한다는 생각이 든 것이다.

"도련님. 송구합니다. 몹시 면구스럽습니다.
지금은 달리 도리가 없을 듯합니다. 제가 얼른
가서 신속히 그분을 모셔오겠습니다. 허니
괴로우시더라도 조금만 참고 기다리세요."

그리 죄만스러운 심정으로 혼잣말을 웅얼대면서
노인은 데바삐 발을 놀려 이제 막 나루터에
닿았다. 이어 지체 없이 나룻배에 올랐다.

그렇게 노인은 등불 하나에 행로를 의지한 채
다급히 노를 저어 강 위쪽으로, 그러니까 저기
저만치 수구막이 솔숲 지나 뒷산 저 멀리 구름
위로 우뚝 솟은 바로 그 동물(말 혹은 곰)의 귀를
닮은 '두 개의 봉우리'가 있는 방향으로 정신없이
거슬러 오르기 시작했다.

그 뒤 얼마쯤의 시간이 흘렀을까.

마침내 저만치 위쪽,
거기 수구막이 솔숲 부근에서
다시 등불이 비치면서 이내 그 나룻배가 모습을
드러냈다. 그 나룻배는 곧장 이쪽 아래 나루터로

다가와서 움직임을 멈췄다.

배 위에는 자부선인과 함께 검고 커다란
곰 한 마리가 같이 타고 있었다.

이윽고 둘은 배에서 내려서기 바쁘게 저만치
보이는 초가 쪽으로 반달음을 쳤다.

얼마 후 둘이 초가집 사립문을 열고 마당으로
들어서는 순간 그 곰은 즉각 어느 아리따운
묘령의 여인으로 변신했다.

아래위로 검푸른 한복을 걸치고…
곱게 빗은 머리는 꼭뒤에서 둬 번 틀어 올려
맵자하게 쪽을 찌고 뒤꽂이 없이 수수한 창포잠
하나만을 가로 꽂은 채였다.

(창포잠은 창포 뿌리를 깎아 만든 비녀로 민간에서
사귀를 쫓는 기능, 즉 벽사의 효과가 있다고 믿어
주로 단오 때에 액막이로 꽂고 다니곤 했다.)

그런 그녀의 모색은 그대로 살아 움직이는

한 폭의 단아한 미인도 그 자체였다.
그리 어여쁜 자태로 그녀는 살짝 눈길을 비낀 채
경건히 앞섶을 여미었다.

자부선인은 자못 공손한 태도로
그 젊은 여인(그녀는 바로 단군의 모친이자
환웅천왕의 정비인 '교웅' 황후였다)을 모시고
도련님이 계신 그 방으로 함께 들어갔다.

여린 호롱불이 켜진 그 방으로 들어서자
방금 그 여인의 용색이 좀 더 선명하게 눈에
비쳤다. 그런데 그 여인의 얼굴이 어딘가
미묘하게 누군가를 닮았다. 누구더라. 그랬다.
분명 어디선가 본 듯한 그 얼굴.

오! 이제 보니 그 얼굴은 다름 아닌 선아의
용모를 닮아 있었다. 방바닥에서 신음하는 단군을
보자마자 그 여인은 절로 주르륵 눈물을 쏟아내며
단군 곁에 털썩 무릎을 꿇고 주저앉았다.

"오, 가여운 내 아기!"

그녀가 눈물 젖은 눈으로 독백하듯 내뱉더니
이윽고 천천히 두 손끝을 움직여 앞섶을
풀어헤치기 시작했다. 그녀에게서 설핏 천상의
하향(연꽃 향)이 풍겨 나왔다.

자부선인은 절로 그쪽에서 눈을 돌렸다.
이어 조용히 외짝문을 열고 마당으로 나왔다.
그녀는 곧 풍만한 젖가슴을 드러내고는…
애처롭게 신음하는 단군의 머리를 두 팔로 안아
올려 그의 입술에 얼른 자신의 젖꼭지를
대어주었다. 잠시 후 단군이 경련하듯 입술을
실룩실룩하더니 이내 넝큼 젖꼭지를 물고
힘 있게 젖을 빨기 시작했다.

그러면서 단군은 절로 몸집이 줄어들어 이내
보드라운 쌀깃으로 몸을 감싼 갓난애 모습으로
변신하는 것이었다.

그리고 한참이 지났다. 그사이 아기는 물었던
젖꼭지를 놓고 또랑또랑한 눈망울로 투르르
입술을 떨며 귀여운 투레질을 하고 있었다.

곧 그녀는 지극한 애정이 담긴 눈빛으로 아기의
눈망울을 지그시 바라보았다.

잠시 후 그녀는 앙글앙글 사랑스레 웃는 아기를
품에 안고 살랑살랑 요람을 태우듯이 흔들면서
나직나직 시구를 읊조리듯…

노래를 부르기 시작했다(아기는 곧 스르르 눈이
감기는가 싶더니 이윽고 오물오물 배냇짓하며
깜뭇 잠이 들고 말았다).

……
군아 군아 우리 군아~ 곰녀 아들 우리 군아~
군아 군아 우리 군아~ 단군왕검 우리 군아~
군아 군아 우리 군아~ 백의민족 시조 군아~
자라 자라 어서 자라~ 자라 자라 맑게 자라~

군아 군아 우리 군아~ 큰곰자리 우리 군아~
군아 군아 우리 군아~ 북두칠성 우리 군아~
홍익인간 제세이화~ 온 세계를 구하여라~
천세 만세 천세 만세~ 세계만방 떨치어라~~

47곡

– 며칠 후 선아 엄마는 다시
– 검단산 중턱으로 향하는데

그날 그 퇴마사와 선아 엄마.
둘은 그렇게 그날 그 초막 안에서 다시금
접때처럼 마주앉았다.

대략 오후 4시 반이 좀 덜 된 시각이었다.
금시라도 비를 뿌릴 듯이 거뭇거뭇 먹구름이
떠도는 우중충한 날씨였다.

그 퇴마사(혹은 법사)로부터 갑작스러운 연락을
받고 부랴부랴 차를 몰아 이리로 달려오긴
했지만 선아 엄마는 아직 그 남자가 자기를 부른
실제 이유를 알지 못했다.

그뿐 아니라 그 남자가 자신에게 다시 전화를
걸어 온 것 또한 다소 의아하고 이례적인
느낌이 들었다. 기실 그 남자와 다시 만나는 걸
떠올리는 것만으로도 당장 추예한 마굴로(혹은

기혐하는 굿당으로) 발을 들이는 듯…

그녀는 강한 거부감과 함께 본능적 혐오감으로
부르르 진저리가 쳐졌다. 게다가 그녀로선 이미
약속된 비용(일억)을 모두 지불한 상태인지라
이제 더는 그 남자와 서로 마주칠 일이 없을 거라
믿고 있던 터였다.

무슨 안 좋은 일이라도 있는지
그 남자는 어두운 표정으로 잠시 침묵을 지켰다.
그 통에 선아 엄마의 표정에도 덩달아 불안의
그늘이 드리웠다.

그사이 그의 입성은 조금 변화가 생겼다.
그는 전보다 한층 더 밝은 빛깔의 '새 목도리와
개량한복'을 말쑥이 차려입은 채로 머리에는
전날의 그 유건을 정갈히 쓰고 있었다.

그 작은 변화 하나만으로도
신수가 한결 번듯하고 그럴싸해 보였다.

"실패했습니다!"
(그가 불쑥 입을 열었다.)

그 음성은 어딘가 단정적이면서도 체념적인
색채가 묻어 있었다. 그 남자는 돌연히 한숨을
내쉬며 말을 이었다.

"오늘 귀가하시면 따님은 다시 사라지고 없을
겁니다. 게다가 이번에는 무형무색의 존재가 돼
아무런 실체도 없는 가상의 시공 속으로,
바로 그 영원무한의 진공 속으로… 깊숙이
빨려 들고 말 것입니다.

이로써 제가 들인 공력과 수고는 모두 수포로
돌아가고 말았습니다.

이는 제 법력으론 어찌할 수 없는 일종의
불가항력입니다. 차마 인정하기 싫지만
저로서는 심히 역부족입니다. 또한 웬만한
술사나 방사들의 술법으론 아예 그쪽 영역에
대한 범역은 시도조차 불가한 실정입니다.

하지만 어찌 보면 저의 불찰이기도 합니다.
아무튼 미처 예상치 못한 상황이 벌어지고
말았습니다.

이로써 저는 언제 어떻게 무엇으로부터
어떤 버력과 앙화를 입을지 모르는 극도로
위험스러운 처지에 놓이고 말았습니다.”

그 남자는 잠시 말을 멈추고 잇달아 무겁게
한숨을 뱉어냈다.

그러고서 다시금 말을 이었다.

“이젠 별수 없습니다. 달리 방법이 없습니다.
사생결단입니다. 제가 살기 위해서라도
어떻게든 반드시 그쪽을 제거해야만 합니다.
아니, 제가 아니라 우리가 살아남기 위해서라도
다른 도리가 없게 됐습니다. 자, 그럼.
이제 제가 그 비책을 알려드릴 테니 제 말을
잘 들으십시오……”

얼마 뒤에 그녀는 그 남자의 초막을 나와 혼자
털털 산중턱을 내려가고 있었다.
하늘에서 푸슬푸슬 싸락눈이 날렸다.
저만치 나무숲 어딘가에서 잇달아 지절지절
산새 소리가 들려왔다.

거기 허옇게 벌거벗은 동목들은 흡사 무소유의
청빈한 삶을 살아가는 어느 앙상하게 여윈
수도승의 무리처럼 보였다.

그녀의 낯빛은 그 순간 이상스레 굳어 있었다.
그러니까 뭔가 심리적 자극과 함께 물리적
경직이 동시에 묻어나는 다소 모호하면서도
극적인 표정이었다.

그런 근심 어린 얼굴빛과 달리
두 눈망울은 외려 칼날이라도 튀어나올 듯
예리하면서도 서늘하게 번득이고 있었다.

아까 그 남자가 일러준 새로운 비책이란
바로 이 두 가지였다.

먼저 그 하나는… '비범하고 도저한 영력을 쌓고
경공술, 축지법, 분신술, 은형술 등 온갖 주법과
방술에 달통한 도명 높은 고승 대덕'을 청해 다시금
강력한 도력으로 퇴마 의식을 거행하는 방법이었다.

남은 또 하나는… 바다 건너 서양에서 따로
그런 분야, 즉 '종교적 주력/신통력 발휘'에

능통한 일류 엑소시스트를 초빙하는 방법.

즉 세계적인 명성과 권위를 자랑하는 자타
공인된 특별 엑소시스트, 다시 말해 '바티칸의
고위 사제' 한 분을 모셔다가 그들 마군 세력과
직접 격돌하여 인류 최후의 영적 전쟁에서
승리하는 방법이었다.

잠시 후 그 남자는…
그런 '천마행공/배풍어기/신여의통'의 능력, 즉
비상하고 경이로운 고금무쌍의 초인적 신비력과
의지를 두루 겸비한 동서양의 두 인물을 은밀히
그녀에게 귀띔해 주었다.

그중 한 사람은… 자신의 옛 스승이자 고명한
은둔 수도승인 '토우 선사'였다.

(실은 수도 내력이 연천하던 시절,
일시 스승으로 모신 적이 있었을 뿐, 둘은 그리
인연 깊은 사제간은 아니었다.
요컨대 얼마 안 가 그는 자신도 모르는 내밀한
소이로 인해 스승으로부터 돌연 파문당했다.
하지만 무슨 이유에선지 스승은 끝내 파문에

대한 진짜 속내를 내비치지 않았다.
아마도 스승은 내심 그 제자로부터 어떤
불의하고 순정하지 못한 불길한 예조를
감지했던 게 아니었을까……)

또 다른 한 사람은 서양인으로⋯
퇴마 세계에서 이미 그 명성이 자자한 바티칸의
'마테오 루치' 주교였다.

그 남자는 그렇게
그 노 주교의 이름을 일러주는 한편⋯

'마테오 몬시뇰(Monsignor)'은 로마 교황청
소속의 고위 성직자로⋯ 그를 이곳 한국으로
모셔오기 위해서는 상당한 수준의 고위 인맥과
함께 '특별 헌금' 형식으로 최소 얼마(정확한
액수는 비밀로 한다)에 달하는 거액의 비용이
들 거라는 사실 또한 넌지시 뚱겨주었다.

48곡

－ 선아 엄마는 고심 끝에 토우선사를 찾아간다

토우 선사의 은둔처는 경기도 남양주시 축령산
깊숙이 숨어 있는, 차고 축축하고 어둑스레한
비밀 토굴이었다.

바로 그 음습한 토굴 안에서
토우 선사는 홀로 면벽한 채 모든 속계의 연과
일체의 속념을 끊고 구도와 득도를 통한
견성성불(깨달음을 얻어 부처가 됨),
우화등선(날개가 돋아 신선이 됨)을 이루기 위해
오로지 불퇴전(물러서지 않음)의 철심으로
선법 수행에만 가행정진하고 있었다.

그리하여 선사는…
오래도록 벽곡하며(곡물을 끊음)
장좌불와(눕지 않음),
동구불출(토굴 안을 떠나지 않음),
묵언정진(말하지 않음)을 지속하고 있었다.

아침부터 내내 지분지분한 날씨에 지덕 사나운
산길을 따라 대략 두 시간에 걸친 지루한
산행(수색) 끝에 겨우겨우 지친 몸을 다그치면서
이제 막 선아 엄마는 그곳 토우 선사의 수행 토굴
앞에 다다랐다.

한동안 그녀는 거친 숨을 고르잡으며 지쳐 때꾼한
눈으로 꼼짝 않고 그 자리에 서 있었다.
그러다 막 고된 몸을 다시 추슬러 이윽고 좁은
콧구멍 속으로 걸어 들어가듯 그녀는 그 괴적한
토굴 입구로 조심스레 발을 들였다.

그러자 곧 몇 걸음 안쪽에서 작은 종발과 함께
그 안에서 타고 있는 흐릿한 촛불 하나가 눈에
들어왔다.

이어 바로 그 촛불 곁에 결가부좌하고 벽을
마주한 채 고요히 참선에 든 은둔 도인,
토우 선사의 형체가 바라보였다.

그렇듯 선열에 잠긴 토우 선사는 호호백발에
재색 누비 두루마기를 걸치고 금빛 머리띠를

이마에 두른 선풍도골의 노승(유발승)이었다.

잠시 염탐하듯 그쪽을 지켜보다가
방금 막 그녀는 안쪽으로 걸음을 옮겨 가녀린
그 촛불 앞으로 가만가만 다가갔다. 순간
맨바닥을 밟는 그녀의 발소리가 잇달아 야릇하게
토굴 안을 울렸다.

그리 몇 발짝도 채 안 가
그녀는 그 촛불 앞에서 발동작을 멈췄다.

그리고 거의 동시였다. 순간 선정에 들었던
토우 선사가 살며시 눈꺼풀을 들어올렸다.

곧 선사의 입에서 이런 말이 새어나왔다.

"돌아가십시오."
"길을 잘못 드셨습니다."

그 말에는 아랑곳없이
선아 엄마는 곧 토우 선사에게 찾아온 용건을
자진하여 털어놓았다.

선사는 잠잠히 그녀의 말을 여겨듣고는 곧이어
아무런 감정의 동요도 일지 않은 온화한 음성으로
이렇게 말을 이었다.

"그대와 나.
우리 모두 똑같이 그분의 자손일진대…
그대는 무슨 연유로,
어찌하여 그토록 그분을 핍박하십니까?

그대와 나. 우리는 다 같이 환인과 환웅…
두 분 천신의 자손으로서 마침내 단군이란 이름
아래 온전히 한겨레가 되었거늘…

비록 그대가…
'추원보본/보본반시'는 못할지언정(나의 근본을
간직하고 선조의 은덕에 보답하지는 못할지라도)

그대는 무슨 연유로…

어찌하여 그토록 '은악양선'하고
(악을 숨겨 선으로 가장하고),
'귀이천목'하면서

(내 것은 경시하고 남의 것은 중시하면서),
한낱 '경효'와도 같은
(제 부모를 잡아먹는 짐승과도 같은)
패역무도한 악업을 그리 태연스레 자행하십니까?

'이작십지 통무대소'리니 '이상애 무서참'하고
'호우'하여 '무상잔'하라 하셨거늘…

(열 손가락 깨물어 안 아픈 손가락이 없으리니
너희는 서로 사랑하고 헐뜯지 말며, '서로 돕고
해치지 말라' 하셨거늘…)

그대는 무슨 연유로…

어찌하여 그대는… '백결무구'하신 그분을
해치려고 그토록 안달하십니까?"

대번 토우 선사의 말끝을 잡아채며
그녀는 이렇게 내뱉었다.

"전 재산을 드리겠습니다. 제가 사는 아파트를
포함해 수십억은 족히 될 겁니다. 원하는 건 딱

한 가지뿐입니다. 다른 건 원치 않습니다. 단지
사라진 제 딸을 되돌려주고 더불어 그 사악한
마귀들을 영영 죽여 없애주기만 하면 됩니다."

선사는 나직이 한숨을 내쉬고는 다시금 잔잔히
말을 이었다.

"돌아가십시오."
"길을 잘못 드셨습니다."

49곡

– 토우선사에게 배척당한 뒤
– 선아 엄마는 그 퇴마사를 다시 찾는다

그날 토우 선사에게 거절당한 뒤 선아 엄마는
집에 돌아오자마자 막막한 심정으로(거의
앓아눕다시피 하면서) 깊은 고민에 잠겼다.

그 고민은 그렇게 늦은 밤까지 이어지더니
결국 그 상태로 새벽을 지나 곱다시 뜬눈으로
밤을 지새우고 말았다.

그날 이른 오후, 그녀는 생각다 못해 다시금
전날 그 퇴마사를 만나 볼 요량으로 급히 집을
나와 검단산 중턱으로 곧장 차를 몰았다.
얼마 후 그녀는 검단산 중턱에 자리한 전날 그
퇴마사의 초막 안으로 또다시 발을 들였다.

(무슨 액귀를 또 쫓으려는 것이었는지… 초막
입구에는 어지럽게 닭의 피가 흩뿌려져 있고,
그 한옆에는 싹둑 모가지가 잘려 나간 수탁

한 마리의 사체가 나뒹굴고 있었다.)

그리하여 거기 그 초막 안으로 막 들어서는 순간,
그녀는 절로 까무러치게 놀라 으악! 하고 기성을
내지르고 말았다.

이어 미친 듯이 몸을 떨며 초막을 뛰쳐나와 거의
구르다시피 하면서 사력을 다해 허둥지둥
산 밑으로 달아나기 시작했다.

그리 질겁하여 죽자 사자 달아나는 동안
주위의 사물이 괴이하게 부풀거나 굴절되고
일그러지면서…

그녀는 지금 산 밑으로 내려가는 게 아니라
도리어 방향을 거슬러 산언덕을 기어오르고
있는 듯한… '기묘한 착각'에 빠졌다.

흡사 깊은 물속에 잠긴 채로 기를 쓰고 두 팔을
허우적거리며 몸부림을 치는 듯이…
혹은 어릴 적 놀이터에서 회전 놀이기구를 타고
뱅글뱅글 어지럽게 돌아가는 그 순간의 그

무력감인 듯이⋯ 다시 말해 그것은 전신의 뼈가
마디마디 관절에서 이탈하여 더는 의지대로
제어되지 않고 제각기 근육 속에 느즈러져
따로따로 노는 듯한 느낌이었다.

'방금 내가 무엇을 본 걸까!'

그녀는 도저히 자신의 눈을 믿을 수가 없었다.
순간적으로 뭐에 홀려 헛것을 본 느낌이었다.

정말이지 방금 본 그 광경이 실제처럼 느껴지지
않았다. 어쩜 정말로 환영을 본 것인지도 몰랐다.

그랬다. 바로 그 순간 그 초막 안에 퇴마사의
모습은 보이지 않았다. 단지 그녀의 눈에 들어온
것은⋯ 거기 앙상하게 덕석 위를 나뒹구는
누군가의 피 묻은 해골뿐이었다.

(한차례 광풍이 휘몰아친 듯⋯ 초막 안은 온통
엉망진창이 되어 있었다. 그사이 앉은뱅이탁자는
결딴이 나고 죽장은 요절이 나고 낡은 고서들은
발기발기 찢긴 채로 바닥에 널브러진 채 처절히

발버둥질하며 아우성을 치고 있었다.)

바로 그 피 묻은 해골 주위에는… 망건, 탕건,
유건 따위의 머리쓰개와 함께 닭의 피로 급히
휘갈겨 쓴 부적 여러 장이 너절하게 널려 있었다.

그리하여 그 해골은 흡사…
어떤 굶주린 짐승으로부터 습격당해 그 몸에 붙은
살이란 살은 죄 뜯어 먹혀버린…

그렇게 비참한 찌꺼기로 내버려진…
어느 불행한 누군가의 측은한 잔해처럼 보였다.

50곡

– 토우선사에게 배척당한 뒤
– 선아 엄마는 그 무당 노파를 다시 찾는다

얼마 후 그녀는 다시 차를 몰아 서울로
돌아오고 있었다.

그저 모든 게 흐리멍덩할 뿐이었다.

뭐가 어찌된 건지, 도대체 무슨 일이 생긴 건지,
자신이 언제 산을 내려와 어떻게 다시 차를
출발시켰는지조차 의식하지 못할 만큼 여전히
그녀는 충격에 휩싸인 채였다.

무슨 두드러기라도 일어난 듯…
별안간 전신에 가려움을 동반하면서 잇달아 오싹
소름이 돋았다. 그러면서 자꾸 희끗희끗 어질증이
일면서 금시라도 왈칵 구역질이 올라올 듯 속이
메슥거렸다.

그녀의 시야가 그리 흔들린 탓이었을까.

룸미러에 걸린 십자가 목걸이가 유난히 더
불안정하고 불길하게 흔들거렸다. 흡사 그녀의
심장에서 울려대는 박동 소리가 잇달아 그녀의
가슴에서 튀어나가 그대로 가차없이 그 십자가
목걸이를 후려치는 느낌이었다.

한순간 뚝 사고가 정지된 듯 그 상태로 그녀는
정신없이 주님의 이름만 되풀이할 뿐이었다.

도무지 어찌해 볼 도리가 없었다.
아무리 해도 놀란 가슴이 진정되지 않았다.

'혹시 잘못 본 게 아닐까?
단지 가상이 아니었을까?
그저 한낱 환영이 아니었을까?
다시 한 번 돌아가 볼까?

그래, 순간적으로 눈에 뭐가 씌었던 게 아닐까?
어쩜 거기 멀쩡히 앉아 아무 일도 없다는 듯
그대로 날 기다리고 있을지도 모르잖아……'

그녀의 차는 그렇게 무언가에 쫓기듯 쉬지 않고

서울을 향해 내닫고 있었다.

다시 한 번 떨리는 마음을 벼리고 어떻게든
평정심을 되찾으려 안간힘을 쓰지만
이미 혼겁하여 얼크러질 대로 얼크러진 그 가슴은
어찌해도 끝내 속수무책이었다.

그렇게 또 얼마나 지났을까. 마침내 차가 거의
서울에 가까워졌을 때였다.

그녀는 번뜩 한 사람을 떠올렸다.
바로 전날의 그 무당 노파였다.

그 노파라면 필시 어떤 식으로든 그 상황에 대한
설명이 가능할 듯싶었다.

그리하여 그녀는 신당동에 있는 전날 그 점집으로
다급히 차를 몰았다. 하지만 그녀는 결국 전날의
그 무당 노파와 대면하지 못했다.
아니, 그럴 수가 없었다.

한동안 무섭게 차를 내리몰아 마침내 그녀가

그때 그 자리에 도착했을 때…
그 점집 신당은 이미 사라지고 없었다.

그사이 낡은 구옥이 헐리고…
전날 무당집이 있던 그 자리는 이제 신축 빌라
기초 공사가 한창이었다.

그런 뜻밖의 상황에 놀라 잠시 얼없이 섰다가
한순간 문득 마음을 다잡고는 언뜻 생각에 잠긴
뒤에 그녀는 천천히 걸음을 옮기면서 이쪽저쪽
눈여겨 주위를 둘러보기 시작했다.

그러다 이윽고 저쪽 길모퉁이에서 좀 오래돼
보이는 구멍가게 하나가 얼핏 눈에 들어왔다.
마침 잘됐다 싶어 그대로 차를 세워둔 채
그녀는 곧장 그 가게 앞으로 다가갔다.

그 가게문 위쪽에는 화투짝 비슷하게 생긴
낡은 담배 표지판이 걸려 있었다.

가게 입구 한옆에는 누런 장판지를 씌운 낮은
평상 하나가 놓였다. 곧 가만가만 가게문을 밀고

그녀는 안으로 들어섰다.

빼가닥하고 문소리가 나자 가게 안쪽에서 해쓱한
얼굴에 깨깨 마른 노인 하나가 계산대 뒤에 앉은
채로 입구 쪽을 흘금 바라보았다.

그 얼굴이 묘하게 공포심을 불러일으켰다.

볼이 홀쭉하고 눈이 퀭하니 팬 그 얼굴은
어딘가 섬찟한 느낌과 함께 대번 임박한 죽음의
이미지를 떠올리게 만들었다.

이윽고 거기 소형 유리 전기 온장고에서 캔커피
하나를 꺼낸 뒤 곧장 계산대로 가 물건값을
치르면서 그녀는 슬쩍 그 점집 얘기를 꺼냈다.

순간 노인은 소스라치게 놀라면서…
돌연 쇠 눈깔처럼 휘둥그레진 눈으로 벙히
그녀를 쳐다보았다.

그러면서 노인은 머리털이 쭈뼛 곤두서고 동시에
심장이 바싹 오그라들면서 희고 숱진 눈썹 끝이

바르르 떨렸다.

뭐랄까. 마치 그녀가 방금 노인의 코밑으로 번쩍
비수라도 빼든 듯한 모양새였다.

잠시 후 그녀는 캔커피를 손에 들고 그 가게를
나왔다. 한데, 어찌된 일인가. 그사이 그녀의
얼굴은 완전히 사색이 되어 있었다.

뭐가 잘못돼도 단단히 잘못된 듯싶었다.
그 잠깐 사이에 그 안에서 대체 무슨 일이
일어난 걸까.

그리 식겁하여 핼쑥한 얼굴로 얼빠진 사람처럼
터덕터덕 발걸음을 옮겨 이윽고 그녀는 자신의 차를
세워둔 그 자리로 되돌아왔다.

곧 차문을 열고 운전석에 올라앉았다.

이어 차문을 도로 닫고 나서 얼른 캔커피를 따
연거푸 몇 모금을 홀짝이면서 그녀는 놀란 속을
진정시켰다.

그러면서 절로 두려움을 떨치려는 듯 거기
룸미러에 걸린 그 십자가 목걸이를 바라보았다.

그때 갑자기 으슬으슬 한기가 들고
잇달아 속이 격렬히 떨리면서 거의 반사적으로
그녀는 으스레를 쳤다.

그대로 이삼 분쯤 지났다. 그렇게 겨우겨우 심적
충격을 덜어내고는 그제야 다시 시동을 켜고
그녀는 서둘러 페달을 밟아 빠르게 차를 몰아
그곳을 떠났다.

(이후 집으로 돌아오는 내내…
그 구멍가게 노인의 말이 뇌리를 떠나지 않고
집요하게 귓가를 맴돌았다.)

아니, 글씨……
혀를 한 자나 되게 빼물고서……
피를 한 바가지나 되게 쏟아놓고는……
방 가운데 팍 꼬꾸라져 죽어 있더라!

51곡

- 토우선사에게 배척당한 뒤
- 선아 엄마는 현규에게 도움을 청한다

그로부터 이삼일이 지났다.

선아 엄마의 전화 연락을 받자마자
현규는 즉시 호텔을 나와 전날의 그 아파트로
차를 몰았다. 이번에는 수행원 없이 자신이 직접
운전대를 잡았다.

저녁 9시경, 현규는 접때 그 거실에서 선아
엄마와 단둘이 마주앉았다. 선아 아빠는 아직
귀가하지 않은 듯했다. 곧 둘 사이에 형식적인
인사말이 오갔다.

선아 엄마는 곧 말머리를 돌려 단도직입으로
요점만 간략히 저간의 일들을 들려줬다.

그런 다음…
이제 자신에게 남은 것은 딱 한 가지, 바로 그

'최후의 방법'뿐이라고 말했다.

현규는 내심 그 얘기가 믿기지 않았지만…
그러면서도 선아가 그리 되돌아왔었다는 말을
듣는 순간 왜 그 사실을 즉시 자신에게 알리지
않았을까 하는… 원망 어린 서운함이 일었다.

선아 엄마는 곧 다시 그 마지막 딱 한 가지
방법에 대해 좀 더 자세히 마저 설명했다.

즉 '바다 건너 외국에서 존경받는 성직자이자
저명한 퇴마사인 마테오 루치 주교를 당장
한국으로 모시고 와야 한다'는 것.

그런 다음 '하나님으로부터 부여받은 그분만의
영묘한 신력으로 그 못된 지옥의 마군들을 일거에
퇴치하여 영원히 박멸해야 한다'는 것.

그러면서 그녀는 부러 담담한 어조로
다음과 같이 덧붙였다.

"그런데… 그분을 여기 한국으로 모셔오기

위해서는 상당한 거액과 함께 굉장히 특수한
인맥이 필요하답니다. 하지만 나로서는 선뜻
엄두가 나질 않더군요. 그래, 어찌하면 좋을지
몰라 고민하다 생각 끝에 이렇게 상의라도
해보려고 급히 현규 씨를 부른 거예요."

현규는 묵묵히 이야기를 듣고 나서 잠시 더
침묵에 잠겼다가 마침내 이렇게 입을 열었다.

"아무 걱정 마세요, 어머니. 제가 하겠습니다.
제가 불러오겠습니다. 그만한 일이라면 저희
아버지께 부탁드리면 됩니다. 그니까 너무
근심하지 마시고 며칠만 제게 말미를 주세요."

현규는 계속 말을 이었다.

"사실… 저도 더는 그들의 못된 짓거리를 참지
못할 지경에 이르렀습니다. 네. 제 인내력도 이제
한계점에 다다랐습니다. 이제 더는 도저히 묵과할
수 없는 극단의 상황에 직면했습니다.

정말이지 그들의 끝도 없는 악랄함에 치가 떨릴

지경입니다.

그간 백방으로 그들의 소재를 추적했지만 아직
아무런 단서도 찾지 못했습니다.
대체 어느 구석에 처박혀 있는 건지.
하늘로 솟았는지, 땅으로 꺼졌는지. 아예 낱낱이
공중분해돼 대기 중으로 풀풀 흩어져 버렸는지.
도무지 그 무슨 흔적조차 찾을 수가 없습니다.

단지 딱 하나,
몇몇 드론 영상에 찍힌 모습이 유일한 단서인데,
그게 또 얄궂게도 하남검단산역에서 마지막으로
목격되곤 거기서부턴 영 행방이 묘연합니다."

바로 그 '검단산'이란 단어가 귀를 스치는 순간,
선아 엄마는 대번 그날 그 퇴마사의 마지막
모습(그 피 묻은 해골)이 번득 떠오르면서
일순 아르르 몸서리를 쳤다.

이윽고 현규가 또 말을 이었다.

"아무튼 저희 아버지께서 국무총리님과 대학

동기시니까 제가 부탁드리면 분명 좋은 결과가
있을 겁니다.

그니까 정부에서 공식적으로, 아니면 우리나라
천주교 연합회 서울대교구 명의로 바티칸에
정식 공문을 띄우면 될 것입니다.

그니까 염려 마시고 그 일은 제게 맡겨주세요.
그리고 어머니, 돈은 걱정하지 마세요.
비용이 얼마가 들든 그건 전혀 문제가 되지
않으니까요."

52곡

- 현규는 부친의 사무실을 찾아가
- 선아 엄마에게 약속한 그 일을 부탁한다

이튿날 이른 오후. 서울 여의도 소재 모 그룹 본사 빌딩 회장실에서 현규는 모처럼 아버지와 단둘이 한 공간에 마주앉았다.

(그의 아버지는 왜 그런지 다른 이들을 응대할 때와는 다르게 자신의 아들과 대면할 때만은 유독 상석을 버리고 소파 양편에 정면으로 대등하게 마주앉곤 했다.)

평소 현규는 웬만해선 절대 아버지의 사무실을 찾지 않았다. 괜히 이곳에 발걸음했다 또다시 된통 잔소리만 뒤집어쓸 게 뻔했기 때문이었다.

이제 그는 아버지의 잔소리라면 아주 넌더리가 날 지경이었다. 흡사 눈을 뜬 채 끔찍한 악몽에 시달리면서 한차례 꼼짝없이 가위에 눌린 듯한 기분이랄까.

그럼에도 접때는 별수 없이 그 같은 거북함을
감수하고 제 스스로 아버지의 사무실에 들를
수밖에 없었다. 바로 그 드론 영상 속의 물체를
추적하기 위해서는 아버지의 전용헬기가 꼭
필요했기 때문이었다. 그러니까 그때 그 방문
이후 오늘이 이들 부자간의 첫 대면인 셈이었다.

아버지의 사무실은 늘 한결같은 분위기를 풍겼다.
그 느낌은 뭐랄까. 말하자면 그곳은 여느 평범한
회사 사무실이 아닌, 요컨대 어느 기품 있는
고급호텔의 동양풍을 가미한 전통 영빈관과 같은
이미지였다.

그러니까 다소 예스럽고 신비로운 영감을 주는,
어찌 보면 마성적인 유혹의 색채가 일렁이는
자못 기묘하고도 별스러운 공간이었다.

이를테면 맨 안쪽 아버지의 책상 의자 뒤편에는
마치 이곳 사무실의 터줏대감인 양
4폭 '일월오봉도'가 으레 떡 터를 잡았고

(이는 동양학의 근본인 '음양오행'과 더불어

단군의 숫자인 '7'을 동시에 상징한다.
이로써 단군의 숫자인 '7'은 그대로 '북두칠성과
음양오행'을 동시에 상징한다는 것을 쉽게
추단할 수 있다),

그 우측 벽면에는 어김없이 세로로 길게 10폭
십장생도 병풍이 죽 쳐 있었다.

또한 사무실 내부에 꾸며진 몇몇 집기들의
면면을 보면 대략 이러했다. 즉 '책상과 탁자는
공히 고급스러운 천연 대리석 재질이었고,
아버지의 의자와 접객용 소파는 각각 작은
꽃무늬가 촘촘히 박힌 고풍스러운 외형의
친츠 패브릭 제품'이었다.

그런가 하면 좌측 벽면에는 나란히
'문갑, 자개장, 사방탁자' 따위가 놓였고…

거기에는

'청화백자, 상감청자, 고박한 질항아리,
백자 달항아리, 분청사기 인화국화문 태항아리,

등의 자기류와 함께 죽제품, 목공품, 금속품,
뒷면에 육자진언이 새겨진 범자문동경,
청동풍탁, 금동소탑, 비파형동검,

옥결(귀고리), 옥효(부엉이), 옥조룡(C자 용),
옥인상(고대 선도 수행자상), 별도끼, 주먹도끼,
즐문토기, 압형(오리 모양) 토기,

가락바퀴, 조우관鳥羽冠, 오우관鳥羽冠,
다뉴세문경, 금동금강령, 자개 보석함,
백제금동용봉봉래산향로, 크고 작은 토우,

방짜유기(놋그릇), 점토나 한지를 재료로 한 전통
민예품… 기타 생활 도예품 같은 여러 공예품들이
미묘하고 꼼꼼하고 아기자기하게 어우러져
정갈하면서도 풍성히 장식돼 있었다.

아울러 아버지의 대리석 책상 위엔 '아(亞)자
문살무늬 한지 사각등' 하나가 달랑 놓였고,
소파 앞 탁자 위엔 고급 도자 다기 일습이
다소곳이 올려진 채였다. 그리고 출입문 쪽
좌우 벽면은 각각 이런 식으로 꾸며져 있었다.

즉 한쪽 벽면에는…
옛적 어느 고승의 손에 들려 있었음직한
'녹슨 석장' 하나가 비스듬히 기대어진 채였고,

다른 쪽 벽면에는…
평소 아버지가 즐겨 음미하는 글귀가 적힌
'두루마리 족자' 하나가 걸린 채였다.

현규는 대학생이 되자마자 일찌감치 독립하여
개인 숙소(일테면 고급 오피스텔이나
호텔 스위트룸 따위)에서 혼자 생활하고 있던
터라 사실상 아버지와 얼굴을 마주할 일이 거의
없었다. 그런 아들의 호사로운 생활비는
전적으로 애꿎은 어머니의 몫이었다.

얼른 보기에는 부자간이 아닌 여느 나이 든
상급자와 젊은 하급자가 단둘이 마주한 듯
둘 사이에 미묘한 긴장과 어색함이 감돌았다.

잠시 후 조심스레 아버지의 눈치를 살피면서
현규가 어렵사리 찾아온 용건을 꺼내놓았다.
거의 동시에 아버지는 인상이 흐려지면서 뭔가

맞갖잖은 표정이 점점 뚜렷해지는가 싶더니…

이윽고 그대로 당장 안경알을 뚫고 나올 듯이
아들을 쏘아보면서…
잇달아 푸푸 한숨을 내쉬었다.

그의 예상과는 달리 이번에는 뭔가 단단히
잘못된 듯싶었다. 그사이 아버지의 심경에 어떤
변화라도 있었던 걸까. 늘 그래왔듯 현규는
어느 정도 아버지의 못마땅한 반응을 예상하지
못한 것은 아니었다. 하지만 저번 헬기 때와
달리 아버지의 태도가 그리 험하게 표변하자
그는 덜컥 불안감이 엄습하면서 돌연 의지력이
흔들리며 순간 무슨 말을 해야 할지 몰라 이내
어물어물 말꼬리를 흐렸다.

"안 돼! 그건 불가해!"

그의 말이 채 끝나기도 전에 아버지가 단호한
태도로 거절 의사를 표했다.

현규는 대번 가슴이 철렁했지만 그럼에도 애써

태연함을 가장한 채 '어찌하면 눈앞의 그 완고한
남자의 귀를 솔깃하게 하여 교묘히 설득하고
회유하고 요령 있게 조종할 수 있을지' 고민하기
시작했다.

다시 말해 그와 마주앉은 그 풍채 좋은 초로의
남자는 결코 자기 자식이라고 무조건
오냐오냐하는 그런 만만하고 호락호락한 상대가
아니었던 것이다.

그러다 이윽고 어떤 명안(미끼) 하나가 번득
머리에 떠올랐다. 일순 그의 민활한 두뇌가 재깍
그 생각을 잡아채 순식간에 뼈대를 만들고 살을
붙이고 아래위로 꼼꼼히 피복을 입혀 삽시간에
뚝딱 구색을 갖춰 그럴듯한 형태로 재구성했다.

그리하여 냉큼 낯빛을 바꿔 그는 짐짓 심각한
표정으로 이렇게 다시 입을 열어… 전에 없이
조심스럽게 긴장된 교섭을 시도했다.

"아버지. 한 번만 더 생각해 주세요.
약속할게요. 네. 맹세할게요, 아버지.

이번 일만 해결해 주시면 앞으론 뭐든 다
아버지 뜻대로 할게요.

네. 그게 뭐든 상관없이
아버지 하자는 대로 다 할게요. 정말입니다.
믿어주세요. 한 번만 더 믿어주세요.

이렇게 남자 대 남자로… 인간 대 인간으로…
아니! 아버지의 아들로서, 아버지의 자식으로서,
아버지의 유일한 분신으로서 약속할게요.
분명히 맹세할게요. 그니까 제발, 이번 한 번만
절 믿어주세요.”

그제야 아버지는 안경 뒤로 지그시 눈을 감고
곰곰 생각에 잠겼다. 그런 아버지의 반응을 뭐라
해석할지 몰라 현규는 제풀에 잔뜩 초조감이 일면서
이내 등줄기를 타고 한줄기 식은땀이 죽 흘러내렸다.

이제 주사위는 던져졌다.

아버지는 과연 아들이 던진 낚싯밥을 물 것인가,
말 것인가? 아버지는 순간 눈을 감은 채로

미동조차 없었다.

아들은 소리 죽여 꼴깍 마른침을 삼켰다. 이윽고
아버지는 도로 눈을 뜨고 넌지시 아들의 얼굴을
주시한 채 입가를 둬 번 실룩 움직이고는 이렇게
다시 입을 열었다.

"좋아. 한 번만 더 믿어보마.
한 번 더 너를 믿고 마지막 인내심을 발휘해
너에 대한 기대와 애정과 가능성을 되살려보마.

허나, 이번이 마지막이다. 허니 명심해라.
더 이상의 자비는 없다. 오늘 이후 더는 네게
기회를 주지 않을 것이다. 다시 말해 이번이
네게 주는 마지막 기회이자 최후의 경고다.

요컨대 오늘 이후 너는 다시 그 어떤 기회도
권한도 얻지 못할 것이란 말이다. 또한
내 유일한 아들로서의 모든 권리와 특권과
요구권도 전부 박탈당할 것이다.

자, '기왕불구 불념구악(지난 일을 탓하지

않음)'이라 했으니 내 더는 왈가왈부하지 않으마.
알았다. 그리하마. 거두절미하고
내 당장 이 자리서 그 일을 해결해 줄 테니…
대신 넌 오늘부터 무조건 학업에만 전념하거라.

그리고 졸업과 동시 도미 유학을 떠나거라.
곧장 이 애비 모교로 가거라(프린스턴 대.
대한민국 초대 대통령 이승만은 1910년 이곳에서
'미국의 영향 하의 중립/Neutrality as
influenced by the United States'이란 논문으로
국제정치학 박사 학위를 받았다.
참고로 이 대학의 상징 동물은… 한반도 영토의
상징이자 또한 정서적/문화적/민속적으로
한국인과 가장 친근한 동물인 호랑이다).

넌 그냥 떠나기만 하면 된다. 딴 건 전혀 신경 쓸 것
없다. 내 미리미리 아랫사람을 시켜 준비를 해두마.

거기 가서 착실히 공부하면서…
전날의 견급하고 경박부허하던 너 자신을 잊고
그야말로 환골탈태의 일념으로 이 애비의
기대치에 부합해 여느 재벌가의 총준한 자제들을

본받아 의젓하고 사려 깊은 동량으로 거듭나
장차 날 대신해 이 '부루夫婁' 그룹을 새롭게
이끌어 갈 전인적 역량을 갖추거라."

(참고로 이 부루라는 명칭은 지난날 현규의
증조부가 쓰던 아호 가운데 하나를 그대로 따온
것이다. 당시 그는 '천손, 웅자, 웅손, 부루, 금와'
등의 여러 가지 아호를 가지고 있었다. 또한 그는
당대를 대표하는 명신이자 대유로 도승지,
대사성, 대사헌, 대제학, 예조판서, 호조판서,
한성판윤, 이조판서, 좌찬성, 판돈령부사, 우의정,
좌의정 등을 두루 거쳐 의정부 최고의 벼슬인
영의정에 올랐다.)

'아! 역시! 역시 또 그 소리! 또 그 쉰내 나는
잔소리질이구나! 아! 무슨 다 쉬어 빠진
구닥다리 도덕가도 아니고!

아니, 어떻게 입만 열면 맨날 혀 꼬부라진
잔사설이야! 아니, 막말로 돈이란 게 뭐야?
권력이란 게 뭐야?

결국 즐기고 맛보고 누리라고 있는 거잖아!
해서 하나뿐인 아들이 그걸 갖고 좀 놀기로서니
대체 뭐가 그리 잘못됐다는 거야?

그깟 쨰고 쌘 돈… 언제 다 쓰고 죽을라고.
까짓 남아도는 돈 따위가 뭐가 그리 아깝다고
맨날천날 땡감 먹은 표정이냐고…

하기야 이만하길 다행이지, 뭐.
당장 격노해서 거품 물고 길길이 펄펄 미쳐
날뛰지 않은 게 어디야……'

현규는 그리 맘속으로 연신 투덜거렸다.

어쨌거나 그의 아버지는 그 순간 젊은 아들의
꾐수에 그만 보기 좋게 또 넘어가고 말았다.
그리하여 아들에 대한 기대와 믿음, 부성애적
애정과 의지, 무의식적 보호 본능을 자극하고
부추기는 방법으로…

또다시 아버지를 설득함으로써 그는 그렇듯
자신이 원하던 바를 지능적으로 이루어냈다.

그 후 현규 아버지는 직접 자신의 대학 동기인
'이사금' 총리에게 전화를 걸어 그 일을 부탁했고,
이어 신실한 가톨릭 신자인 총리는 다시 이 나라
천주교의 원로이자 존경받는 성직자인 '차차웅'
대주교에게 같은 부탁을 했다.

그리하여 마침내 총리와 정부의 지지를 등에
업고 한국 천주교 연합회 서울대교구장 명의로

〈바티칸 시국의 군주,
로마의 주교, 가톨릭의 수장,
신의 아들의 대리자(Vicarius Filii Dei),
하느님의 종들의 종(Servus Servorum Dei)인
'인노첸시오' 교황 성하께〉

공식적으로…

마테오 루치 주교의 방한을 요청하는 내용의
긴급 공서가 작성되기에 이르렀다.
(그의 본명은 '요한 폰 쇠넨부르크'였다.)

* 낙위지사(즐거움에 관하여) *

즐거울 낙

낙 없는 즐거움을 낙으로 삼으라.
낙 있는 즐거움은 낙이 있어 즐겁고
낙 없는 즐거움은 낙이 없어 즐겁나니
즐거움은 늘 그대 삶과 동행하리라.

고통 있는 즐거움을 낙으로 삼으라.
고통 없는 즐거움은 고통 없어 즐겁고
고통 있는 즐거움은 고통 있어 즐겁나니
즐거움은 늘 그대 날과 동행하리라.

고독 있는 즐거움을 낙으로 삼으라.
고독 없는 즐거움은 고독 없어 즐겁고
고독 있는 즐거움은 고독 있어 즐겁나니
즐거움은 늘 그대 길과 동행하리라.

(현규 아버지가 즐겨 음미하는 글귀!)

53곡

– 교황은 즉시 추기경 회의를 소집한다

(주한 교황청 대사관을 경유하여…)

한국으로부터 공식적인 외교문서를 접한
바티칸에서는 곧바로 고위 성직자 회의를
소집했다. 일종의 임시 추기경 회의였다.

인노첸시오 교황은 그 자리에서 마테오 루치
주교와 관련된 그 문제를 어떻게 처리하면
좋을지 여러 추기경들의 의견을 구했다.

예상외로 그들의 의견은 분분했다.
좀체 쉬 통일될 기미를 보이지 않았다.
다소 심상찮은 상황이었다.

그리 한동안 가열한 토론이 이어졌지만 종시
아무런 진척 없이 추기경 각각의 엇갈린
의견들만 끝도 없이 부딪는 형국이었다.

그 상황을 내내 말없이 지켜보던 교황은 결국
그 문제의 찬반을 즉각 무기명투표에 부치기로
결정했다. 이어 비밀리에 치러진 찬반 투표에서
공교하게도 가부 동수가 나오자 교황 스스로가
그대로 결정권인 캐스팅보트를 쥐게 되었다.

그리하여 교황은 고심에 고심을 거듭한 끝에
이윽고 마테오 루치 주교를 즉각 소환하여
한국에 급파하기로 최종 결정했던 것이다.

교황은 그날로 독일 트리어에 머무는 마테오
루치 주교를 로마 교황청으로 정식 소환했다.

이튿날 오전, 득달같이 독일을 떠나
바티칸으로 날아온 마테오 루치 주교는 이윽고
단독으로 교황을 알현한 자리에서 전혀 뜻밖의
임무를 의뢰받았다.

다시 말해 '온 세계 사악한 마군들의 본거지이자
그 최초 발상지'인 한국으로 건너가 그들 사탄의
세력들을 모조리 궤멸하고, 아울러 그 오랜
불신의 의지를 영원히 참초제근하라는(뿌리를

뽑으라는) 하늘의 명령, 즉 '지상 최후의 영적
전쟁'이란 숭고한 임무를 직접 맡아달라는…
간곡한 제안이었다.

그러자 마테오 루치 주교는 즉각 일말의 주저도
없이 오늘 당장 교황 성하의 부촉을 받들어
한국으로 떠나겠다면서…
거의 맹종적이다 싶으리만치 저돌적인 열의를
내비치며 흔쾌히 고개를 끄덕거렸다.

그러면서 그는 '이번 사명이 그에게는
그 무엇과도 견줄 수 없는 일생일대의 광영이자
그지없는 축복이며 또한 이를 데 없는 기쁨이자
행복이 아닐 수 없다'고 말했다.

이어 그는, '이번 사명은 실로 그의 일생을
통틀어 가장 중요하고도 치명적인 임무 수행'이
될 거라면서 기필코 순절의 각오로,
오직 하느님의 이름으로 자신의 모든 것을 바쳐
그들 마군 세력을 일소하고 마침내 그 '원악(악의
근원)'을 제거하여 온 천하에 승리의 황금 깃발을
휘날리며 당당히 개선하겠노라고 다짐했다.

때가 때이니만큼 그날 교황은 더 특별히 엄숙한
예장을 갖췄다.

요컨대 평소와는 달리 '머리에는 주케토(작고
둥근 바가지형 모자) 대신 미트라(앞뒤 운두가
높이 솟은 전례용 모자)를 쓰고, 몸에는 흰색
수단에 붉은 모제타(짧은 벨벳 망토)를 걸치고,
어깨에는 견대(팔리움. 좁은 고리 모양의 양털
띠)를 둘렀으며…

한 손에는 바쿨루스 파스토랄리스(목장. 손잡이
위쪽이 십자가 형태인 기다란 지팡이)'를 들었다.

또한 가슴에는 예의 그 '십자가 목걸이를
드리웠고, 오른손 약지에는 으레 그 황금빛
어부의 반지(Annulus piscatoris. 교황 인장.
베드로의 반지)'를 꼈다.

그런 주교의 견고한 신앙과 흔들림 없는 의지를
칭찬하듯 교황은 흐뭇한 얼굴로 연신 고개를
주억거렸다. 이어 교황은… '그럼에도 그들은
결코 허투루 볼 세력이 아니라면서…

그들은 본시 여느 적들과는 비교도 할 수 없을 만큼
그 뿌리가 깊고 단단하니(즉 웬만해선 어거되지 않는
태생적 반골 기질의 강한한 인종이니…) 절대로
그들의 힘을 섣불리 예단하거나 만만히 얕잡아
봐서는 안 된다'며 부드럽게 주의를 주었다.

그러면서 또… '그럼에도 온 우주를 통틀어 우리
하느님의 신묘불측한 권능과 웅력에 대적할 상대는
그 무엇도 없다. 그 누구도 없다. 그 어디에도 없다.
그리하여 그 어떤 지악하고 흉독한 적이라도
우리 하느님은 능히 개수일촉이다(손쉽게
물리친다)'라며 거듭거듭 마테오 루치 주교에게
용기를 북돋워 주었다.

그런 다음 교황은 자신의 오른손을 내밀어
마테오 루치 주교로 하여금 특별히 어부의 반지에
입맞춤을 하도록 허락했다.

마테오 주교는 더한층 예모를 갖추고 양순히
머리를 수그려 교황의 반지에 입맞춤을 했다.

그러고서 곧바로 한 걸음 뒤로 물러났다.

이어 그는 한 손으로 머리에 쓴 비레타(검은색
각모)를 벗어 들고는 그대로 무릎을 꿇으면서
그 자리에 조용히 주저앉았다.

곧 주교는 눈을 감고 숙연히 머리를 조아렸다.

잠시 후 교황은 자기 앞에 꿇어앉은 또 하나의
신실한 주의 종 마테오 루치 주교를 내려다보며
그의 정수리에 가만히 오른손을 얹었다.

그러고서 교황은…
이제 곧 장도에 오르는 그를 위해 오래도록
혼신을 다해 '일로평안의 축도'를 해주었다.

54곡

– 그리하여 결전의 날은 다가오는데

인천국제공항에서 제일 먼저 마테오 루치 주교를
맞이한 건… 국내외 온갖 언론사의 수많은
취재진이었다.

한국 천주교 연합회와 로마 교황청 간에 성사된,
그 어떤 예통 없이 최대한 은밀하게 진행된
마테오 루치 주교의 방한 프로젝트였지만…
세상은 이미 비밀 자체가 사라진
투명하고 거대한 유리구슬 같은 시대였던 것이다.

그런 취재진의 기습 공세에 놀라 마테오 루치
주교는 그저 어안이 벙벙할 따름이었다.
그는 당황한 기색이 역력했다. 그로서는 전혀
예기치 못한 상황이 발생한 것이다.

대번 꺼림칙한 이질감과 함께 뭐라 말할 수 없는
극심한 불쾌감이 그를 엄습해 왔다.
그리하여 그의 당황감은 이제 그들 취재진들에

대한 냉소적 경멸과 멸시 어린 분개의 감정으로
탈바꿈했다.

그는 검정 비레타에 같은 색 수단(사제복)을
몸에 걸치고… 가슴에는 작은 '은십자 목걸이
(croix pectorale)'를 드리운 채…
조금 뭉툭한 자물쇠가 채워져 굳게 닫혀 있는
큼지막한 나무상자 하나를 손에 든…
단출한 차림새였다.

그 시각 온 나라의 이목이 동시에 마테오 주교
한 사람을 향해 쏠려 있었다.

또한 온 세계가 이미 이곳 한국이란 나라에
모든 촉각을 곤두세우고 있었다.

즉 동서양을 막론하고 세계 유수의 언론과
방송에선 일제히 마테오 루치 주교의 이번
퇴마 미션 수행 여정을 경쟁적으로 소개하면서,
아울러 한국이란 나라와 그들의 전통(온돌방,
방고래, 구들장, 탈놀이, 줄타기, 사물놀이, 택견,
판소리/심청가, 수궁가, 춘향가, 흥부가 등),

그들의 문화(K-pop. K-민요. K-드라마.
K-food/김밥, 떡볶이, 순대, 비빔밥, 불고기,
김치찌개, 된장찌개, 콩나물국밥 등.
K-시조時調. K-문학/서정주, 고은, 박경리, 한강,
신경숙, 공지영, 이문열, 황석영, 조정래 등.
K-민화/호랑이, 소, 장닭, 까치, 개, 토끼, 제비,
나비, 잉어, 두루미 등. K-민담/호랑이, 도깨비,
우렁각시 설화 등),

그들의 민속 신앙(기층문화. 무속, 무당,
박수/판수, 점쟁이, 푸닥거리, 부적, 신병,
내림굿, 액살, 액풀이, 산신령, 조왕신, 정화수,
칠성신, 제웅직성, 노구메 진상, 서낭당 등),

그리고 다양한 양태로 분화되고 습합한
전통 종교와 외래 종교와의 갈등 등에 관해서도
비교적 양질의 자료를 토대로 한…
심도 있는 기사와 정보를 송출하고 있었다.

이를테면 한국에선 불교와 기독교, 천주교가
주종을 이루는 종교인데, 그 가운데 불교는
'유교, 불교, 도교, 그리고 민족 종교 혹은

무교巫教' 등이 서로 밀접하게 혼용돼 있다는
사실을 자세히 소개했다.

그러면서 또한…
그들의 여러 민족 종교 가운데 어떤 교파는 숫제
그들 한민족의 시조인 단군(또는 왕검)을
'하늘 성제/한울님/한얼님/한배검' 등의 존칭으로
부르면서 사실상 기독교의 하나님과 유사한
개념의 유일무이한 절대신으로 떠받들고 있다는
친절한 설명을 덧붙였다.

그러면서 또 덧붙이길, 한데 한국에서는 세계
어느 나라에서도 거의 유례가 없는 괴이한
상황이 벌어지곤 한다면서, 곧이어 이런 내용을
더 추가로 논급했다.

즉 '외래 종교와 그들 민족의 전통 문화는
엄연히 결이 다른 별개의 문제임에도 불구하고
한국인들 가운데 어떤 이들(특히 일부 강성
기독교도들)은 그들의 시조인 단군상에 침을
뱉거나 돌팔매질을 하거나 도끼질을 하거나 각종
오물을 끼얹은 등 좀체 이해하지 못할 해괴한

행동을 서슴없이 저지른다'는 것이었다.

그뿐 아니라 '어떤 이들은 심지어 자신들과
종교적 신념이 다르다는 이유로 유구한 역사와
전설을 견결히 유존해 온 천년 고찰 등에 덜컥
방화를 일으키는 등… 21세기 개화되고 문명화된
이지적 현대인으로서의 그들의 양식과 지각과
민도를 절로 의심케 하는 비상식적인 만행을
버젓이 자행하기도 한다'는 내용이었다.

그러면서 이윽고
'…어쨌거나 이번 로마 교황청에서 급파한 일급
구마사제 마테오 루치 주교는 아직 정확히 알 수
없는 어떤 세력 혹은 사탄 혹은 마귀와의 영적
싸움을 위해 황황급급 여로에 올라 그 목적지인
한국에 입국한 것'이라는 사실을 지적하면서…
'이건 어쩜 다양성을 생명처럼 여겨야 하는
현대 사회에 정면으로 역행하는 시대착오적인
불합리한 행동이 아닐까 하는, 심히 우려 섞인
부정적 시각을 지울 수 없다'고 담담히 논평했다.

게다가 창언정론을 표방하는 영국 모 방송국의

한 여성 앵커는 아예 작정한 듯 방송 말미에
'지금이 무슨 중세사회도 아니고 한 종교가 특정
국가를 상대로 또는 한 민족의 어떤 토착 신앙을
상대로 마치 새로운 십자군 전쟁이라도 벌일 듯한
기세로 이른바 종교적 영적 전쟁을 치른다는
발상 자체가 왠지 내심 우스꽝스럽게 보인다면서
아무리 생각해도 이건 정말이지 얼토당토않은
억지이자 웃기지도 않은 블랙 코미디가 아닐 수
없다'는 적나라한 심경을 즉흥적으로 신랄하게
토로하기도 했다.

55곡

– 마테오 루치 주교는 명동 성당 인근

– 한 호텔에 여장을 푼다

마테오 루치 주교는 정부(실은 현규 아버지)가
제공한 최고급 오성 호텔 스위트룸
(예컨대 '신라호텔 프레지덴셜 스위트'나
'시그니엘 로열 스위트' 등)을 마다하고 곧바로
공항에서 대기하던 어떤 승용차에 올라 서울
명동 성당으로 이동했다.

그 차의 룸미러에는
끝에 쇠로 된 십자가가 달린 나무재질의 묵주가
걸려 있었다. 그를 출영 나온 사람은 다름 아닌
명동 성당 소속의 거서간 신부였다.

거서간 신부는 명동 성당의 부주임이었다.
이후 마테오 주교는 거서간 신부와 함께 명동
성당에 도착해 주임 신부를 비롯한 몇몇
사제들과 만나 잠시 환담을 나눴다. 그런 다음
다함께 머리 숙여 묵기도를 하고 나서 곧장 성당

측에서 마련해 준 인근의 한 호텔방으로 가
여장을 풀었다.

그곳은 명동 성당 뒤편에 자리한 이화호텔로
그 정문은 삼일대로에 면해 있었는데, 얼른 보아
성당 건물과 거의 한덩어리로 보일만큼 남다른
외관을 지닌 아담하면서도 고색 짙은 건물이었다.

마테오 주교의 숙소는 바로 그 호텔 7층에
마련된 일종의 임시 귀빈실이었다.

삼일대로 쪽으로 창이 난 그 방에는 싱글 침대
하나와 원목 재질의 원형 티 탁자, 그리고 다른
방과 달리 2인용 가죽소파 두 개와 장방형 유리
테이블로 구성된 응접세트가 따로 구비돼 있었다.
그러니까 이 방은 특별히 마테오 주교를 위해
성당 측에서 미리 호텔 측에 요청하여 다소
색다른 느낌(일테면 숙소와 개인 집무실을 겸한
실용적 공간)으로 새로이 단장한 객실이었다.

얼마 후 거기 호텔방으로 그를 데려다 준
거서간 신부가 '먼 길 오시느라 행역이 크실

터인데 모쪼록 편히 쉬시라'는…
공순한 인사말을 남기고 곧장 방을 나가 명동
성당으로 되돌아갔다.

마테오 주교는 그제야 비레타를 벗어 들고
잠시 소파에 기대앉아 눈을 지그시 감은 채로
여독을 풀었다.

그러면서 그는… 그를 위해 오래도록 영광의
축도를 해주시던 인노첸시오 교황 성하의
성자다운 그 모습을 떠올리며 고요히 그 음성을
되새겼다. 그러다 막 눈을 뜨고 손에 든
비레타를 다시 머리에 눌러쓴 뒤 곧 자리에서
일어나 그는 원형 탁자로 다가갔다.

탁자 위에는… 그의 유일한 휴대 물품인 그
큼지막한 나무상자가 놓여 있었다. 그 낡은
나무상자에는 간단한 회전식 숫자 자물쇠가
채워진 상태였다.

그는 물끄러미 나무상자를 응시하다 이윽고
자물쇠로 손을 가져가 위에서부터 하나씩 숫자를

돌려 '1716' 총 네 개의 숫자를 맞춘 다음
그 자물쇠를 따고 상자 뚜껑을 열었다.

(이 나무상자의 자물쇠를 여는 비밀의 열쇠인
네 개의 숫자는 바로 '사도행전 17장 16절:
바울이 아덴에서 그들을 기다리다가 그 성에
우상이 가득한 것을 보고 마음에 격분하여!'에서
따온 것으로… 이는 그대로 자신의 절대적
사명을 완수하기 위해 결연히 한국행을 감행한
마테오 주교의 비범한 결지를 드러내는 신성한
암호이자 일종의 신앙적 호신부였다.

그러니까 로마 바티칸으로부터 직접 일생일대의
지령을 받고 급파된 일류 구마사제인 그의
시각으로 볼 때…

한국은 그야말로 사해를 악으로 물들이는 거대한
판테온(만신전)이자 또한 그 몹쓸 마군과 거악의
수괴가 도사리고 앉은 전 세계 이교들의 상징적
지주(원류)이자 온갖 탈선적 미신과 교조적 맹신의
모체이며 모든 신성 모독적 불신과 불경, 자기
도착적 망상과 허구, 구제불능의 망령된 왜곡과

호기심으로 오염된 회복 불가한 타락과 부정과
마도의 근원지였던 것이다.

한마디로 그쪽 신앙이 '인류 공동의 선'이라면,
이쪽 신앙은 반대로 '인류 공동의 악',
다시 말해 '만인의 적'이었다.)

잠시 후 마테오 주교는 그 상자 안에서 청동으로
된 낡은 십자가 한 개를 꺼냈다. 언뜻 묵직하고
고색창연하면서도 왠지 신령하고 영험한 기운이
감도는 예사롭지 않은 중세의 십자가였다.

그 숱한 세월의 흔적인 양 십자가 몸체에는
군데군데 푸른 녹이 슬어 있었다.
마테오 주교는 한 손에 그 십자가를 움켜쥔 채
다른 손으로 가만가만 그 끝을 어루만졌다.
그러다 별안간 그 십자가를 향해 훅 하고 그가
입김을 불어넣자 그 십자가는 대번 크고 검고
묵중한 느낌의 청동검으로 변했다.

마테오 주교는 두 손으로 단단히 그 검의
손잡이를 감아쥐고 있었다. 이어 마테오 주교가

그 검의 칼날에 대고 다시금 입김을 훅
불어넣자 그것은 순식간에 날렵하면서도 튼튼한
단발식 쇠뇌로 변했다.

거기에는 금시라도 슝 하고 울면서 번개처럼
과녁으로 날아가 꽂힐 듯이 팽팽하게 당겨진
쇠촉 화살 하나가 메겨져 있었다.

잠시 후 그가 다시 훅 하고 쇠뇌에 입김을
불어넣자 그 즉시 쇠뇌는 사라지고 다음 순간
눈앞이 번쩍하면서 그 자리에 홀연 한 형체가
모습을 드러냈다.

그 형체는 바로 사슬 갑옷(hauberk)에 은빛
미늘 흉갑을 겹쳐 입고… 양손에는 건틀렛
(보호 장갑gauntlet)을 착용한 채…
긴 창과(왼손에 들려 있다) 양날의 강철 검
(espadon. 허리에 차고 있다)으로 무장한 중세의
늠름한 십자군 기사였다.

"쇠넨 주교님, 명령만 내리십시오."

그 기사가 순간 (무기를 들지 않은) 오른팔을
가슴께로 절도 있게 꺾으면서 마테오 주교에게
머리를 푹 조아리며 말했다.

"주교 예하, 분부하신대로 지금 제 휘하에
300명의 정예 기사가 완전무장한 채 필사의
비장한 각오로 출격을 대기하고 있습니다."

마테오 주교는 뒤 번 고개를 까딱이더니 다시금
훅 하고 그의 얼굴 쪽으로 입김을 불어넣었다.
그리하여 그 형체는 재깍 처음의 그 청동
십자가로 되돌아왔다.

이내 알 수 없는 미소를 지으면서 마테오 주교는
손끝으로 살살 십자가 끝을 어루만졌다.
그러고는 마치 미사 시에 으레 성체나 성혈을
거양하듯 양손으로 십자가를 척 받쳐 들고 머리
위로 번쩍 치켜들었다.

그 상태로 그는 '자기 앞에 임재한 천상의
사자로부터 어떤 지엄하고 거룩한 계시를 받는
비밀의 사도'인 양… 섬뜩한 결연함을 내쏘는

예리한 안광을 번뜩이면서 냉엄한 눈으로 그것을
올려다보았다.

그러면서 맘속으로 이런 말을 중얼거렸다.

……베니 크레아토르 스피리투스…
베니 도미네 예수… 예수 유바…
오 토투스 투우스 에고 숨 에트 옴니아
메아 투아 순트…
에케 리그눔 크루시스 인 퀴 살루스
문디 페펜디트…
크루키픽수스 에티암 프로 노비스…
힝크 루켐 에트 포쿨라 사크라…
글로리아 인 엑셀시스 데오…
미세란도 아트퀘 엘리겐도…
테 데움 라우다무스…
인 노미네 파트리스 에트 필리
에트 스피리투스 상티, 아멘.

……veni creator spiritus…
veni, domine Jesu… Jesu juva…
o totus tuus ego sum et omnia

mea tua sunt…

ecce lignum crusis, in quo salus

mundi pependit…

crucifixus etiam pro nobis…

hinc lucem et pocula sacra…

gloria in excelsis deo…

miserando atque eligendo…

te deum laudamus…

in nomine patris et filii

et spiritus sancti, amen.

……오소서, 창조주 성령이시여…

오소서, 주 예수여… 예수여, 도우소서…

오, 저와 제가 가진 모든 것은

온전히 당신의 것…

보라, 십자나무,

여기 세상 구원 달렸노라…

그가 또한 우릴 위해 십자가에

못 박히셨느니…

여기로부터 빛과 성배를…

저 높은 곳을 향하여 하느님께 영광을…

자비로운 부르심을 받들어…

하느님, 당신을 찬양합니다…
성부와 성자와 성령의 이름으로, 아멘.

56곡

- 단군은 건강을 되찾고
- 담담히 최후의 결전을 준비한다

늦은 밤이었다.

바깥에선 지적지적 새벽비가 내렸다. 그새
초가지붕 썩은새도 촉촉이 빗방울에 젖었다.

점점이 스멀스멀 이엉 새로 스며드는 그 빗물에
놀라 거기 용마름 속 둥지에서 꿈을 꾸던 참새
한 마리가 설핏 잠을 깨고는 젖은 목청으로
연이어 가냘프게 짹짹거렸다.

곧 그 소리가 멎고 다시금 여린 빗소리만
소록소록 기스락(처마끝)을 울렸다.

단군과 자부선인은 단둘이 방 안에 마주앉아
있었다. 호롱불이 무심하게 둘의 얼굴을 비꼈고
갈 곳 잃은 그림자가 미세하게 흔들리며
불안스레 침묵을 지켰다.

이윽고 단군이 막 몸을 돌려 거기 반닫이를
열었다. 이어 그는 안쪽으로 손을 뻗어 잠시 후
그 속에서 작은 성냥갑을 꺼내 곧 다시 몸을
돌려 자부선인에게 그것을 건넸다.

그러면서 그는 이렇게 입을 열었다.

"자, 받으세요, 선생. 지금부터 이 성냥갑은
선생께서 보관하세요. 그리고 만약 이 싸움에서
제가 패배하게 되면… 선생께서 저를 대신해
이 성냥불을 다시 켜세요. 그리고 이 작고 여린
한 가닥의 빛과 온기로 이 세계와 우주,
온갖 오만과 독선, 배타적 맹신과 지적 허상에
빠진 그 숱한 천하 만민을 구원하세요."

단군은 계속 말을 이었다.

"선생, 우리의 존재 이유는 이 세계의
영적 주인이 되거나 온 인류가 숭앙하는
찬란한 신앙의 대상이 되는 것이 아닙니다.

또한 우리의 목적은 운명을 건 최후의 전쟁도

아니며 나아가 그들과의 전쟁에서 승리하거나
서로 다른 가치를 위력으로 제압하여 유일무이한
영혼의 지배자가 되려는 것도 아닙니다.

선생, 우리가 추구해 온 홍익인간의 정신이란
그처럼 화려하고 웅대하고 거창한 진리가
아니니까요. 다시 말해 환인 조부님과 환웅
아버님, 두 분 성조님의 가르침을 이어받아
우리가 간직해 온 홍익인간의 정신이란 결코
그처럼 강포하지도 그처럼 묘원하지도 그처럼
독선적이지도 않으니까요.

선생, 인간은 누구나 저 깊은 마음의 밑바닥에
아무도 모르는 자기만의 짙은 어둠의 공간을
감추고 있습니다.

그리고 바로 그 어둠의 공간에는
오래도록 타오르지 못하는 '한 자루의 내밀한
동심의 초'가 숨겨져 있습니다.

바로 그 한 자루의 불 꺼진 동심의 초에,
바로 그 한 가닥의 외로운 영혼의 심지에

다시금 소망의 불씨를 옮겨 붙이는 것.

이것이 곧 우리가 노래하는
'홍익인간, 제세이화'의 정신입니다.

다시 말해 '홍익인간'이란…
온 세계 모든 이들이 하나되어 일심동체로
어우러지는 상생의 공간,
곧 '유니버스universe'를 뜻합니다.

또한 '제세이화'란… 서로 다른 모든 이들이
아름다운 질서 안에서 조화롭게 공존하는 세계,
곧 '코스모스cosmos'를 말합니다.

결국 홍익인간이란, '유니버스'이자 기독교에서
말하는 '사랑'을 의미합니다.

결국 제세이화란, '코스모스'이자 불가에서
말하는 '자비'를 의미합니다.

그리하여 이 두 단어가 만나 마침내 하나의
단어로 통일되는 세상… 곧 '사랑과 자비가

비로소 하나의 개념으로 통합되는 공간',
바로 그곳이 우리가 이룩해 온 진리의 낙토,
'이화세계(유니모스unimos)'입니다.

또한 우리의 이화세계란
'앞선 자가 뒤처진 자를 되돌아보고, 빠른 자가
느린 자를 돌보아주며, 일어선 자가 엎드린 자를
일으켜주는 인간 본연의 양심과 살가운 정情,
온정 어린 심성과 연민 어린 심장, 진정 어린
위로와 인정 어린 손길, 존중 어린 시선과
생명 어린 온기가 살아 숨 쉬는 다사롭고 포근한
영혼의 사회'를 의미합니다.

결국 홍익인간의 정신이란 다름 아닌
'선하게 사는 것'을 이르는 것입니다.

혹자는 '선하게 살면 되레 손해를 본다'고
생각합니다. 물론 그럴지도 모릅니다. 하지만
이는 또 돌이켜보면 '자신이 아직 선하게 살지
않았거나 또는 선하게 산 것을 후회할 때'의
논리입니다.

즉 자신이 '선하게 살면서도 스스로 후회하지
않는다'면 그처럼 손해 본다는 생각은 거의
들지 않습니다.

그렇지만 어떤 경우든 '선하게 사는 것은 결코
손해를 보는 행동'이 아닙니다.

왜냐하면 '사람의 일생에서 가장 서글픈 미련은
바로 죽음의 순간 자기 자신의 내면에서 들려오는
돌연한 고백… 즉 왜 진작 그렇게 살지 못했을까
하는, 왜 이제껏 좀 더 선하게 살지 못했을까
하는 뒤늦은 후회 그리고 그와 동시에 밀려드는
절절한 그 아쉬움'이기 때문입니다.

'새는 죽을 때 그 울음이 슬프고
사람은 죽을 때 그 말이 착하다'고 한 것도
이와 같은 맥락입니다.

다시 말해…
우리 인생의 끝에는 '선하게 산 자만이
누릴 수 있는 맑고 투명하고 향기로운 비밀의
선물'이 기다리고 있기 때문입니다.

자, 지금 여기 죽어가는 두 사람이 있습니다.
그중 한 사람의 손에는 화려하고 값비싼
보석들이 한 가득 쥐어져 있습니다.

반면, 다른 한 사람의 손에는
작은 네잎 클로버 모양의 낡은 목각 하나가
쥐어져 있습니다.

한데, 그 작고 낡은 목각은 다름 아닌 지난날
어머니가 눈을 감으시기 전… 어린 그의 손에
쥐어주신 유일한 유품입니다. 자, 바로 그때
죽어가는 그 두 사람에게는 과연 어떤 것이 더
큰 위안과 평안을 줄까요?

그렇습니다. 마찬가지입니다.

바로 인간이 '선하게 산다는 것' 또한 이와
같습니다. 비록 값비싼 그 보석처럼 화려하게
빛나지는 않지만, 그것은 또한 방금 그 작고
낡은 네잎 클로버 모양의 소박한 목각과 다르지
않습니다.

다시 말해 죽음의 순간 느낄 수 있는 평화롭고
온유한 숨결. 즉 '나 자신이 세상에 태어나
이제껏 선하게 살다 떠난다'는 그 순간의 그
꾸밈없는 내면의 고백.

나아가 신과 영원과 불생불멸의 세계를 향한
부끄러움 없는 한 영혼의 순박한 자부와
청진한 충족감 말입니다.

그러니 선생.

제가 패배하고… 저의 이름과 저의 형상과
저의 전 존재가 끝내 갈기갈기 찢기고
속절없이 부서져 일순간 망각의 입자처럼
흩어질지라도… 이 성냥갑만은 끝내 놓지 말고
지켜내야 합니다. 저는 비록 이슬처럼 스러져
간데없더라도… 이 세계에 아직 이 성냥갑이
남아 있는 한… 우리가 간직해 온
'홍익인간의 정신과 이화세계'는 결코 소멸하지
않을 테니까요."

그런 단군의 당부를 들으면서 자부선인은 내내

침울한 표정으로 고개를 비낀 채 손에 든
성냥갑만 조물조물 만작거렸다.

그런 상태로 얼마간 침묵이 흘렀다.

"도련님!" 하고 자부선인이 돌연 침묵을 깼다.

"이제 곧 치우 장군이 도읍 아사달을 떠나
고구려 명문자제들로 구성된 일백 인의 용맹한
기마대를 이끌고 저편 강나루로 달려올 겁니다.
그들 군사 하나하나가 단연코 장엄한 용기와
결사의 충의로 무장한 일기당천의 용감무쌍한
무사들입니다. 또한 이 나라 이 민족을 위해
죽어 간 무수한 그 호국(구국)의 영령들이
끝까지 그들 기마대와 함께할 것입니다.

허니, 도련님. 너무 심려 마세요.
필경 다 잘될 겁니다.
필연코 사필귀정이 될 것입니다.
무릇 위선의 세력은 끝내 참다운 선善을 넘어설
수 없습니다. 결국 선의의 의지가 승리하리라는
것은 필지의 사실입니다.

또한 어떤 한이 있더라도 치우 장군이 기필코
옥쇄의 각오로 그들을 격퇴하고 도련님의 안위를
책임져드릴 겁니다."

비록 말은 그리 덤덤하게 했지만
노인은 내심 불안감이 엄습하면서 이내 기이한
초조감에 사로잡혔다.

노인은 곧 눈을 들어 단군을 바라보았다.
이어 가만가만 손을 뻗어 그의 손을 맞잡고는
말없이 눈을 끔벅하며 머리를 끄덕거렸다.

그때 멀리 뒷산 어딘가에서 밤새 울음소리가
들려왔다. 그 소리가 왠지 둘의 이별을 노래하는
듯 갈수록 처연한 정조를 싣고 잇달아 두견새의
울음인 양 구슬프게 귀를 울렸다.

그사이 둘의 눈동자는 차마 말 못할 정한을
부여안고 크렁크렁 눈물에 젖어들었다.

곧이어 휘이익 하는 바람소리가 들려오더니
이내 퍽 하는 소리와 함께 호롱불이 꺼지고

둘은 그렇게 새까만 암전 너머로…
홀연 사그라지고 말았다.

✳ 인류와 사상의 흐름 ✳

단군(홍익인간 · 제세이화 · Unimos)
널리 인간을 이롭게 하다.

예수(홍익인간 · 사랑 · Universe)
온 세상에 사랑을 전파하다.

석가(제세이화 · 자비 · Cosmos)
온 누리에 자비를 설파하다.

✳ 인간과 생명의 흐름 ✳

단군(이화세계 · Unimos)

진리의 낙토

일심 · 조화 · 상생 · 질서 · 공존

예수(사랑 · Universe)

지상낙원

일심동체 · 상생

석가(자비 · Cosmos)

지상정토

질서 · 조화 · 공존

57곡

– 현규는 명동 이화호텔에서
– 마테오 루치 주교를 만난다

그들 둘이 마테오 루치 주교의 숙소를 방문한
것은 거의 자정에 가까운 시각이었다. 즉 현규와
마테오 루치 주교 그리고 서울경찰청장 마립간,
이렇게 세 사람이 명동 이화호텔 7층 방에서
비밀리에 서로 머리를 맞댔다.

(이날 마테오 주교는 오전 9시경 숙소를 나와
인근 남산골 한옥마을에 잠시 들렀을 뿐 그 뒤
대부분의 시간을 혼자 호텔방에 머물러 있었다.
기실 그는 거서간 신부의 주선으로 저녁 늦게
독립문역 인근 무학동 성당에서 서울대교구 산하
고위급 사제들과 극비 회동이 예정되어 있었다.
한데 무슨 일인지 약속 시간을 얼마 안 남기고
그는 갑작스럽게 거서간 신부에게 전화를 걸어
참석 불가를 통보했다. 그 바람에 이제 막 약속
장소에 당도하던 귀객들은 모두 이렇다 할 아무
설명도 듣지 못한 채로 단지 거서간 신부로부터

주교의 불참 소식만을 접한 채로 돌연 발걸음을
되돌려야만 했다……)

별 특징 없이 무난한(어찌 보면 모범적인)
현규와 마테오 주교의 체형에 비해 마립간
청장의 체형은 확실히 눈에 띄었다. 이를테면
청장은 남색 경찰복을 갖춰 입은 아주 육중한
인상의 눈사람 같은 체형이었다.

(한마디로 아주아주 비대한 봉제인형, 가령
체중 조절에 완전히 실패한 무제한급 테디
베어 같은 느낌이랄까.)

내심 놀란 기색으로 마테오 주교가 청장의
전신을 넌지시 훑어 내렸다.
마테오 주교는 사제복에 모자를 쓴 채였다.

청장은 으레 정모를 벗어 옆구리에 딱
붙인 채로 그 자리에 푹 주저앉듯 먼저 소파에
걸터앉았다. 이어 현규가 그 곁에 붙어 앉고
마테오 주교는 반대편 소파에 혼자 앉았다.

청장은 옆구리에 끼고 있던 정모를 탁자에
올려놓을까 말까(거기 유리 탁자가 너무
투명해서 지레 덜컥 겁이라도 난 걸까…) 내심
고민하다 이윽고 그냥 지니고 있는 게 낫겠다고
판단하고 그대로 한쪽 팔을 접은 채로 곧장
대화를 나눌 자세를 취했다.

그 모양이 언뜻 한쪽 팔에 깁스를 한 환자
같기도 하고, 또는 그쪽 팔에 살짝 장애를 지닌
듯이 보이는가 하면, 마치 자신의 성경책을
소중히 옆구리에 끼고 앉은 어느 독실한 기독교
신자를 닮은 듯도 했다.

이윽고 셋의 대화가 시작되면서 현규가 곧바로
마테오 주교의 말을 통역해서 마립간 청장에게
들려주었다. (즉 현규는 독일어를 모르고
주교는 한국어를 모른 터라 둘의 대화는 자연
영어로 이루어졌다. 주교는 가톨릭 성직자답게
평소 모어인 독일어보다 영어나 라틴어를 더
즐겨 쓰곤 했다.)

마테오 주교는 청장을 향해 이렇게 말했다.

"…앞으로 꼭 열흘 뒤.
즉 2월 29일과 3월 1일의 경계선이자 구동과
신춘의 갈림길인 밤 12시 정각에 요 앞
'삼일대로'에서 최후의 결전이 있을 겁니다.
또한 존엄하신 인노첸시오 교황 성하께서는
이날 있을 최후의 결전을 가리켜
'지상 최후의 영혼 전쟁', 즉 '삼일대전'이라
명명하셨습니다.

물론 그 이름이 갖는 정서적 의미나 역사적
의의에 대해서는 따로 설명하지 않더라도
두루두루 잘 아시리라 믿습니다.

하니… 그날 밤 10시 이후부터 다음 날 오전
5시까지 이곳 삼일대로 양편 진입로에
바리케이드나 차벽을 치고 차량과 통행인의
접근을 전면 통제하시기 바랍니다.

아울러 주변 빌딩 등에도 긴급 소개령을 내려
단 한 명의 인원도 남기지 말고 모조리 비워
내고 철저히 봉쇄하시기 바랍니다."

그러자 마립간 청장은 '안 그래도 이미
상부로부터 지시를 받아 그날 저녁 일찌감치
이쪽 명동성당 사거리에서 저쪽 에스페란토
문화원을 지나 이화빌딩에 이르는 구간을 전면
통제하라는 특별명령을 하달한 상태'라고 말했다.

이어 그는… '또한 혹시 모를 위험이나
불순분자들의 돌발적 기습을 막기 위해 밤마다
중무장한 경찰 특수 기동대원들이 대략 15개
팀으로 나뉘어 3인 1조 폭발물 해체 전문가 및
최고로 숙련된 베테랑 탐지견을 대동하고 삼엄한
경계와 순찰활동을 펴면서 주교님이 계시는 이곳
호텔을 중심으로 한… 반경 1킬로미터 내의 주변
일대를 철통같이 보호하고 있다'고 덧붙였다.

곧 현규가 청장의 말을 고대로 통역하자 마테오
주교는 잠시 생각하더니, '귀하의 그런 호의와
배려는 매우 고맙지만, 그럼에도 자신은 주변의
번거로움(이목의 번다함)을 불호하는 성미이니
지금 즉시 명령을 내려 경찰 기동대원들을 모두
이 주변에서 완전히 철수시키기 바란다'고 말했다.

잠시 후 현규로부터 그런 주교의 요구를 전해듣자
청장은 대번 이맛살을 찌푸리며 난색을 표했다.

이어 그는 당혹감을 누그리려는 듯 잇달아
콧등을 쨍긋쨍긋하면서 손끝으로 앞이마를
긁적긁적하더니, '하지만 그 일은 주교님에 대한
이수(특별 예우) 차원에서 이사금 총리님의 직접
지시로 이뤄진지라 함부로 당장 제 판단만으로
철수하기는 곤란하다'고 대꾸했다.

그러면서 짐짓 정색한 얼굴로 말을 이어,
'지금 주교님의 신변 안전을 위해 우리 경찰은
물론이거니와… 또한 유사시를 대비해 즉각
군 특수부대를 동원할 수 있도록 총리께서 직접
군 통수권자의 승인을 득해 수도방위사령부에도
이미 특별지령이 하달된 상태'라고 덧붙였다.

청장은 그리 대답하는 내내… '연줄 없고 별반
눈에 띄는 공적도 없는 자신을 손수 발탁하고
지금 그 자리에 전격 기용해 준 이사금 총리님을
향한 봉영상의(상관의 뜻에 절대순종),
즉 무한하고 맹종적인 불굴의 충성심'이

풀쑥풀쑥 솟구쳐 올랐다.

현규가 몇 초간 틈을 뒀다가… 그런 그 청장의
반응을 에두르지 않고 액면 그대로 통역하자
마테오 주교는 언뜻 입가를 실긋하며 엷은
냉소를 흘리고는 잠시 생각할 시간을 벌려는 듯
주먹으로 살살 코끝을 문질렀다. 마치 주먹 쥔
손등에 방금 향수라도 한 방울 떨어뜨린 양
은근히 그 향내를 음미하는 듯한 손동작이었다.

그런 그의 눈매는 일견 온화한 듯하면서도…
또한 반대로 어딘가 냉철한 이지와 혜안,
날카로운 비범함이 깃든 노성직자 특유의
능활함이 번득이고 있었다.

그와 동시에 주교의 검은 사제복과 청장의 남색
경찰복이 서로 무언의 기 싸움을 벌이는 듯한
미묘한 기운이 감돌았다. 그러다 이윽고 주교가
다시 입을 열어, 이번에는 현규에게 직접적으로
'어떻게든, 무슨 수단을 동원하든, 지금 당장
이 근처에서 경찰 기동대원들을 싹 다 물러가게
해 달라'고 재차 부탁했다.

현규는 곧 알겠다고 답하고는 그 자리서 곧장
아버지께 전화를 넣었다. 그런 다음 지체 없이
마테오 주교의 부탁을 전하면서… '지금 바로
총리님께 전화를 걸어 아버지께서 직접 양해를
구해 달라'고 부탁했다. 그리고 아버지로부터
이내 알았다는 대답을 받아냈다.

현규는 막 전화를 끊고 나서 마테오 주교를 향해
'다 잘됐으니 더는 신경 쓰지 않으셔도 된다'고
말했다.

마테오 주교는 까딱 한 번 고갯짓을 하고는 이어
한국말로 '고맙습니다!' 하고 나서 다시 독일어로
같은 말(Dankeschön!)을 한 번 더 되풀이했다.

방금 그 전화 통화 내용을 똑같이 들은 터라
굳이 상부의 지령을 기다리지 않고
마립간 청장은 그 자리서 대뜸 그의 심복인
기동대장 '오적'에게 전화를 걸어
'지금 이 시각을 기해 신속히 호텔 주변에서
전원 철수하라'는 긴급명령을 내렸다.
이어 청장의 하명이 떨어짐과 동시에 기동대장

오적은 즉각 부하 대원들에게 철수를 지시했다.

그날 헤어지기 전 마테오 주교는 마지막으로
두 사람에게 이런 부탁을 해왔다.

즉 '자신의 일거일동을 예의주시하는 전 세계
언론과 방송의 관심을 몰래 따돌리기 위해
일부러 그날 그 시각이 아닌 3월 3일 자정에
이곳 삼일대로에서 인류 최후의 영혼 전쟁,
곧 선과 악, 흑과 백, 동과 서, 선신과 마신,
종교와 미신, 귀병(귀신의 군병)과 신군(신의
군대) 간의 처절한 영적 대전이 벌어질 거라는
거짓 정보를 미리미리 세간에 흘려 달라'는
지밀한 요청이었다.

〈아닌 게 아니라, 엊그제 주교를 방문한 거서간
신부로부터 현재 주요 외국 언론사 특파원들이
충무로역 주변에 소재한 여러 중상급 실속형
호텔(⋯스테이 디, 스테이 럭, 스테이 앤 블루,
더반 스테이, 드 솔라고, 펄 비 마운틴,
미스틱 파운더, 메이플 탑티어, 앨리홀리
밸리홀리⋯) 등에 본거를 두고 비밀리에 계속

취재를 이어가고 있다는 전언이 있었다.

개중 일부는 최근에 새로 입국한 부류들이고,
다른 일부는 전날 주교의 방한에 맞춰 미리
입국했다가 아직 본국으로 돌아가지 않고
남아 있는 축들이었다.〉

✻ 삼일대로 그리고 삼일대전 ✻

이곳 삼일대로는 본디 '3·1 독립운동의 거국적
민족정신을 기념'하고자 명명된 의미 깊은
도로이다.

마테오 주교는 이미 그런 사실을 명확히
인지하고 있었다. 그뿐 아니라 그 누구보다
동양학에 정통한, 다시 말해 '상통천문하고
신통자재하며 하달지리한(즉 천문 지리에
통달하고 무궁자재의 갖은 신통력을 보유한)'
그로서는…

인류 최초의 문명국가인
환국(BC 72세기 환인이 건국.
동서양 모든 문화의 원형적 뿌리)으로부터

배달국(신시. BC 39세기 환웅이 건국),
고조선(BC 24세기 단군왕검이 건국),
북부여(BC 3세기 해모수가 건국. 고구려의 전신),

고구려(BC 1세기 주몽이 건국. 북부여의 후신),

대진국(발해. 서기 7세기 대조영이 건국.

고구려의 후신),

고려(서기 10세기 왕건이 건국. 고구려의 후신),

조선(근세조선. 서기 14세기 이성계가 건국.

고조선의 후신),

대한제국(고종. 1897-1910. 조선의 후신),

대한민국(1919-1945/국외임시정부.

1945년 8월 15일/광복.

1945-1948/국내임시정부.

1948년 8월 15일 제1공화국 정부수립),

그리고 현재로 이어지는 이들 배달족의

일만 년에 이르는 장구한 그 실증적 역사마저

죄 손금 보듯 훤히 꿰고 있던 터였다.

더 나아가 태곳적 '마고할미(삼신할미),

마고성(파미르고원) 전설'까지 거슬러 오를 경우

장장 7만년에 이르는…

(예서 마고와 삼신은 곧 '다른 이름의 동일한
인격체'로서 전자는 그 '창조신적 면모'를,
후자는 그 '생명신적 면모'를 더 부각하고 있다.
말하자면 마고의 '마'는 곧 엄마, 즉 '창조의
어머니'를… 삼신의 '삼'은 곧 삼줄, 즉 '생명의
탯줄'을 의미한다. 다시 말해 삼신의 삼은
고유어로 태아의 '태胎'를 뜻한다.)

그 가공할 만한 민족적 서사와 역사적 시원 또한
선명히 의식하고 있었다.

그리하여 그는 그 자신의 믿음과는 비록
정면으로 배치될지라도 '동서양의 모든 문화와
문명, 사상, 종교, 철학, 신앙, 제의, 역사,
정신, 다시 말해 우리 현생 인류의 근원적
생명의 태동과 그 오랜 실존적, 영성적 비밀의
열쇠가 바로 이들 한민족의 고대사에 오롯이
숨어 있음'을…

그 누구보다 절절히 지각하고 있었던 것이다.

다시 말해 그는 내심 '전 세계, 온 인류가 실상

다 같은 동조동근의 한 형제이자 거대한 하나의
민족(한민족)'이라는, 그야말로 무시무시한 자기
모순적 확신, 즉 그 자신의 신앙적 관점이 아닌
오직 진실하고 순직한 학자적 양심의 거울과
도리 없이 덜컥 맞닥뜨린 상태였던 것이다.

바로 그런 원인으로 인하여 이곳 지상에서의
완전무결한 그리스도적 믿음과 영적 단일세계를
이룩하기 위해서는 필연코 이들 단군 세력을
'맨 먼저 격멸하지 않으면 아니 되었던 것'이다.

바로 이것이…
'이들 단군 세력을 영원히 척결해야 하는 것이
그들 그리스도 신앙의 절대적 당위요
필연적 과제요 아울러 최후적 목표이자 궁극적
지상 과업일 수밖에 없는 근본적 이유'였다.

그리하여 '이제 막 3월 1일이 새로 시작되는
그날 그 밤을 운명의 디데이로 삼아
그는 직접 자신의 친위 세력(십자군)을 몰아
단숨에 단군의 기마대를 격파함으로써
일거에 그들 배달족의 정신적 독립의 의지를

절멸하고 말리라'는 불요불굴의 투지와
순교 불사의 결의를 다지고 있었던 것이다.

결론적으로… 바로 이곳 삼일대로에서의
순수무결한 결정적 승리야말로 정녕 '삼일(3·1)',
즉 '환인/환웅/환검', 바로 그들 '삼신일체의
숨맥'을 영구히 근멸했다는 절대불변의 상징적
의미를 지니고 있었던 것이다.

또한 그것이 '전날 바티칸으로부터 극비리에
부여된 준엄한 사명, 요컨대 그날 그 자리에서
인노첸시오 교황으로부터 마테오 주교에게
떨어진 엄절한 지령'이기도 했다.

58곡

– 이틀 뒤 현규는 두목과 오 형사를 불러
– 모종의 지시를 내린다

그로부터 이틀 뒤. 밤 9시경. 예의 그 단골
룸살롱에서 현규는 두목과 오 형사, 그들 둘과
다붓이 머리를 맞댄 채 조용조용 밀담을 나누고
있었다. 테이블은 텅 비고 시중드는 여자들도
없이 호젓한 느낌마저 감도는 음음한 그 조명
아래서 그들 셋은 한참 동안 비밀의 속삭임을
주고받았다.

현규는 두목에게 마지막 결전의 장소와 날짜,
시간 등을 말해주면서 이는 극소수의 인원만이
알고 있는 극비 사항이니 절대로 정보가 유출되지
않도록 각별히 조심해야 한다고 강조했다.
그런 다음 적어도 그날 밤 11시가 되기 전까지
전 조직원을 이끌고 삼일대로 인근 골목골목에
음밀하게 숨어 대기하고 있으라고 말했다.

두목은 즉시 알았다고 말하면서

조금도 빈틈없이 완전무장하여 아무도 모르게
잠복한 채 대기하겠다고 대답했다.
그러면서 아예 결전의 날이 되기 며칠 전부터
밤마다 부하들을 그 일대 골목골목 요소요소에
미리미리 배치해 언제 무슨 명이 떨어지더라도
지체 없이 즉각 행동에 돌입할 수 있도록
만반의 태세를 갖추어 철저히 용의주도하게
준비시킬 예정이라며 다소 아첨 섞인 어조로
장황하게 덧붙였다.

현규는 실긋 웃음기를 드러내곤…
곧이어 두 사람에게 각각 이런 지시를 내렸다.
(이번 작전명은 간단히 '벌통 던지기'였다.)

먼저 오 형사에게는 친근한 기자들을 불러 모아
그날 최후의 결전이 벌어질 날짜와 시간에 대한
허위 정보를 슬쩍 흘리도록 요구하고, 이어
두목에게는 조직원을 총동원해 방금 말한 그
거짓 정보를 세간에 두루 퍼트리라고 주문했다.

(이후 두목과 오 형사를 통해 현규의 지시는
즉각 빈틈없이 실행되었다. 또한 이 과정에서

그날 있을 결전의 명칭은 각각 '삼일대전,
영성대전, 명동대전, 동서대전, 영혼전쟁,
종교전쟁, 퇴마전쟁······' 등으로 마구 혼용돼
불리면서 시시각각 소문을 타고 사면팔방
국내외로 광범위하게 퍼져나갔다.)

얼마 후 그럭저럭 대충 얘기가 마무리되자
현규는 곧바로 테이블의 호출 벨을 눌러
술과 여자와 안주상을 준비시켰다. 조금 있자
술과 안주상을 받쳐 든 웨이터 둘이 먼저
룸으로 들어오고 곧이어 늘씬한 각선미를
뽐내면서 젊은 아가씨 셋이 잇달아 죽 따라
들어왔다. 그녀들은 동시에 안쪽으로 조르르
밀려들면서 냉큼 세 남자의 옆자리를 하나씩
차지하고 앉아서는 으레 도발적인 분 냄새를
물컥 풍기면서 나긋나긋한 태도로 미태를
흘리며 술시중을 들기 시작했다.

한데 무슨 일인지…
술잔을 기울이는 셋의 태도는 어째 썩
흥겹지만은 않은 듯한 눈치였다.

다소 묘한 분위기였다. 셋은 약속이나 한 듯
자신들의 귓불을 간질이는 여자들의 알랑방귀
따위는 아예 안중에도 없었다.

뭐랄까. 여느 때 같으면 냅다 서로 술잔을
부딪치며 대뜸 그에 수반되는 음담을 뱉어내고
내리 농을 걸면서 연신 농탕질을 하며
희희낙락해야 할 상황임에도 왠지 왈칵 내키지
않는다는 듯 곧잘 하던 소맥/폭탄주 말기도
간데없고… 셋은 공히 들뜬 기색 하나 없이
무덤덤한 표정이었다.

과연 그랬다. 그 순간 셋의 머릿속은 기실
복잡하게 뒤엉키고 있었다. 먼저 현규는
왠지 모를 낯선 불안감이 계속 심장 언저리를
떠돌았고, 또한 두목은 공연히 이런 큰 전쟁에
휘말려 애꿎은 자신의 조직만 희생당하고 결국
깡그리 결딴나는 게 아닌가 하는… 본능적인
우려와 회의감이 피어올랐다.

(참고로 몇 날 며칠을 두고 고심에 고심을
거듭한 끝에 두목이 직접 고른 자기 조직의 공식

모토는 바로 '밥심', '밥정', 그리고 '식구',
이렇게 딱 세 단어였다.)

그런가 하면, 오 형사는 요즘 그의 비리를
까발리는 익명의 제보와 음해성 투서가 연일
경찰서에 날아드는 통에 내심 말 못할 고민을
안고 곤혹스러운 상황에 처해 있었다.

하지만 그것도 일시였다.
그래, 그러면 그렇지.

그들이 누구인가. '이놈의 엿같은 세상,
지랄 같은 인생, 그저 좋은 게 좋다고 흔흔낙락
어우러져 즐기면 그뿐이란 확고한 신조 하나로
전격 계를 뭇은 세 사람이 아니던가!

(일테면 인간은 본시 행복하기 위해 태어났다는
낭만적 사고, 낙관적 신념. 그리고 살다 보면
부득불 그 사실을 왕왕 망각하기도 하지만,
그럴수록 더욱더 능동적으로 그 사실을 기억하고
되새기면서 살아가야 한다는 낙천적 의지 등등…)

아울러 금욕적 인생관 따위는 개나 물어가란
식으로 철저히 배격하면서 오직 몰염치한 이기심
하나로 똘똘 뭉친 진격의 삼인방, 흥의 민족,
신명의 자손, 신바람의 후예, 탐욕적 속물주의자,
감각적 쾌락주의자들이 아니었던가!'

요컨대 그런 하찮은 일로 풀이 죽어 의기소침해질
그들 세 사람이 결코 아니었던 것이다.

자, 그리하여…
셋은 또 금세 술기운에 젖어들면서…

'언제 내가 그런 고민을 했느냐'는 듯 이내 또
낙천적 기질을 복원하고 때 이른 승리감에
도취되어 진탕만탕 흔흔히 주흥에 파묻힌 채
한바탕 뻐근하게 일탈감을 만끽하는 것이었다.

59곡

– 동서의 영적 대결 또는 숙명적 문명의 충돌

마침내 최후 결전의 그날이 며칠 앞으로
다가왔다. 대략 새벽 3시경이었다. 마테오 루치
주교는 묵고 있는 호텔방을 나와 혼자 천천히
명동성당 사거리 쪽으로 걸음을 옮겼다.

그는 신부복 차림에 비레타를 쓰고 겉에는
두툼한 모직 외투를 걸친 채였다.

그 외투는 접때 현규와 청장이 인사차 주교를
방문했던 날… 현규가 예의상 사들고 온 몇몇
선물 가운데 하나였다.

그날 주교는 즉각 그 예물들을 사양했으나
현규가 계속 끈질기게 받기를 간청하자 결국
겨울 추위를 구실로 마지못한 듯 슬쩍 그 외투
하나만을 받아들인 것이었다.

(그날 그 자리에서 현규는,

'주교님이 쓰시기에 방이 좀 협소한 듯한데, 원하시면 당장 인근의 큰 호텔로 거처를 옮겨드리겠다'고 제안했다. 그러자 주교는 '자신은 별 불편함을 느끼지 않는다면서… 뭔가 자본주의 냄새가 물씬 풍기는 고급 호텔들과 달리 왠지 정감이 가면서 어딘가 인간적인 느낌을 주는 이곳이 개인적으로 더 맘에 든다'면서 그의 제의를 완곡히 거절했다. 아닌 게 아니라, 이곳 객실은 그런 주교의 개인적 성향을 십분 고려하여 고심 끝에 마련한 숙소였던 것이다. 그러니까 성당 측에서는 주교를 위해 되도록 지나치지 않으면서도 최대한 유용성을 갖춘 합리적인 공간을 그리 예비해 둔 것이었다.)

주교의 목에는 예의 그 작은 은십자 목걸이가 걸려 있었다. 주위는 고요했다. 듬성듬성 흩어진 불면의 가로등은 그날따라 더 어슴푸레하게 빛을 잃었고 싸락싸락 진눈깨비가 흩날리는 도로는 흡사 버려진 구시가의 삭막한 정경인 양 을씨년스러웠다.

이윽고 그는 명동성당 사거리 어느 횡단보도
앞에 막 다다랐다. 그는 잠시 횡단보도 앞에
멈춰 서서 고민에 잠겼다.

'이 횡단보도를 건널까, 말까? 아니면
예서 그만 발을 돌려 숙소로 되돌아갈까?
아니면 이대로 진눈깨비를 맞으면서 한동안
말뚝처럼 멍하니 이 자리를 지키고 섰을까?'

결국 횡단보도 건너기를 포기하고 곧 그는 몸을
틀어 숙소 쪽으로 다시 발을 돌렸다.
그러면서 그는… 이번 한국으로 떠나오기 전,
교황 성하께서 축도를 마치시고 마지막으로
복음처럼 그에게 들려주신 그 말씀을 조용히
입속말로 되뇌었다.

"니힐 옵스탓nihil obstat.
데우스 불트deus vult.
카이디테 에오스caedite eos.
노비트 에님 도미누스 퀴 순트 에이우스
novit enim dominus qui sunt eius.
아무도 막지 못한다. 하느님께서 원하신다.

모두 죽여라. 판단은 그분께 맡겨라."

"마테오 루치!"

그때 허공에서 불쑥 그런 목소리가…
(그러니까 누군가 다짜고짜 그의 맨이름을
부르는 소리가) 귀를 울렸다.

"요한 폰 쇠넨부르크!"

이내 또다시 허공을 흔들며 이번에는 그의
본이름을 외치는 소리가 귓전을 때렸다.
그는 곧장 몸을 돌려 이리저리 눈길을 던져
주의깊게 사방을 둘러보았다.

그러자 잠시 후…
거기 횡단보도 건너편에서 희미하게 누군가의
윤곽이 나타나더니 그 형체는 곧 빠르게
이쪽으로 다가오기 시작했다.

단지 그 형체 하나를 제외하고 주위에는 차도
인적도 그 어떤 생명의 기척조차 느껴지지

않았다. 이윽고 그 형체가 마테오 주교를 대략
10여 미터 앞두고 그 자리에 발을 멈췄다.

마테오 주교는 곧 동공에 잔뜩 힘을 주어
의식적으로 전방의 그 형체를 주시한 채
유심히 그 움직임을 살폈다.

이윽고 거기 진눈깨비 사이로
어떤 형상 하나가 서서히 그 어둠을 벗기며
그의 두 동공 속으로 사르르 스며들어 왔다.

그렇게 문득 주교 앞에 몸을 나툰 그 물체는
호호백발에 금빛 머리띠를 두르고 바람결에
표표히 두루마기 자락을 날리며 한 손에 기다란
주장자를 짚고 선 어느 호리호리한 노인의
신비로운 형상이었다.

그랬다. 그 노인은 다름 아닌
그곳 축령산 토굴에서 도를 닦던 전날의 그
토우 선사였던 것이다.

60곡

– 토우선사와 마테오 루치 주교의
– 일대일 결전 혹은 운명의 전초전

"마테오 루치!"
하고 토우 선사가 곧 침묵을 깼다.

"우리가 굳이 최후의 날을 기다릴 게 무어냐?
오늘 당장 이 자리서 사생존망의 결전을
치르자꾸나! 자, 오너라! 너와 내가 단둘이
일월성신 천지신명, 우주 만유 삼라만상,
모든 것을 걸고 건곤일척의 혈투를 벌이자꾸나!"

"마테오 루치!"
하고 토우 선사가 곧 말을 이었다.

"들어라! 너는 오늘 너의 주 여호와 하느님과
그의 독생자인 예수그리스도의 대리자로서
이 자리에 선 것이다!

또한··· 나는 오늘 나의 주인이자 신시배달국의

개조이신 환웅천왕님과 그분의 독생자요…
한민족의 시조이신 단군 성제의 대리자로서
이 자리에 선 것이다!

하여 너는…
나의 주군이신 그분과의 대결에 앞서
나를 먼저 대적하여 꺾어야만 할 것이다!

그래야만 비로소
그분과의 결전을 마주하게 되리라!"

토우 선사가 그리 일갈하자 마테오 주교는
곧 영어로 이렇게 대꾸했다.

"대사. 나는 이미 그대가 누군지 알고 있소.
토우 대사. 나는 또한 그대가 오늘 나를 찾아올
거라는 걸 예감하고 있었다오.
그대와 나. 우린 결국 이렇게 만나게 될 운명이
아니었던가요?

비록 내가 원하는 자부선사가 아닌 그대
토우 대사와 먼저 일전을 치러야 한다는 게 조금

애석하긴 하오만… 어차피 하늘만큼 지혜롭고
영묘하다는 자부선사는 이 자리에 나타나지 않을
터이니… 결국 우리 둘이 의당 동서의 명운을
걸고 대적하여 결사의 전초전을 치러야 하는 것이
또한 정한 이치요 숙명이 아니겠소?"

마테오 주교는 곧 말을 이었다.

"대사. 나는 비록 로마 가톨릭교회 소속
성직자이오만… 본디 신비로운 것을 탐구하고
추적하는 일에 유독 호기심이 많은 탓에 자연
동양학에도 꽤 관심이 많소.

또한 그 가운데 역경, 바로 그 동양의 신비를
집대성한 주역이란 학문에 특히 더 흥미가 있소.

내가 듣기로 한자와 더불어 태극기의 모태가 되는
주역의 팔괘 또한 그대들의 조상인 동이족이 만든
것이라고 들었소만…

말하자면 하도河圖를 보고 처음 팔괘를 그은
태호복희가 그대들의 조상이라고 말이오.

그나저나… 전날 '마테오 리치, 필립포 그리말디,
조아킴 부베' 신부 등도 일찍이 주역에 큰
관심을 보였소. 또한 그들은 우리 독일 수학자
라이프니츠에게 주역을 소개해 적지 않은
영향을 미쳤소. 그가 주역의 팔괘도에서 영감을
받아(힌트를 얻어) 이진법을 개발했다는 건 익히
알려진 바요."

마테오 주교는 또 말을 이었다.

"그뿐 아니라… 선교사요 신학자인 리하르트
빌헬름과 그의 아들 헬무트 빌헬름 또한 주역에
깊이 심취하였고… 이들 부자는 특히 칼 융이란
심리학자에게 큰 영향을 미쳤소.

게다가 우리 독일 작가인 헤르만 헤세 또한
주역에 크게 경도했는데…

이후 그는 자신의 소설 〈유리알 유희〉의 주인공
'요제프 크네히트'를 통해 주역에 대한 그의
애정과 관심을 신비롭게 구상화했소.

자, 각설하고… 해서 내 오늘 호텔 측에 특별히
산통을 부탁해 손수 주역점을 쳐 보지 않았겠소.

한데 공교하게도
이런 점괘가 나오는 게 아니겠소.

'화지진(긍정적)!'

자, 토우 대사. 이제 내 말뜻을 이해하시겠소?"

토우 선사는 순간 주역점을 쳐 보지 않고서도,
(즉 굳이 산통을 흔들어 점대를 뽑아 추점하지
않더라도…) 오늘 자신이 얻을 괘상이 황연히
머릿속에 그려졌다.

'천지비(부정적)!'

결국 단순히 말해 마테오 주교의 점괘는 '전진
혹은 진행'을 의미했고… 토우 선사의 점괘는
정반대로 '정지 혹은 막힘'을 뜻했다.

"천언만사 무용지물!"

"더는 긴말이 필요 없다!"

토우 선사가 소리쳤다.

"자, 마테오 루치!"
"내 일격을 받아보아라!"

토우 선사는 곧 짚고 있던 주장자를 들어
공중으로 휙 던져 올렸다. 이어 그는 오른손의
검지와 중지를 위쪽으로 모아 세우고는
입속말로 연신 주문을 외기 시작했다. 그러자
공중에 뜬 주장자는 곧바로 길고 날카로운
양날의 청동검으로 변했다. 그 청동검이 순간
번쩍하고 빛을 발하면서 그대로 빠르게 마테오
주교 쪽으로 날아갔다.

거의 동시에 마테오 주교는 목에 건 은십자
목걸이를 벗어 그 청동검을 향해 휙 던졌다.
그러고는 재빨리 성호를 그으면서…
입속말로 기도를 시작했다. 바로 그때 검푸른
칼끝을 번득이며 그 청동검이 세차게 주교를
향해 날아들었다.

하지만 방금 그 은십자 목걸이는 그새 단단한
황금방패로 변해 대번 그 청동검의 예봉을 탕
튕겨내면서 단번에 그 공격을 무력화시켰다.

그리 한 차례 두 무기가 빚어낸 둔탁한
충돌음이 허공을 갈랐다.

그렇듯 일거에 기습적 선공이 무위로 돌아가자
방금 그 청동검은 즉시 공격을 중단하고
방향을 돌려 토우 선사 쪽으로 되돌아갔다.

토우 선사가 지체 없이 다시 입술을 달싹이며
주문을 외기 시작했다.

그러자 그 청동검은 즉각 날개 달린 범(익호)으로
변신했고… 그것은 다시금 휙 머리를 돌려 맹렬히
마테오 주교 쪽으로 달려들었다.

다음 순간 마테오 주교는 잽싸게 성호를 그으면서
다시금 중얼중얼 기도를 시작했고…
이어 그 황금방패는 대번 기다란 창으로 돌변해
번개같이 범의 얼굴 정면으로 날아들었다.

곧이어 따악! 하는 굉음을 빚으면서 그 창끝이
그대로 범의 이마를 푹 뚫고 들어갔다.

그 창끝에는 바로 '크리스마스로즈(Helleborus
niger)'의 독'이 묻어 있었다. 순간 자르르 독기가
퍼지면서 토우 선사는 파르르 경련을 일으키더니
돌연 휘청하면서 벌러덩 바닥에 나동그라졌다.

다음 순간 그 범은 도로 주장자로 변해 맥없이
토우 선사 쪽으로 되돌아왔다.

토우 선사는 바닥에 쓰러진 채 간신히 손을 뻗어
되돌아온 주장자를 붙잡았다. 이어 선사는 바닥에
누운 채로 다시금 주장자를 번쩍 허공으로 날린
다음 냉큼 몸을 세워 단단히 결가부좌 자세를
취했다. 그러고서 즉시 양손을 깍지 낀 뒤,
두 엄지와 검지를 한데 모아 그 끝을 위로 향한
채 이번에는 남은 도력을 온통 손끝에 끌어 모아
격렬히 마지막 주문을 외기 시작했다.

순간 선사의 그 주장자는 이제 벌겋게 불을 뿜는
커다란 용으로 둔갑했고… 그대로 확확 화염을

토하면서 무섭게 주교 쪽으로 달려들기 시작했다.

그사이 주교는 다시 성호를 긋고 나서 다급한
음성으로 기도를 읊기 시작했다. 순간 주교의
그 창은 대번 거대한 공룡 티라노사우르스로
돌변했다.

공룡은 일순 용이 내뿜는 불길에 당황하여
갈팡질팡하더니…

이윽고 커다란 그 아가리를 벌리고 잽싸게 용의
목을 노려 순식간에 콱 깨물었다. 공룡은 그리
용의 목을 악문 채로 잘근잘근 깨물면서 좌우로
잇달아 사납게 휘젓는가 싶더니…

한순간 거세게 머리를 휘두르며 바닥으로
사정없이 패대기쳐버렸다.

토우 선사는 순간 끔찍한 고통에 사로잡혀
데굴데굴 바닥을 구르면서… 처절하게 신음을
뱉어냈다. 그러다 이윽고 컥 하는 외마디 비명과
함께 돌연 절명하고 말았다.

그사이 용은 다시 주장자로 변해 토우 선사의
주검 곁에 떨어져 속절없이 널브러져 있었다.

그제야 공룡은 다시 은십자 목걸이로 변해
마테오 주교 쪽으로 되돌아갔다. 이윽고 마테오
주교는 다시 은십자 목걸이를 목에 걸었다.

그 순간 토우 선사의 주검은 절로 먼지처럼
부서지면서 그대로 풀풀 허공 속으로 흩어지고
말았다. 이어 한차례 휘휘 눈바람이 일어나
서글피 우는 소리를 내면서 스산하게 그 공간을
맴돌았다.

조금 있자 눈바람은 홀연 자취를 감췄다.

주위는 잠잠했다. 아스라한 정적 사이로 자꾸만
추적추적 그 새벽을 적시며… 진눈깨비는 더
우울하게 내렸다. 바닥에는 이제 주인 잃은
주장자만 덩그러니 남았다.

61곡

– 자부선인은 단군에게
– 토우선사의 죽음을 고한다

그날 밤… 거기 그 초라하고 누추한 작은 방.
연약하게 흔들리는… 흐릿한 그 호롱불 아래서
자부선인이 단군에게 토우 선사의 천화를 고했다.

노인의 음성은 담담했지만…
공간은 금세 음울한 분위기로 급변했다. 거기
아렴풋이 침묵하던 호롱 불빛마저 미묘하게 몸을
떨며 더한층 침울한 색조를 띠었다. 더불어 둘의
그림자도 허를 찔린 듯 저마다 먹빛으로 신음하며
암담하게 숨을 토했다.

그 말을 듣는 순간, 단군은 갑자기 머릿속이 띵
울리면서 동시에 올각 구토감이 치밀었다. 이어
귓속에서 꽹하고 징소리가 울리는 듯하더니 대번
마음이 산란해지고 눈앞이 뿌옇게 흐려지면서
일순 어찔한 현기가 엄습하며 그대로 몸뚱이가
송두리째 흔들리는 것만 같았다.

그러면서 그의 심장이 절로 갈팡질팡하며
방망이질하듯 세차게 뛰놀았다.

곧 그는 눈을 지르감고 그리 북을 치듯 두근대는
심장을 애써 진정시키며 자신의 격앙된 감정을
꾹꾹 내리눌렀다.

자부선인은 내심 속울음을 삼키며 부러 덤덤한
기색으로 침묵을 지켰다. 그럴수록 내면의 통분은
더 예리해지고… 눈은 더 침침해지고… 그렇게
뼈아픈 침음과 허허한 상실감 또한 한량없이 더
짙어져만 갔다.

왜 아니겠는가. 어찌 아니 그러할까. 죽은 토우
선사는 기실 자부선인의 도통을 오롯이 이어받은
그들 배달족 최후의 직계 제자이기도 했다.

얼마간 그러고 있다가 단군은 겨우 평정심을
되찾고서 이렇게 입을 열었다.

"선생께선 어찌하시겠습니까?
같이 가시겠습니까?

아니면⋯ 예서 제 성냥갑을 지키다가
부모님이 계시는 '신시'로 돌아가시겠습니까?"

자부선인은 아무 대꾸도 못하고 한동안
만단수심에 잠겨 무겁게 침묵을 지켰다.

노인은 선뜻 그 물음에 답을 할 수 없었다. 실은
뭐라 대답을 할 처지가 못 되었다. 이윤즉슨
노인의 심중에서 지금 단군 도련님을 돌봐야 할
도의적 의무와 동시에 도련님의 성냥갑을 곱다시
간직해 배달국으로 되돌아가 그 성냥갑의
원주인이신 환웅천왕께 무사히 돌려드려야 할
본질적 의무가 서로 충돌했기 때문이었다.

"제 걱정은 마세요."
단군이 다시 입을 열었다.

"선생은 결전의 그날까지 여기 계시다가⋯
그날의 결과에 따라 제가 승리하면 저와 함께
세상에 좀 더 머물다가 먼저 도읍으로
돌아가시고, 만일 제가 패배하면 곧바로
이 성냥갑을 가지고 아버님께 돌아가세요."

그러나저러나 자부선인은 여전히 심우에 잠겨
아무 응답이 없었다.

단군은 문득 선아를 떠올렸다.
그는 알고 있었다.

선아는 본디 비서갑(아사달 도읍 인근 강역)을
다스리는 하백(그 지역 수령)의 딸 '태원'으로
단군과는 오래전 백년가약을 맺은 '정식 부부'
사이였던 것이다.

하지만 그녀는 불행히도 끝없이 윤회하는
한 많은 영혼인지라…

단군과 더불어 불생불멸하며 영원히 영적
세계에만 머물지 못하고 이렇듯 유장한 역사
속에 쉼 없이 또 다른 시대와 시대를 갈마들며
몇 번이고 되풀이해 생멸을 거듭하는 가련한
운명인 것이었다.

예서 잠시 그녀 태원의 오랜 '윤회 이력'을
되돌아보면 대략 다음과 같다.

······고구려 왕녀, 백제 궁녀,
신라 여왕, 신라 명기 전화앵,
발해 귀족 '고 씨/양 씨/두 씨'의 딸,
고려 왕후/나인/어느 사찰의 공양주(화주) 보살,

조선 문인 신사임당/허난설헌/이옥봉,
명기(시인) 황진이/홍랑/매창 이계생,
평양 의기 계월향/진주 의기 논개,
기녀(시조시인) 문향/금춘/소백주,

전모 쓰고 장구춤/칼춤/부채춤 추는 무희,
신장대 흔들며 공수를 주는 무녀,
작두춤/굿춤/지전춤/방울춤 추는 무녀,
어느 이름 없는 여승/불목하니/주모/무수리,

제주 거상 김만덕,
학자 임윤지당/홍유한당/이빙허각/강정일당,
문인 서영수합/김삼의당/박죽서,
기녀(시인) 김부용/김금원,

조선 말기 명창 진채선, 조마리아 여사(안중근
의사의 어머니다), 독립운동가(윤희순, 유관순,

동풍신, 남자현, 박차정, 김두석, 부춘화,
오희옥, 정정화, 방순희, 전월순, 박자혜/단재
신채호 선생의 부인이다, 현덕신/석아 최원순
선생의 부인이며 의사醫師로 활동했다,
정진주/한지 김상옥 의사의 부인이다,
오광심/백파 김학규 장군의 부인이다…),

성악가 윤심덕, 서양화가 나혜석, 소설가
김명순, 독립(계몽) 운동가 김마리아 선생,
해암海岩 박순천(공과 병존. 여성 최초 야당
당수. 헌정사 최초 여야 영수회담 성사…),
승당承堂 임영신(공과 병존. 최초 여성 장관.
최초 여성 국회의원), 변중석 여사, 이길여 여사,
육영수 여사(영부인), 이희호 여사(영부인),
최명희(혼불), 노동운동가(YH무역) 김경숙,
그리고 지방에서 상경한 버스 안내양 K, 박봉과
과로에 시달리는 어느 봉제 공장 여공 J,
……

* 자부선인과 한민족의 도맥 *

환인 · 환웅 · 환검,

즉 천지인 삼황의 '선도/선학/단학' 정신을
그 뿌리로 둔 한민족 고유의 '선仙 사상'은

(이는 유불도의 모태인 풍류도, 곧 '신교/현묘지도'를
말한다.)

이후 자부선인(발귀리 선인의 후예. 황제 헌원의
스승)으로부터 면면히 그 '도맥/선맥/신교의 도법'이
이어져 내려가 차차…

고구려: 명림답부, 을파소, 창조리,
고려도인, 묵호자, 왕산악, 을지문덕, 연개소문,
양만춘, 담징 스님…

백제: 왕인박사, 검단선사, 겸익대사, 현광법사,
관륵대사, 성충, 흥수, 계백, 의각선사…

신라: 박제상, 백결선생 박문량, 각연대사,
이사부, 거칠부, 우륵, 연기조사, 혜량법사,
원광법사, 자장율사, 안함법사, 명랑법사,
밀본법사, 김유신, 원효대사, 의상대사, 설총,
혜초 스님, 진표율사, 월명사, 장보고, 김가기,
적인선사 혜철, 증각대사 홍척, 범일국사,
수철화상, 도선국사(그는 한반도 풍수지리의
비조다), 고운 최치원(그는 한민족의 경전
'천부경'을 한문으로 번역했다), 최광유, 최승우,
박인범, 담공선사…

고려: 원종대사, 진공대사, 신숭겸, 희랑대사,
최지몽, 최승로, 조맹, 서희, 강감찬, 김숙흥,
양규, 대각국사 의천, 태백산인 계응,
김위제(남경천도론), 윤관, 보조국사 지눌,
일연 스님(삼국유사), 묘청대사(서경천도론),
백수한(일관), 남호 정지상(명시 송인), 백운거사
이규보(동명왕편), 동안거사 이승휴(제왕운기),
월인화상, 안향, 백이정, 우탁, 익재 이제현,
행촌 이암, 배중손, 김통정, 김방경, 태고화상
보우, 나옹선사 혜근, 목은 이색, 복애거사 범장,
삼우당 문익점, 운곡 원천석, 포은 정몽주,

야은 길재…

조선: 무학대사, 함허득통 선사, 황희, 맹사성,
조말생, 박연, 안견, 정극인, 성삼문(과 사육신),
서거정, 김종직, 학조대사, 매월당 김시습(과
생육신), 남이 장군, 이맥, 김일손, 이현보,
벽송 지엄대사, 조광조, 서화담, 이퇴계, 남사고,
남명 조식, 북창 정렴, 이토정, 임꺽정, 이율곡,
남궁 두, 양사언, 서고청, 서산대사 휴정,
영규대사, 권율, 고경명, 손곡 이달, 구암 허준,
유성룡, 사명당 유정, 이항복, 이원익, 한석봉,
한강 정구, 정여립, 조중봉, 백호 임제,

이충무공, 사계 김장생, 박걸남 장군, 곽재우,
권종, 차천로, 허균, 정기룡, 북애자(규원사화),
조여적, 박상의(지관), 이의신(교하천도론),
성지대사(풍수 도승), 벽암대사, 김응하(고려 명장
김방경의 후손), 택당 이식, 고산 윤선도, 미수 허목,
윤집, 백곡 김득신(독서가. 나의 재주가 남보다
못하다고 '스스로 한계를 짓지' 말라…), 송시열,
홍만선, 홍만종, 안용복(독도 수호자), 공재 윤두서,
이광사, 신경준, 이익(성호사설), 안정복(동사강목),

홍대용, 성대중(청성잡기), 연암 박지원, 이덕무,
박제가, 노비 시인 정초부, 이서구, 홍경래, 정다산,
창암 이삼만(서예가), 명창 권삼득, 추사 김정희,
방랑시인 김삿갓, 고산자 김정호, 초의선사 의순
(그는 한국 다도의 정립자로 '동다송'을 지었다),

화서 이항로, 소운거사 이규경, 소치 허련, 연담
이운규(그는 최제우, 김광화, 김일부의 스승이다),
최수운(그는 천도교의 전신인 동학을 창시했다),
김광화(그는 남학을 창시했다), 김일부(그는
주역을 재해석해 '정역'이란 이름으로 새롭게
체계화했다),

그리고 구한말…

해월 최시형, 동무 이제마, 경허선사, 해학 이기,
면암 최익현, 연재 송병선, 매천 황현, 학명 스님,
동학 삼걸(전봉준, 김개남, 손화중), 의암 유인석,
월남 이상재, 석아 최원순, 의병장 정재 이석용
(그는 전북 임실 출생으로 '진안 마이산'에서
'호남의병창의동맹'이란 이름으로 의병을
일으켰고 백절불굴의 투지로 일제에 저항했으며

1914년 4월 4일 대구 형무소에서 교수형을 당해
37세의 젊은 나이로 순사하였다.
그는 재판정에서 선고를 앞두고 재판장이 기립을
명하자, '나는 원수에 대해 경의를 표할 수 없다'
고 일갈하면서 기립을 거부했고, 곧 강제 기립을
당하자 '나의 마음만은 결코 기립시키지 못 한다'
고 재차 일갈하였다…),

이준·이상설·이위종 열사, 충정공 민영환,
강우규 의사, 지석영, 주시경, 증산 강일순,
운초 계연수, 홍암 나철, 소태산 박중빈,
우당 이회영(과 형제들. 백사 이항복의 10대손),
백야 김좌진, 철기 이범석, 의암 손병희,
석주 이상룡, 안중근 의사(그는 태어날 때 등에
'일곱 개의 검은 점'이 있어 자연 북두칠성의
기운에 응해 태어났다 하여 어릴 적엔 '응칠'로
불렸다…),

춘원·육당·백릉(공과 병존. 한국 근대문학의 선구),
소파 방정환, 매헌 윤봉길, 구파 백정기, 이봉창,
단재 신채호, 도산 안창호, 한서 남궁 억(그는
'내 몸을 과일 나무 아래 묻어 거름이 되게

하라'는 유언을 남겼다), 김산(독립투사/혁명가),
이상화, 이육사, 만공선사, 만해 한용운, 윤동주,
정지용, 김영랑, 김소월, 김유정, 홍범도 장군,
오세창, 장지연(공과 병존. 시일야방성대곡),
김용환, 김상덕, 한지韓志 김상옥 의사, 백암
박은식(국교와 국사가 망하지 아니하면 국혼은
살아 있으므로 그 나라는 망하지 않는다⋯),

몽양 여운형, 석오 이동녕, 가인 김병로, 죽산
조봉암, 해공 신익희(우당 이회영과 사돈지간⋯),
우남 이승만(공과 병존. 대한민국 임시정부 초대
대통령. 대한민국 제1, 2, 3대 대통령⋯),
약산 김원봉(과 의열단), 백범 김구(와 임정
요인들, 한인애국단), 석정 이갑룡 처사(그는
'진안 마이산 탑사'의 창건자로 젊은 시절
마이산에 입산하여 그곳 토굴에서 홀로
수도하면서 번연개오 득통함과 동시에 일평생
인류 구제와 세계 평화, 그리고 구국의 일념으로
지성껏 돌탑을 쌓아올렸다⋯),

문파 최준, 가람 이병기, 일석 이희승,
유일한 박사, 외솔 최현배, 다석 유영모, 백석,

구상, 장준하 선생, 김수영, 백파 김학규 장군,
노산 이은상, 이중섭, 김동리, 황순원, 박목월,
미당 서정주(공과 병존), 중수中樹 박정희
(공과 병존. 대한민국 제5, 6, 7, 8, 9대 대통령),
탄허, 숭산, 성철, 법정, 덕산 김재규(박정희
대통령을 시해했다…), 박흥주 대령(김재규의
부하이며 박 대통령 시해에 가담했다…),

김오랑 중령, 장태완 장군, 한경직(목사),
김수환(추기경), 문익환(목사), 한암당 이유립,
시인 박봉우, 씨알 함석헌, 민초 백기완, 김지하,
봉우 권태훈, 서정범 교수, 한뫼 안호상,

풍수지리학자 최창조 선생(그는 자생풍수 개념을
주창하여 나말여초 선승 도선을 효시로 하는
한국 고유 풍수지리의 자주적 실재와 그 맥을
되살림과 동시에…

'땅과 사람, 돌과 나무, 물과 바람, 산과 강'의
조화로운 상생과 평화로운 공존,
물리적 공간과 유기적 생명의 상보적 합일을
추구하는 민족 전통 지리관의 대동적 이상과

물아일체의 사상, 바로 그 심성적 치유와 화해,
포용, 정서적 회복을 향한 선량한 의지와 의미와
기능적 가치를 재발견했다.

자생풍수는 또한 비보풍수, 대동풍수로도 불리며
여기서 비보란 다시 말해 명당에 대한 어떤
획일화된 선입관을 배제하고 좀 더 능동적으로
땅의 결함을 고치고 불비를 보충함으로써
그 어떤 불리한 여건의 땅이라도 능히 충실하고
넉넉한 삶의 터전으로 개선될 수 있다는… 보다
건전하고 보편적인 생명 친화적, 생태 치유학적
풍수관을 말한다…)

등을 거쳐……

마침내 오늘 '그 최후의 적통 계승자'인
토우 선사에 이르렀다.

62곡

– 선아는 의문의 공간에 갇힌 채로
– 불현듯 현실의 세계로 되돌아온다

그날 엄마와 함께 집으로 되돌아온 선아는
이후 줄곧 외출을 삼가고 집 안에만 꾹
틀어박혀 지냈다.

엄마의 감시는 날로 심해져 어떤 날은
하루 온종일 딸의 곁에 찰싹 달라붙어 잠시도
자유로운 틈을 주지 않았다. 겉으론 언제 닥칠지
모를 불시의 위험으로부터 딸을 보호한다는
명분이었지만… 실상은 격리와 감시를 통한
행동의 통제 그 이상도 이하도 아니었다.

엄마는 딸애가 그간 그들 사악한 마귀들에게
홀려 저도 모르는 새 그만 어떤 더럽고 나쁜
미신적 신앙에 자연 물들었을지도 모른다는
강한 위구심을 품고 있었던 것이다.

그러던 어느 날, 그때껏 유심히 딸애를 관찰한

결과 별다른 특이점이 나타나지 않자 마침내
웬만큼 안심이 되었는지 엄마는 갑자기
어딘가로 외출했고(실은 전의 그 퇴마사로부터
갑작스런 연락을 받고 그 즉시 차에 올라
다시금 그때 그 초막이 있는 검단산 중턱으로
내달았던 것이다), 그 뒤 꽤 오래도록 귀가하지
않았다.

이른 오후 엄마가 출타한 뒤 그녀는 소파에서
혼자 티브이를 보다가 어느새 깜박 선잠이
들었는데, 그사이 어렴풋한 의식 속에서
단조롭게 전개되는 건조무미한 꿈을 꾸었다.

(꿈속에서 그녀는 전날 그 해모수 빌딩 정문
앞에 서 있는 단군상을 올려다보고 있었다.
그러다 한순간… 자신의 몸이 점점 줄어들기
시작하더니 이윽고 검정치마에 흰 저고리를
입은 키 작은 단발머리 소녀로 변했다.
조금 있자 그녀는 또 모습이 바뀌는가 싶더니
이윽고 또 다른 차림의 소녀로 변신했다.
한 갈래로 땋은 댕기 머리, 알록달록 물색 고운
색동옷에 털배자를 덧입은 모양새였다.

조금 있자 그녀는 또 변신을 시작하더니 이윽고
체크무늬 플리츠 스커트에 감색 재킷을 입고
캐주얼한 백팩을 멘 여느 청순한 여고생으로
탈바꿈했다⋯⋯)

그날 해 질 무렵 선아는 엄마의 부재를 틈타
모처럼 집을 나와 아파트 인근 미용실에 들러
간만에 보기 좋게 머리를 매만졌다. 그런 다음
산뜻한 기분으로 미용실을 나와 조금 뒤 근처의
한 카페로 들어갔다.

곧 그녀는 키오스크로 가 흑당 커피와 디저트
케익 한 조각을 주문했다. 매장 스피커에선 약간
경쾌한 리듬의 팝송이 흘러나왔고(안티 히어로.
테일러 스위프트), 제법 널찍한 카페 안은 한담을
나누는 손님들로 반쯤 차 있었다.

내점객들은 거개가 여성들이었다.
언뜻 꽤 신경 쓴 티가 나는 전반적인 매장
분위기와 달리 인테리어 비용을 절감하려는
의도였는지 실내외 좌석들은 대부분 싸구려
인조가죽 의자들로 채워졌다.

그 뒤 30여분가량 지났다.

선아는 방금 자리에서 일어나 탁자에서
고무쟁반을 집어 들고 저쪽 식기 반납대 쪽으로
걸어갔다. 그리고 막 식기 반납대로 다가서는
찰나 갑자기 머리가 띵하니 어질증이 일면서
그대로 쓰러질 듯 몸을 크게 휘청거렸다.

그 통에 그만 손에 든 쟁반을 놓치면서 그대로
댕그랑 바닥에 떨어뜨리고 말았다.
곧이어 음료 잔과 케이크 접시가 동시에 대리석
질감의 바닥면에 부딪쳐 깨어지면서 일순
매장 안의 시선은 일제히 그쪽으로 쇄도했고
그와 동시에 선아의 몸은 대번 형체를 잃고
연기처럼 풀풀 흩어지면서 순식간에 자취도 없이
눈앞에서 사그라지고 말았다.

그 후 선아는 아무것도 의식하지 못한 채로
기나긴 무지갯빛 공간으로 빨려 들면서 하염없이
아래로 또 아래로 추락하듯 미끄러져 내렸다.
그리고 얼마나 지났을까. 그녀가 문득 눈을
뜨고서 정신을 되찾았을 때 주위는 이제 빛살

한 점 보이지 않는 완전한 암흑이었다.
바로 그 거대한 암흑 속에서 그녀는 덜컥
두려움에 휩싸인 채 순간 겁먹은 아이처럼
무릎깍지를 끼고 이내 태아처럼
몸을 수축시키며 사지를 부들부들 떨었다.

그런 그녀의 신체적 떨림은 곧 그녀의 정신적
두려움을 털어내려는 본능적 자기방어의
행위이기도 했다. 또한 그녀는 자신의 몸을
그렇듯 최대한도로 압박하여 반대로
최소한도의 공간만을 차지함으로써 그 순간
그녀가 느끼는 그 두려움의 부피 또한 그만큼
더 축소될 거라고 인식했는지도 모른다.
그러다 어느샌가 두려움에 지친 나머지 그녀는
어리어리 잠이 들었고…
그렇게 다시금 의식과 무의식의 경계 너머로
알 수 없는 시간들이 흘러갔다.

마침내 그녀는 또 번득 잠을 깨면서 의식이
되돌아왔다.

별안간 번쩍하고 주위가 밝아진 것은 바로

그때였다. 곧 작고 네모반듯한 회색 공간이 눈에
들어왔다. 그곳은 가구 하나 들여놓지 않은,
어디 쪽창 하나 나 있지 않은, 그저 허연 사벽만
휑하니 드러나 있는 텅 빈 방이었다. 바로 그 방
한구석에서 그녀는 여전히 무릎깍지를 끼고 일견
달팽이처럼 몸을 옹송그린 채 방 벽에 홀로
덩그러니 달라붙어 있었다.

조금 있자 방문 밖에서 두런두런하는 사람 소리가
들려왔다. 그녀는 또 왈칵 두려움이 엄습하면서
다시금 잔뜩 온몸을 옹숭크린 채 바르르 몸을
떨었다. 그때 벌컥 방문이 열렸다.

곧 두꺼운 가죽점퍼를 걸친 젊은 떡대 하나가
눈앞에 나타났다. 언뜻 그 우람한 덩치를 누가
컨트롤할까 싶을 만큼 무척 우둔해 보이는
인상이었다. 그 사내를 보는 순간 그녀는 더
바짝 움츠러들었다.

그 사내가 대뜸 둔감한 표정으로 아무 맥락도
없이 이렇게 말했다(방금 전에 새참이라도 시켜
먹었는지 입가에 잔뜩 짜장 소스를 묻힌 채였다).

"넌 꼼짝없이 갇힌 거야. 이제 이 방에서
못 나가. 앞으로 우리 허락 없인 이 방에서
단 한 발짝도 움직일 수 없어. 하지만
그 이상은 알 것 없어. 넌 그냥 여기 갇혀 있고
우리가 이렇게 하루 24시간 빈틈없이 널
감시하고 있다는 것만 기억하면 돼. 그리고
지금 네가 어떻게 이곳에 갇혔고 또 우리가 왜
이렇게 널 감시하게 됐는지는 묻지 마.
왜냐면, 나도 잘 모르니까. 단지 우린 누군가의
명령으로 널 가두어 놓고 감시하는 것이고…
이제 얼마 안 가 그 누군가는 직접 이곳에
나타날 거야. 그렇다고 걱정은 마. 안심해.
겁먹지 마. 긴장하지 마. 우린 누구도 널
건드리지 않을 테니까. 단지 우린 이렇게 널
감시하고 보호하란 명령을 수행할 뿐이야."

그 사내는 굼뜬 입놀림으로 제 할말만 그리
고집스레 나불대고는 도로 쾅 방문을 닫고 냉큼
시야에서 사라져 버렸다.

약간 어눌한 말투였지만 그럼에도 그 사내만의
독특한 발음 습관 때문이었는지 그 내용의

전달력은 꽤 또렷한 편이었다.

아니면 그 순간 공포심에 짓눌려 그녀가 오직
두 귀만을 의지한 채 그 사내가 토해내는
언구에만 온 신경을 기울인 탓인지도 몰랐다.

그녀는 내심 아무리 생각해도 자신이 왜 이곳에
갇혀 있는 건지 알 길이 없었다. 그 의문에 관한
한 그녀의 머릿속은 그대로 깨끗이 새로 도배된
회백색 벽지와도 같았다. 마치 그녀의 머릿속
어딘가 기억의 서랍 속에서 어떤 중요한 파일
하나가 가뭇없이 사라져버린 느낌이었다.

또한 전날 그 해모수 빌딩 앞에서 단군상이
그렇듯 덧없이 녹아내린 뒤…
그녀는 스스로 단군상과 관련된 그전의 기억을
완전히 망각한(일종의 해리성 기억상실) 상태였다.
이를테면 그녀는 현재 아무런 일도 일어나지
않았던 그때 그 순간의 그 앳된 대학생의
모습으로 감쪽같이 되돌아온 상태였다.

그나저나 지금 그녀가 갇혀 있는 그 공간은

도시 변두리 어느 낡은 단층짜리 단독주택
안방에 딸린 구석진 골방이었다.

거기 바깥으로 드러난… 빈취 나는 그 허름한
외관과 달리(다른 집과 마찬가지로 담벽에는
괴발개발 스프레이 페인트로 아무렇게나 낙서가
되어 있었다…)

주택 실내는 마치 최신식 빌라 못잖게 널찍한
거실과 세련된 부엌, 모던한 가죽 소파에 심플한
구름 모양 원목 탁자, 고상하고 감각적인 미니
와인 바, 스탠드형 공기청정기, 벽걸이형 올레드
티브이, 그리고 실용성과 장식성을 겸비한…
근사한 외양의 현대식 벽난로 등 몇몇 고급스러운
설비가 제법 개성적으로 골차게 갖춰져 있었다.

63곡

- 결전의 날을 하루 앞두고
- 선아는 돌연 현규와 맞닥뜨린다

그날 밤(그러니까 결전의 날 전야였다).
전 남자 친구 현규가 불쑥 그곳을 찾아온 것은
거의 11시가 다 된 시각이었다(그의 부하들은
그때 거실 탁자에 둘러앉아 방금 전에 배달된
야식을 게걸스레 먹어대는 중이었다).

현규는 실내로 들어서자마자 그녀가 갇혀 있는
그 작은 구석방으로 서둘러 향했다.

그의 안색은 어딘가 불안한 열기를 띤 채
기이한 방식으로 한껏 상기된 느낌이었다.
아마도 무슨 미심쩍은 약물인가에 흠뻑 취한
듯한 모양새였다.

그는 그 골방으로 들어서자마자 그녀의 팔을
덥석 잡아채곤 그대로 지체 없이 방을 버리고
거실로 끌고 나왔다. 그렇게 아무 영문도 모른

채로 그녀는 그 골방에서 붙들려 이쪽 거실로
끌려나왔다.

(그사이 무슨 요술이라도 부린 듯이 소파 앞
탁자는 이미 음식 찌끄러기 하나 없이 말짱하게
치워진 상태였다.) 다들 칠칠치 못하게 입가에
잔뜩 음식 자국을 묻힌 채로 덩치 큰 부하
너덧이 군데군데 벌여 서서 둔중하게 거실 바닥을
압박하고 있었다.

흡사 누가 더 맹한 지, 누가 더 멍한 지,
누가 더 단세포적인지 서로서로 경쟁이라도
벌이는 듯 헬렐레한 표정이었다.

그는 곧장 소파로 그녀를 끌고 가더니 이내 확
밀어 넘어뜨릴 기세로 거기 푹 주저앉히고는
그 곁에 털썩 주저앉았다.

그러고는 느닷없이 입을 열고, 밑도 끝도 없는
말을 주절주절 뇌까리기 시작했다.

"접때 말야… 그니까…

내가 꿈을 꿨는데 말야…
그 꿈이 뭐냐면 말야… 그니까 말야…
꿈에 어떤 목소리가 들리더란 말야…
근데 말야… 그게 여자 목소리 같기도 하고…
남자 목소리 같기도 하고…
무슨 할망구 목소리 같기도 하고…
무슨 귀신 목소리 같기도 하고… 아무튼…
그러다 말야… 난데없이 무슨 집주소 같은 걸
불러주더란 말야… 그러더니 금방 또 무슨
숫자를 죽 불러주더란 말야… 그래 혹
로또 번호라도 알려주나 하고 기분이 막
좋아졌는데 말야… 좀 있자니까 무슨무슨
은행계좌라면서… 대뜸 거기로 5억 원을
입금하라지 뭐야……

그래 후딱 이유를 물어보니까 말야…
일단 돈부터 부치라면서 입금 확인되는 즉시
그 이유를 알려주겠다지 뭐야…
그래 뭐 속는 셈 치고… 아니…
뭐, 꼭 속는다기보다…
어차피 다 꿈이니까 말야……

그래 폰으로 당장 그 액수만큼 정확히
그쪽으로 쏘아줬단 말야…
그러고 좀 있으니까 말야… 그 목소리가 또
이렇게 말하더란 말야… 늦어도 이 밤 안으로…
그니까 '이 밤 안으로'란 말을 유독
강조하면서 말야……

방금 말한 그 주소지로 찾아가면…
바로 거기… 내가 찾는 그 여자가 얌전히
기다리고 있을 거라고 말하더란 말야……

그러다 또 어쩌구저쩌구 했는데 말야…
뭐, 그럭저럭 꿈인지 뭔지 모를 괴상야릇한
공간들을 정처 없이 떠다니다가 말야…
별안간 번뜩 눈이 떠지면서 잠을 깼단 말야…
근데 이상한 게 말야… 그 계좌번호는
전혀 생각이 안 나는데 말야… 그니까…
그 숫자는 고사하고 아예 은행명도 생각이
안 나더란 말야……

한데 말야… 그게 이상하게도… 왜 그런지 자꾸
그 주소지는 계속 머릿속을 맴돌면서 꽤 선명히

남아 있더란 말야… 그래서 말야… 허실삼아
즉각 부하들에게 주소지를 알려주고 나서…
그 새벽에 당장 차를 몰아 그리로 재깍 달려가
보라고 지시했단 말야……

근데 말야… 아, 근데 말야…
얼마 후 그리 보낸 부하 하나가 전화를
걸어왔는데 말야… 그게 놀랍게도… 거기 그
주소지 대문 앞에 웬 젊은 여자 하나가 쓰러져
있다지 뭐야… 순간 나도 모르게 움찔하며
당황했다가… 아니, 그 상황서 어떻게 놀라지
않을 도리가 없더라구……

아무튼 말야… 그러다 간신히 달뜬 가슴을
다독이면서… 일단 그 집에 누가 있는지
없는지부터 먼저 알아본 뒤… 혹 집 안에 아무
인기척이 없으면… 거기 그 여자를 몰래 실내로
옮겨 안전하게 숨겨 놓으라고 지시했단 말야…
그리고서 냉큼 침대를 박차고 곧장 호텔방을
뛰어 나와 냅다 차를 몰아 그쪽 주소지로
달려갔는데 말야……

아니, 글쎄… 그 집에 딱 당도해서 보니까
말야… 거기 거실 소파에 한 여자가 모로 누워
있는데 말야… 그 여자가 정말로…
'선아 너였다'는 말이지……

그래 즉각 부하들을 시켜 거기 구석방에 널
숨겨놓고 철통같이 감시하라 지시했단 말야…
요행히 그 집은 사람 새끼 하나 없는
빈집이었는데 말야… 좀 이상한 건 말야…
빈집치곤 내부가 상당히 깔끔하게 잘 꾸며져
있더란 말야… 그니까 아무리 봐도 사람이
안 사는 집으로는 보이지 않더란 말야……

그래 냉큼 두목한테 전화를 걸어 알아봤는데
말야… 그니까… 그니까 말야… 그런 건 원체
두목이 빠꼼이니까 말야… 아무튼 말야…
두목한테 좀 알아보니까 말야……

그 일대는 재개발추진구역이라 원주민은 으레
갖은 횡포와 압박에 시달리다가 결국 울며 겨자
먹기 식으로 고시원이나 쪽방, 어디 달동네나
지하방 등지로 거진 다 쫓겨가다시피 떠났다지

뭐야……

그러면서 하는 말이… 어디나 다 그렇듯이…
그 일대 재개발도 역시 그 지역 주먹들과
밀접하게 연관이 돼 있다는 거야… 그니까…
그 지역 주먹들과 몇몇 유관기관이 서로
내밀하게 짬짜미가 돼 있는데 말야…
거기 그 집이 바로… 그 주먹들이 몰래 비밀
아지트 겸 불법 영업장으로 활용하는
공간이라지 뭐야……

일테면 말야… 사설 도박장이나…
꾀꾀로 몰래 모여 각종 마약류를 투약하는
장소… 또는… 이런저런 음성적 형태의
은밀한 매매춘 알선 장소 따위로 말이지……

그래 두목에게 일러… 적당히 그쪽을 구슬려
사용료를 좀 쥐어주고… 당분간 비밀리에
우리가 단독으로 쓸 수 있게 조치를 취하라고
시켰단 말이지……"

현규는 그리 한참을 지껄대고 나서 이제 막

말을 멈추더니 곧 외투 안주머니에서 어떤
알약통 하나를 꺼냈다. 그러고는 대뜸 뚜껑을
열고 자기 손바닥에 알약 두 개를 털어냈다.
이어 그는 입을 딱 벌리고는 손바닥으로 자기
입을 때릴 듯한 모양새로 그 알약 두 개를 냉큼
목구멍으로 털어 넣었다.

잠시 후 그는 다시 손바닥에 알약 두 개를
털어내더니 이번에는 곧장 선아 쪽으로 팔을
뻗었다. 선아는 대번 그것이 마약이란 걸
알아채고는 흠칫 놀라 얼른 고개를 내저었다.

현규는 킁 콧방귀를 뀌고는 이내 가소롭다는
듯이 느물느물 웃으면서…
'뭐든 다 좋은 게 좋다고 괜히 억지 부려
생고생하지 말고 좋게 말할 때 당장 받으라'며
잇달아 퉁명스럽게 그녀를 다그쳤다. 그럼에도
그녀가 계속 고개를 내저으며 고집스레 저항하자
그는 그예 얼굴이 벌겋게 달아오르더니…
돌연 태도가 표변하여 사납게 눈을 부라리면서
부하들에게 즉시 그녀를 붙들어 강제로 입을
벌리라고 지시했다.

부하 둘이 재깍 그녀에게 달려들었다.

그 하나가 단번에 뒤쪽에서 덮쳐 그녀의 몸을
제압하고… 또 하나가 즉시 앞쪽에서 덮쳐
완력으로 입을 찢듯이 벌리려고 시도했다.

대번 격렬히 몸부림치며
그녀는 완강히 거부했지만 역부족이었다.

그럼에도 끝끝내 그들의 완력에 굴하지 않고
있는 대로 이를 악다문 채 그녀는 더욱더
강강한 기세를 뻗쳐 필사적으로 버텼다. 그 순간
어디서 그런 강단과 투지와 억센 곰과 같은
근기가 뻗쳐 나오는지… 그녀 스스로도 정녕
알 길이 없었다.

그런 그녀의 강용한 의지와 처절한 저항에
압도당해 결국 억릭으론 도저히 자신의 뜻을
관철할 수 없자 현규는 그만 보기 딱할 지경으로
표정이 일그러졌다.

금시라도 부글부글 그 얼굴이 거품처럼

끓어오르다가 이내 낯가죽이 온통 액체처럼
용해되어 좌르르 흘러내릴 것만 같았다.

그는 광분해서 그만 무섭게 눈을 부릅뜨고
거의 제정신이 아닌 듯이 조바심치면서
다른 부하에게 당장 방에 가서 투약 주사기를
가져오라고 고함쳤다.

다른 부하가 냉큼 안방으로 뛰어 들어가
번개같이 투약기를 챙겨 들고 방을 나왔다.
그 투약기는 즉시 현규의 손에 쥐어졌고
일순 잔인하고 극렬한 불수의적 쾌감이 전신을
관통하면서 그는 저절로 부르르 몸을 떨었다.

그리하여 그녀는 속수무책 강제로 주삿바늘에
팔을 찔려 단숨에 정맥 속으로 그 약물을
주입당했다. 곧이어 나른한 무게감과 함께
은근한 열기가 그녀의 혈관을 점령하는가 싶더니
이내 바르르하는 단발성 경련과 동시에
전신이 축 늘어지면서 그대로 팩 혼절해 버렸다.

64곡

– 결국 결전의 날이 다가오고
– 마립간 청장은 삼일대로 교통통제를 명한다

그날 오후 정각 6시를 기해 경찰은 바리케이드를
치고 차벽을 세우는 등 본격적인 삼일대로 교통
통제를 시작했다.

그 구체적인 통제 구간은 '명동성당사거리에서
퇴계로2가 교차로 부근'까지였다. 대략 7시가
되자 방금 그 구간은 이제 사람도 차도 유령도
아예 어리친 개 새끼 한 마리도 얼씬하지 않는
완전히 고립된 봉쇄 구역으로 변했다.

마립간 청장은 그 봉쇄 구역 양쪽 끝에 곧바로
경찰 특수 기동대 병력을 배치하여
유사시를 대비 빈틈없는 준비 태세를 갖추라고
특별 추가 지시를 내렸다.

이윽고 밤 8시가 가까워 오자 마테오 루치
주교는 그때 그 모직 외투를 걸치고 호텔방을

나와 인근 명동 성당으로 향했다.

이후 그는 주임 신부를 비롯한 몇몇 사제들과
만나 '이제부터 밤새 한데 모여 오늘밤 그들
적그리스도 세력과의 최후의 성전에서 기필코
승리하여(참고로 16세기 독일에서 종교개혁을
주도한 마르틴 루터는 당시 교황 레오 10세를 향해
적그리스도라고 빈정거렸다…) 온 누리에 거룩하고
은혜로운 하느님의 영적 단일 세계를 이룩할 수
있도록 자신과 자신의 믿음을 위한 집단 기도에
돌입해 달라'고 당부했다.

얼마 후 호텔 숙소로 되돌아온 마테오 주교는
잠시 긴장을 풀기 위해 소파에 기대앉았다.
곧 눈을 감고 미간을 한 번 지그시 모았다가
이내 사르르 미간살의 구김을 도로 펴면서
그는 고요히 묵상에 잠겼다.

그리 이삼 분쯤 지났을까.

지금 막 눈을 뜨고 그는 자리에서 일어나 원형
탁자로 다가갔다. 곧 그는 탁자 위에 놓인 비밀

나무상자를 열고 접때 그 낡고 오래된 청동
십자가를 꺼내 들고는 다시 한 번 엄숙하게
결전의 의지를 다졌다.

그런 다음 그 십자가를 도로 제자리에 내려놓고
조심스레 상자 뚜껑을 닫고 나서 그는 조용히
창가로 다가갔다. 거기 창밖으로 보이는
삼일대로 야경(전면 폐쇄되어 괴괴한 정적에
잠긴 그 공간)을 내려다보며…

그는 한동안 원인 모를 애수와 고적감을 느끼면서
멍히 상념에 잠겼다.

그러는 사이 현규는 그 재개발지구 단독주택을
나와 부하들과 함께 차에 올라 서둘러 명동
쪽으로 내달았다.

한편… 그 시각 두목은 전 조직원을 거느리고
무슨 대통령 행차는 저리 가라는 듯 앞뒤로 죽
검은 차 행렬을 이뤄 기세당당 그쪽으로 향했다.

이날도 어김없이 그의 차 내부에는… 조수석

대시보드 위에 부착된 그것(둥근 연화 좌대 위에
올라앉은 작은 불상)과 함께 앞유리 위쪽에
장착된 룸미러에는 그가 늘 부적처럼 여기는
그 물건이 걸려 있었다.

바로 그 끝에 만(卍)자 모양의 작은 상징물이
달린 '흑단목 염주 목걸이'였다. 그는 사후
팔열지옥, 팔한지옥에 떨어질 것을 염려하여,
혹시 모를 그 같은 불상사를 미연에 방지하기
위해 그처럼 차 안에 염주 목걸이를 모셔두고
맘속으로 늘 '관세음보살'을 부르며 자신의
죄업을 참회하곤 했다.

그리고 그 덕분에, 즉 '손고여락/발고여락'의
은덕을 베푸시는(다시 말해 중생의 고통을
덜어주고 고난에서 건져 내 즐거움을 주시는…)
관음보살님의 무량무변한 대자비심으로 아직
무사무탈 별지장 없이 안과태평하게 살아가고
있다는 공고한 믿음을 지니고 있었다.

그러면서 매번 저만의 철학적 논리로 자신을
옹호하며 이렇게 정당화하곤 했다.

'그래. 알아, 알아.
난 다소 그늘이 많은 사람이야.
그래. 아잇적엔 온갖 저지레만 치던 악동이었고,
지금은 또 한 줌도 못 되는 권력에 빌붙어
구차스레 연명하며 사는 좀팽이에 한낱 졸렬하고
추잡하고 몰강스러운 잡살뱅이 허섭스레기란 걸.

한마디로 나란 놈은 일찌감치 싹수머리가
없었던 거야. 그니까… 나란 놈은 영 사람되긴
글러먹었단 말이지.

허지만 이런 말도 있잖아. 그니까 사람도 실은
나무와 같다고. 사람도 알고 보면 나무
한 그루와 마찬가지라고.

그래서 그늘이 더 많은 나무일수록 더 많은
사람이 쉬어갈 수 있다고. 반대로 그늘 한 점
없는 사람이란 되레 누구 하나 마음 깊이
깃들일 수 없는 무정한 심령이라고. 흡사 그늘
한 점 드리우지 않은 벌거벗은 나목과 같다고.

그래, 아직은 미처 하던 일을 관둘 만큼 용기가

자라지 않았으니… 우선은 그 작심이 설 때까지
되도록 또 열심히 참회하고 또 참회하는 거야.

그래. 현재로선 이게 최선이야. 어쨌든 나로선
내 할 도리는 다하는 거니까 말야.
아마 부처님께서도 이런 내 심정을 십분 백분
헤아려 주실 거야.

그래. 그러다 보면… 언젠가는 나도 부처님의
가피를 입어 그간의 죄업을 모두 씻고,
이내 피폐하고 완악한 심혼에도 대자하신
부처님의 내광이 두루 비쳐…

장차 상구보리 하화중생(위로는 깨달음을 구하고
아래로는 중생을 교화하며),
자리이타 성불제중(너와 내가 다 같이 이로움을
얻고, 불성을 깨쳐 성불하여 중생을 제도하며),
무상정각(무상보리. 지극한 깨달음)을 이루고
무상공덕(무상보시. 조건 없는 적선)을 베풀어
그예 누구라도 마음 편히 다가와 쉴 수 있는,
넓은 자비의 그늘을 드리운 아름드리 큰 나무가
될는지도 모르는 일이니까 말야……'

이왕 말 난 김에 이 남자에 관한 또 다른
일화 한 토막을 소개하련다.

(하루는 그가 자기 차 뒷좌석에 앉아 어딘가로
급히 이동하는 중이었다. 그러다 얼마 후 차가
막 을지로 어딘가를 스쳐가던 중 느닷없이 그는
운전대를 잡은 부하에게 그 자리에 당장 차를
세우라고 지시했다. 이어 지체 없이 한쪽
도로변에 가 차가 멎어섰다.

그는 잠시 차창 밖을 응시한 채 그 상태로
잠잠히 앉아 있었다. 순간 차창 밖에서 대략
오십 전후쯤의 중년 남자 하나가 눈에 들어왔다.
그 남자는 인도 한복판에서 어떤 피켓 하나를
두 손으로 높이 쳐들고 있었는데, 거기에는 바로
굵고 붉은 글씨로 이런 구호가 적혀 있었다.

'예수천국! 불신지옥!'

그 순간 운전석에 앉은 부하는 무슨 일인지
몰라 잔뜩 긴장한 채 연신 마른침을 꼴깍이며
은근슬쩍 룸미러로 뒷눈질하여 거기 조수석

뒤편에 따로 앉은 두목의 심기를 살폈다.

일 초 일 초가 마치 모든 시간의 총량인 양
무겁게 심장을 압박하면서 낯선 초조감 속으로
견딜 수 없이 더디게 흘러갔다.

두목은 계속 물끄러미 차창 밖을 응시한 채
홀로 생각에 잠겼다.

그렇게 이삼 분쯤 지났을까. 마침내 단단히
맞물렸던 그의 입술이 도로 벌어지면서 곧
그 사이로 이런 혼잣말이 새어나왔다.

"예수천국, 불신지옥이라… 음…
기독교적 신관에 따른 원죄와 메시아의 도래…
그리고 지고지순한 자기희생적 수난을 통한
인간 구원의 역사… 자, 그건 그렇고…
죽은 뒤는 둘째치고라도 지금 이 세계는 과연
지옥인가, 천국인가? 아니면 둘 다인가?
둘 다 아닌가? 그도 아니면… 지옥도 천국도
아닌 또 다른 그 무엇인가?"

조금 지났다. 마침내 그는 부하에게 다시 출발을
지시하면서 이렇게 또 혼잣말을 중얼거렸다.

"자, 가 보자. 가 보자. 일단 가 보는 거야.
천국이든 지옥이든… 좌우간…
작금의 세상이 정상이든 비정상이든…
희극이든 비극이든 요지경이든…
여하간… 닥치고 또 가 보는 거야.
끝까지 한번 가 보는 거야. 이 길 끝에 정녕
뭐가 기다리고 있을지는 몰라도……")

'옴마니밧메훔! 옴마니밧메훔!'

그는 거기 목적지(명동 삼일대로)로 가는 내내
맘속으로 그리 육자대명주를 되뇌면서 골몰히
생각에 잠겼다.

* 암브로시우스 대주교와 크리스토그램 *

이틀 전 새벽.

마테오 주교는 조용히 문을 열고 자신의 숙소를
나왔다. 곧 승강기를 타고 내려가 잠시 후 그는
호텔 출입문을 빠져나왔다.

그는 왼쪽으로 발을 돌려 저만치 아래
명동성당 사거리 쪽으로 곧장 걸어 내려갔다.

이윽고 그는 사거리 한 켠에서 택시를 잡아타고
혼자 어딘가로 향했다.

얼마 후 택시가 멈춘 곳은 청와대 인근에 소재한
주한 교황청 대사관 정문 앞이었다. 잠시 후
마테오 주교는 그곳으로 들어가 이곳 대사에게
은밀히 내알을 청했다.

그 뒤 한참이 지났다. 그사이 주교는 그곳 교황청

대사관을 뒤로하고 자신의 숙소로 되돌아오는
택시 안에 앉아 있었다. 그의 손엔 작은 메모지
한 장이 들린 채였다. 그것은 바로 주한 교황청
대사로 봉직하는 '암브로시우스 대주교'로부터
건네받은 비밀 메시지였다.

그러니까 이렇게 된 거였다.

아까 독대와 예모(기밀한 사전 논의)를 마치고(즉
잔에 남은 포도주를 마저 들이켜고 나서) 그가 막
자리에서 일어서려는데, 잠시 기다리라면서
대사는 곧 메모지 한 장을 뜯어서는 대뜸 금촉이
달린 만년필로 거기에 급히 무언가를 끄적거렸다.

곧이어 그 메모지는 대주교의 손을 떠나 주교의
손에 건네어졌다. 다음 순간 그 메모지에 쓰인
글자들이 일제히 주교의 눈동자를 쿡 찔렀다.

거기에는 바로 크리스토그램(그리스도를
상징하는 모노그램)인 '키로(☧)' 표시와 함께
이런 글귀가 덧붙여져 있었다.

In hoc signo vinces!
colpo di grazia!

인 호크 시그노 윈케스!
콜포 디 그라치아!

이 표지로 승리하리라!
최후의 일격을 가하라!

✳ 암브로시우스 대주교와 기이한 꿈 ✳

마테오 주교는 손에 든 그 메모지를 잠시
응시한 뒤 가만히 눈을 감고 생각에 잠겼다.
왠지 마음이 편치 않았다. 사실이었다.
맘속에서 솔솔 불안감이 피어올랐다.

바로 암브로시우스 대주교로부터 전해들은 그의
이상야릇한 꿈 이야기 때문이었다. 뭔가 예감이
좋지 않았다. 불길한 전조였다. 요전날
암브로시우스 대주교는 기묘한 꿈을 꾸었다.

요컨대 이런 장면이었다.

(꿈속에서 별안간 서울시 청사가 보이는가 싶더니
이어 곧 광화문 광장이 문득 눈앞으로 다가왔다.
조금 있자 충무공 이순신 장군의 동상이 보이고
곧바로 세종대왕 동상이 연이어 눈에 들어왔다.

그리고 잠시 후… 그의 눈앞에서 연속적으로

이러한 광경이 펼쳐지기 시작했다.

한순간 세종대왕 동상이 꿈틀꿈틀하더니 이윽고
그대로 공중 부양하듯 허공으로 붕 떠올랐다.

그리고 순식간에 저만치 뒤편, 거기 광장
끄트머리 잔디마당 쪽으로 날아가더니 일순 딱
움직임을 멈추고 그 자리서 한동안 꼼짝도 하지
않았다. 마침내 다시금 꿈틀꿈틀 동상의 움직임이
감지되는가 싶더니 이윽고 그 자리에 털썩
내려앉아 떡하니 새롭게 터를 잡았다.

다음 순간. 저만치 앞쪽, 그러니까 아까 세종대왕
동상이 서 있던 본래 그 자리에서 돌연 우릉우릉
격렬한 땅울림이 일어나는가 싶더니 이내 번쩍
빛살이 솟구치면서 동시에 새로운 동상 하나가
불쑥 바닥을 뚫고 솟아오르기 시작했다.

그리하여 그 순간, 지상으로 우뚝 몸을 나툰
그 형상은 바로 상서로운 황금빛 신광으로
둘러싸인 국조 단군상이었다. 동시에 그 동상
받침대 전면에 아로새겨진 '국조 단군상'이란

다섯 글자 또한 선연히 그 형체를 드러냈다.)

65곡

– 단군은 마침내 이별의 나룻배에 오르고
– 강 건너 저편에서 치우 장군과 만난다

단군은 막 이쪽 나루터에서 나룻배에 올랐다.
흡사 전날의 그 위의당당한 광개토대왕을
마주한 듯 그는 이제 금빛 투구에 같은 색
찰갑(용린갑)을 두른 용맹무쌍한 장수의 모습을
하고 있었다.

이번에는 상앗대와 노를 젓는 방식이 아닌
간편한 줄배였다. 밤중에 도련님이 강을 수월히
건널 수 있도록 자부선인이 미리 줄배를 준비해
놓았던 것이다.

가만가만 동아줄을 잡아당기면서 스름스름
저문 강을 미끄러지며 단군의 나룻배는 그새
저만치 멀어지기 시작했다.

자부선인은 등불을 손에 든 채 거기 무심히
떠나가는 이별의 나룻배를 지켜보며 우두커니

생각에 잠겼다.

이쪽 나루 배말뚝에서 저쪽 나루 배말뚝까지
길게 이어진 동아줄에는 드문드문 초롱들이
매달린 채 색색으로 은은하게 불을 밝혔다.

조금 있자 휙휙 강바람이 불어오더니 이내
푸슬푸슬 잔눈발이 흩날렸다. 거기 강물 위로
떨어지는 초롱들의 불빛들이 흡사 신비로운
꿈의 세계인 양 (아롱다롱 여울지며) 꽃물결로
일렁거렸다.

자부선인은 별안간 가슴이 쌩하니 허전함이
일면서 저도 모르게 깊은 한숨을 내쉬었다.

아! 굽이굽이 굽이치는 천년의 한!
마디마디 물결치는 억년의 정!

노인의 한숨 소리가 잇달아 검은 적막을 타고
허공 어딘가로 피어올라 쓸쓸히 눈발 사이로
녹아들었다.

노인은 순간 자신의 한숨 소리가 마치 어떤
신성한 존재를 모독하는 불경스러운 행위라도
되는 듯한 자의식이 일면서 절로 아스라이
숨소리를 죽였다.

이윽고 단군의 나룻배가 건너편 강기슭에 닿았다.

치우 장군은 이미 그곳에 당도해 있었다.
털빛이 거무스름한 담가라말을 탄 채
장군은 거기 박달나무 아래서 단군을 기다리는
중이었다. 혼자였다. 휘하 군사들은 아직
당도하지 않은 듯했다.

그 박달나무 한옆에 쌓여 있는 원뿔형 돌무더기
앞에 주인 없는 말 한 마리가 따로 서 있었다.
몸은 검고 갈기는 흰빛을 띤 '표가라말'이었다.
방금 강기슭에 배를 대고 단군이 이쪽 뭍으로
내려서자 곧 치우 장군이 말에서 내려 그에게로
다가왔다.

치우 장군은 도련님께 공손히 머리를 조아리고는
바로 그 주인 없는 표가라말을 가리키며

'어서 말에 오르시라'고 권했다.

단군은 살짝 고개를 끄덕이고는 잠잠히 그쪽으로
다가갔다. 조금 뒤⋯ 말 옆에 멈춰 서서
그는 잠시 박달나무를 올려다보았다.

그런 다음 거기 돌무더기로 바짝 다가가더니
곧 허리를 굽혀 주위 바닥에서 조금 큼지막한
돌덩이(호박돌) 하나를 집어 들었다. 얼추 한 뼘
남짓한 길이에 족히 어른 주먹 너덧 개는 뭉쳐
놓은 듯한 두께였다.

이어 그는 그 돌무더기 맨 아래 테두리에⋯ 거기
조금 크게 벌어진 틈바귀에 대뜸 쐐기를 박듯 그
돌덩이를 깊숙이 끼워 넣어 감쪽같이 빈 공간을
메웠다. 그러고는 그 자리에 가만히 왼무릎을
꿇고 앉아 묵념하듯 잠시 고개를 숙였다.

한차례 휙 밤바람이 일자 잇달아 박달나무
가지에서 오색 천조각들이 나풀거렸다.

그러는 동안 치우 장군은 자기 말 옆에 서서

대기하며 잠자코 그 모습을 지켜보았다. 그러다
단군이 무릎을 꿇고 고개를 숙이는 순간
그도 따라 조용히 머리를 조아렸다.

이제 막 고개를 들고 단군이 몸을 일으켜 자신의
말로 다가갔다. 곧바로 등자를 밟고 그는 훌쩍
말안장에 올라탔다.

치우 장군도 뒤따라 말에 올랐다.

단군이 말고삐를 움켜쥐고 뚜벅뚜벅 박달나무를
스쳐 몇 걸음을 나아가더니… 이윽고
이랴! 하는 외침과 함께 무섭게 말을 몰아 그
박달나무를 뒤로한 채 질풍처럼 검은 들판을
내닫기 시작했다. 이어 치우 장군의 말이 곧
번개처럼 질주하며 단군의 말을 뒤따랐다.

조금 있자 사방에서 동시에
일백 인의 늠름한 기마대가 나타나 일제히 말을
몰아 지축을 울리면서 순식간에 군마가 앞선
두 말을 따라잡기 시작했다.

그중 맨 선두에는 날랜 파발마를 연상케 하는
두 명의 기수가 나란히 앞서 내닫고 있었는데,
그 하나의 손에는 '삼족오 깃발'이, 또 하나의
손에는 '초요기(招搖旗. 조선시대 군기로
북두칠성이 그려져 있다)'가 들려 있었다.

멀리 어둠의 저편에서 들려오는 대지의 맥동!
그토록 웅렬한 우주의 진동! 그토록 힘차게
울리는 광야의 말굽 소리!

그러나 자부선인은 또다시 꺼림칙한 불안감이
내습하면서 그의 폐부는 이내 천수만한(온갖
설움과 한)의 물결로 엔굽이치며 걷잡을 수 없이
동요되고 말았다. 그리하여 천파만랑 감정의
파고가 여울쳐 그 가슴을 휘덮으면서… 잇달아
입술 사이로 시름겨운 한숨이 배어나왔다.

노인은 그예 앙천축수하듯 하늘을 향해
두 팔을 번쩍 치켜들고는… 입속말로 나직이
'어아가於阿歌'를 읊조리기 시작했다.

(노인의 손에 들린 등불이 절로 바르르 몸을

떨면서 이내 꺼질 듯이 흔들거렸다.)

어아 어아 배달족~ 어아 어아 큰 겨레~
선한 마음 큰 화살~ 큰 화살을 당기세~
악한 마음 큰 과녁~ 큰 과녁을 겨누세~

어아 어아 한민족~ 어아 어아 큰 사상~
큰 화살을 날리세~ 큰 과녁을 겨누세~
큰 화살을 날리세~ 큰 과녁을 맞히세~

어아 어아 크신 뜻~ 어아 어아 크신 빛~
홍익인간 큰 정신~ 제세이화 큰 도리~
삼신일체 큰 조상~ 백의민족 큰 겨레~~

66곡

– 마침내 자정이 다가오고

– 삼일대로는 '최후의 격전장'으로 변한다

마침내 밤 12시가 되자 삼일대로
그 통제 구간은 이제 완전한 적막에 잠겼다.

그사이 중앙분리대가 사라지고
그 공간은 온전히 맨몸을 드러낸 채 또 하나의
드넓은 불모의 광장으로 변해 있었다. 바로 거기
통제 구간 양쪽 끝에 설치됐던 두꺼운 차벽과
바리케이드도 이미 다 철거된 상태였다.

또한 추위를 녹이려고 임시로 녹슨 드럼통에
지폈던 장작불도 까맣게 사위었고⋯ 아울러
그 자리를 지키던 경찰 인력도 남김없이 전원
철수했다. 그리하여 그곳 삼일대로는 그대로
경사도가 거의 없는 평탄하고 황막한 아스팔트
벌판으로 변해버렸다.

바로 그때 바닥에서 돌연 지진이 일어나듯

우르릉우르릉 묵직한 땅울림이 들리는가 싶더니
곧이어 요란한 말굽 소리가 허공을 흔들면서
이곳 '운명의 종착점'인 삼일대로를 향해 거세게
쇄도하기 시작했다.

이윽고 퇴계로2가 교차로 방향에서 단군과 치우
장군을 필두로 한 일백 인의 검은 철갑 기마대가
홀연 위용을 드러냈다.

그렇듯 충무로역 사거리를 지나 일제히 퇴계로를
따라 질주해 온 그들 기마대는 곧장 우측으로
말 머리를 돌려 이제 막 삼일대로로 진입했다.

그들 기마대는 곧 왼편으로 보이는 이화빌딩과
에스페란토 문화원을 스쳐 얼마 뒤에 스스로
움직임을 멈췄다.

그런 기마대의 뒤편으로 멀리 그 어둠의
끝자락에서 말없이 이곳 삼일대로를 굽어보는
남산타워(N서울타워 전망대)의 야경이 얼핏
바라보였다.

조금 있자 이번에는 정반대편 을지로2가 사거리
너머(청계2가 삼일대로 방향)에서 다시금 적요를
깨고 대지가 진동하듯 굉연한 말굽 소리가
울리는가 싶더니… 곧이어 강철 창검과 은빛
갑주로 무장한 300인의 십자군 기사대가 위연히
그 실체를 드러냈다.

그들 300기의 군마에는 하나같이 '청동 마주
(십자가 문양을 아로새긴 말 머리 가리개)'가
씌워진 채였다.

거기 기사대의 맨 선두에서 내닫는 지휘관
(기사대장) 하나만이 절로 우뚝 두드러지게 미늘
흉갑 위에 다시금 붉고 긴 십자가 무늬가 찍힌
흰색 망토를 덧걸치고 있었다.

(그는 누구였을까?
로렌 공작 고드프루아 드 부용?
풀리아 공작 보에몬드?
템플 기사단장 자크 드 몰레?
베네치아 총독 엔리코 단돌로?
프랑스 왕 루이 9세?

아니면 영국 사자심왕 리처드 1세?)

두 명의 기수가 각각 예수 그리스도를 상징하는
'벡실룸Vexillum/군기'를 펄럭이며
양쪽 날개처럼 바짝 그를 뒤따르고 있었다.

그 하나는 '라바룸Labarum 기'였고,
(기면에 키로☧ 문양이 그려져 있다.)

또 하나는 '익투스ΙΧΘΥΣ 기'였다.
(물고기 그림 안에 위 글자들이 새겨져 있다.)

그들 기사대는 일제히 삼일대로를 따라 직진하여
단숨에 을지로2가 사거리를 지났다. 이어 그들은
지체 없이 말을 몰아 그대로 명동성당 사거리
방향으로 위세당당 무섭게 내닫기 시작했다.

이윽고 그들 기사대는 막 좌측으로 보이는
남대문세무서를 지나 잠시 후 우측으로 보이는
이화호텔과 삼일로 창고극장을 잇달아 스치면서
이쪽 단군의 기마대를 향해 계속 내달았다.

그리하여 마침내 양쪽 전사들은 서로 삼사십 보
거리를 두고 일순 정면으로 딱 맞닥뜨렸다.
이내 말굽 소리가 멎고 그들 전사들은 동시에
그 공간에 대치한 채 그렇듯 엄장한 침묵 속에서
격렬한 시선으로 상대를 응시했다.

주위는 대번 팽팽한 불안 속에서 일촉즉발의
위태로운 정적에 잠겼다. 바로 그들…
두 기마 세력을 제외하고 광장 주변에는 숫제
사람 그림자 하나 얼씬대지 않았다. 다들 어디로
숨었는지 현규도 두목도 경찰 특수 기동대도
전혀 눈에 띄지 않았다.

(그사이 어디서 나타났는지)
그쪽 십자군 선봉에서 마테오 루치 주교가 올연
백마(부루말) 등에 올라앉아 이쪽 단군 세력
(주교 자신의 시각으로 적그리스도 무리)의
선두를 응시하고 있었다.

그는 모직 외투를 입지 않은 본래의 그
사제복에 비레타를 쓴 차림이었다. 가슴에는
여전히 그 은십자 목걸이를 드리운 채였다.

그리하여 마침내…
'금빛 갑옷의 단군왕검과 검은 수단 차림의
마테오 루치 주교'는 먼먼 시공의 미로를
가로질러 그렇듯 서로 운명적으로 조우했다.

이윽고 마테오 주교가 먼저 침묵을 깼다.

그가 순간 (예레미야서 한 구절을
라틴어로 외치며) 이렇게 돌격을 명했다.

"ascendite, equi! et irruite, currus!
et procedant fortes!
달려라, 말들아! 돌격하라, 병거들아!
진격하라, 용사들아!"

바로 그 외침과 동시에 흰색 망토의 기사를
필두로 십자군은 일제히 무기를 꼬나들고 거칠게
박차를 가하면서 이쪽 단군의 기마대를 향해
돌풍처럼 내닫기 시작했다.

마테오 주교의 청동 십자가는 그렇게 300인의
십자군 기사대로 변신해 웅렬한 기세로

진격하고 있었다.

단지 두 명의 기수만이 출격하지 않고 주교의
좌우로 바짝 다가와서 주군을 호위하듯
늠연한 기세로 지키고 서 있었다.

거의 동시에 단군은 치우 장군에게 돌격 개시
명령을 내렸다.

치우 장군은 득달같이 장검(청동보검)을 빼들고
기마대를 이끌어… 달려오는 적(주교의 십자군)을
향해 분연히 돌진하기 시작했다.

삼족오와 초요기를 든 기수 둘만이 출전하지
않고 단군의 좌우를 보위하며 듬직스럽게
그 자리를 지켰다.

그리하여 순식간에…
생사를 건 피의 진창 속으로 양쪽 전사들은
일거에 맹렬히 엉켜들었다.

이어 칼과 칼, 창과 창, 피와 피,

혼과 혼이 격돌하는…
처절한 쟁봉, 쟁연한 울림,
영맹하고 장절참절한 그 사투 속에서
광장 바닥은 이내 허연 뇌수와 검붉은 핏물로
뒤덮인 채 '댕강 잘려 나간 머리통과 장렬히
죽어가는 몸통, 섬뜩한 단말마의 비명, 고통 받는
혼백, 서늘히 신음하는 목젖, 엉클어진 숨결,
갈가리 찢긴 심장, 토막토막 가차없이 동강난
팔뚝 따위'가 어지럽게 나뒹굴기 시작했다.

그 뒤 얼마쯤 지났을까.

그사이 300인의 십자군은 이제 흰색 망토의
그 기사와 함께 여남은 전사만이 겨우 살아남은
전멸에 가까운 피해를 입고 말았다.

반면 치우 장군에겐 아직 수십 인의 용사가
살아남아 있었다. 그처럼 한차례 격렬한 충돌이
있은 뒤 양쪽은 동시에 혈전을 멈추고… 남은
전사들을 각각 끌어모아 다시 한 번 단단히
전열을 가다듬었다.

그 상태로 잠시 소강상태에 놓였다.

순간 치우 장군이 다시금 돌격을 명하자 남은
십자군은 돌연 주춤주춤하더니 이윽고 황황히
말 머리를 돌려 걸음아 날 살려라, 그예 저쪽
명동성당 사거리 방향으로 뿔뿔이 흩어져
달아나기 시작했다.

그 즉시 흰색 망토의 기사가 그들을 뒤쫓으며
다급히 돌아오라 외쳤지만…

이미 겁에 질려 전의를 잃은 그들에게 그 외침은
그저 허공을 때리는 공허한 메아리일 뿐이었다.

그런 기사대장을 비웃기라도 하듯 저쪽에서
누군가가 이렇게 외쳤다.

"벨라, 벨라, 호리다 벨라!
bella, bella, horrida bella!
전쟁, 전쟁, 끔찍한 전쟁!"

이윽고 기사대장도 순간 완전히 전세가

기울었음을 인식했는지…

연달아 급히 주교 쪽을 뒷눈질하고는 결국
도주하는 부하들을 따라 그대로 전력 질주하여
냅다 줄행랑치고 말았다.

그 통에 두 명의 기수도 덜컥 겁을 집어먹고는
'에라, 모르겠다! 일단 살고 보자!'는 식으로
바닥에 냉큼 군기를 팽개치고는 그대로 주교를
버려둔 채 저만치 도주하는 기사대장을 뒤따라
죽어라 하고 내빼기 시작했다. 하지만 죽을 둥
살 둥 궤산하는 그들 십자군과 달리 마테오
주교는 숫제 미동도 않고 혼연히 그 자리에
멈춰 서 있었다.

어느덧 머리 위로 풀풀 눈발이 흩날리고 있었고
한기 서린 밤바람은 연신 피 냄새를 몰아오며
괴로운 듯 음산하게 울었다.

그러다 이윽고 이쪽 기마대가 거의 자기 쪽으로
육박했을 때… 주교는 신속히 목에 건 은십자를
벗어 달려오는 기마대를 향해 휙 날리고는

급급히 성호를 긋고 기도문을 외기 시작했다.

그러자 방금 그 은십자는 대번 독수리의 머리에
인간의 몸을 지닌 거대한 괴물의 형상으로
탈바꿈했다. 그 괴물이 순식간에 두 팔을 휘둘러
이쪽에서 달려드는 단군의 기마대를 모조리
초토화시켰다.

치우 장군은 간신히 말을 돌려 단신으로
단군에게 달려오더니 "어서 피하세요, 도련님!"
하고 외치고는 서둘러 말 머리를 돌려 다시금
그 괴물을 향해 용맹히 달려들었다.

이윽고 치우 장군은 그예 단기필마로 그 거대한
괴물과 일대일로 맞닥뜨렸다. 곧이어 그 괴물이
바짝 눈앞으로 다가오자 치우 장군은 냉큼
등자에서 발을 빼어 훌쩍 말 등으로 올라서더니
그대로 청동검을 치켜들고 힘차게 몸을 날려 그
괴물의 '독수리 머리'를 향해 번쩍 달려들었다.

그리고 막 치우 장군이 청동검을 휘둘러 그
괴물의 대가리를 댕강 베어내려는 찰나

느닷없이 다다다다! 하는 연발 총성이 울리면서
치우 장군은 까뭇 정신을 잃고 그대로 픽 하는
둔탁한 소리를 안고 바닥으로 떨어져 내렸다.

다음 순간 단군의 좌우를 지키던 두 명의 기수가
동시에 기창을 겨누어 들고 그 괴물을 향해
천천히 몇 걸음을 나아가기 시작했다(정창출마).

그러다 일순 거칠게 박차를 가하면서 둘은
무서운 기세로 돌진을 감행했고…
거의 동시에 또 한 번의 총성이 어둠을 가르면서
둘은 채 10여 미터도 나아가지 못해…
각자의 기창을 끌어안은 채로 잇달아 맥없이
바닥으로 떨어져 내렸다.

곧이어 사방에서 한껍에 쥐떼가 쏟아져 나오듯
우르르 경찰 기동대가 달려 나와 순식간에
겹겹으로 단군의 주위를 에워쌌다.

단군은 그리 이중삼중 꼼짝없이 포위된 채
일제히 자신을 향해 겨누어진
그들 경찰 기동대의 총구와 아연 맞닥뜨렸다.

67곡

- 자부선인은 그 시각
- 단군상 앞에서 홀로 생각에 잠긴다

그날 밤 자부선인은 홀로 나룻배에 올랐다.

그가 막 나루터에 닿는 순간, 저만치 뒤편에서
단군의 초가지붕이 절로 그 기운을 다한 듯
한쪽으로 설핏 쏠리는가 싶더니… 이내 힘없이 팍삭
무너앉아 버렸다.

그렇듯 처음으로 이쪽 세계를 뒤로하고 자박자박
노를 저어 노인은 먼저 간 단군 도련님을 뒤따라
검푸른 그 시공의 강을 건넜다.

그사이 동아줄도 색색의 초롱들도 사라지고
예의 그 작은 등불 하나만이 노인의 발밑에서
온순히 그 어둠을 적셨다. 그렇게 노인은 그 작은
등불을 손에 들고 강 건너 박달나무를 지나 그 오랜
고독과 침묵과 인고의 광야를 가로질러 바로 이곳
인간의 도시로 향했다.

그러다 멀리 광야의 끝에 다다랐을 때 노인은 돌연
손에 든 그 등불을 힘차게 공중으로 날려 보냈다.
다음 순간 그 등불은 빠르게 밤하늘로 날아가 이윽고
큰곰자리의 일곱 별, 국자 모양의 북두칠성이 되었다.

그리하여 마침내⋯ 노인은 그 시각 전날의 그
해모수 빌딩 정문 앞에 세워진 국조 단군상
앞에 서 있었다.

거기 노인의 눈에 비친 단군상의 모습은 차마
눈 뜨고 볼 수 없을 지경으로 흉측하게 이지러진
몰골이었다.

그 모습은 흡사 어떤 구체적 존재를 드러내는
조형적 인물상이라기보다 차라리 촛농처럼 줄줄
녹아내리다 한순간 꽁꽁 얼어붙듯 그 상태로 딱
응고해 버린 한낱 크고 역스러운 추상적 괴형체
덩어리에 가까웠다.

거기 그렇듯 제 형태를 잃어버린 그 청동상의
자닝한 수난상을 응시한 채 노인은 묵연히
수심에 잠겼다. 그리 한동안 측연한 빛으로

비감에 젖었다가 노인은 조용히 옷섶을 더듬어
이윽고 도련님께 건네받은 전의 그 작은 성냥갑
한 개를 꺼냈다.

이어 잠시 더 그 청동상을 응시하다가 노인은
막 그 성냥갑에서 성냥개비 한 개를 꺼내
곧바로 탁 하는 소리와 함께 성냥불을 켰다.

일순 치르르 하며 성냥불이 확 타올랐다가
이내 저절로 작은 꽃망울처럼 수축되면서
언뜻 안정된 모양새로 바뀌었다.

곧 노인은 손에 든 그 성냥불을 눈앞의 그 단군상
쪽으로 휙 던졌다. 이어 그 성냥불이 단군상에
닿는 순간… 누가 왈칵 기름이라도 끼얹은 양
확 하고 불길이 솟구치면서 사나운 불김과 함께
시뻘건 화광을 번뜩이며 우럭우럭 단군상을
불태우기 시작했다.

노인의 얼굴에는 이내 어룽더룽 불그림자가
일렁거렸다. 그렇게 몇 분인가 지나자 눈앞의
단군상은 그새 흔적도 없이 불타 녹아내리고

그 자리는 이제 텅 빈 받침대만 덩그러니 남았다.

이윽고 노인이 다시 성냥개비 하나를 꺼내
탁! 하고 성냥불을 켰다.

조금 있자 한쪽 바닥에서 어떤 형상 하나가
사르르 윤곽을 드러냈다. 선아였다.
혼절한 상태였다. 그렇게 단군상 없는 받침대
앞에 그녀는 주검처럼 쓰러져 있었다.

곧 노인은 그녀의 머리맡으로 바짝 다가갔다.
잠시 그대로 서서 잠연히 그녀를 내려보다가…
한순간 노인은 손에 든 그 성냥불을 그녀의
머리 위로 빙글빙글 돌렸다.

불과 사오 초나 지났을까. 그녀가 순간 몸을
꿈틀꿈틀하면서 조금씩 의식을 되찾기 시작했다.

68곡

– 마테오 주교와 단군의 만남

– 그리고 승자와 패자

거기 겹겹으로 둘러쳐진 인간의 벽…

바로 그 경찰 기동대의 단단한 인의 성곽이 일순
꿈틀하면서 저절로 흐물흐물 균열되기 시작했다.

이윽고 이제 막 터진 그 유(U)자형 공간 들머리
쪽으로… 백마에 올라탄 마테오 루치 주교가
나타나 잔잔하고 기품 어린 보조로 터벅터벅
단군 앞으로 다가왔다.

(그사이 독수리 머리 괴물은 사라지고
그의 목엔 도로 은십자 목걸이가 걸린 채였다.)

그 모습은 뭐랄까…
일견 무던히 꼿꼿한 기개와 다분히 강항한
성품을 드러내는 자못 위엄스러운 풍모였다.

곧 백마의 움직임이 멎고…
둘은 그렇게 몇몇 걸음을 사이에 두고
마상에서 적연히 서로를 마주보았다.

그러는 동안 경찰 기동대는 여전히 단군을 향해
총구를 겨눈 채 잔뜩 경계심이 서린 눈초리로
그 목표물을 노려보았다.

"당신은 패배하였소!"
순간 마테오 주교가 외쳤다.

"비록 당신의 할아버지 환인과… 당신의 아버지
환웅과… 당신의 어머니 교웅으로부터 비롯된
배달족은… 명실상부 일만 년의 장구한 역사를
지탱해 온 불굴의 민족이지만… 불과 일백 년도
되지 않아 우리 여호와 하느님을 새로운 믿음의
조상으로 받아들였소."

곧 마테오 주교가 말을 이었다.

"허니 그만 항복하시오. 이제 그만 굴복하시오.
자, 아직도 모르겠소? 현실을 직시하시오.

이제 그만 인정하시오. 당신은 이미 우리와의
영적 전쟁에서 처참히 패배하고 말았소."

마테오 주교는 잠시 뜸을 들였다가
다시 말을 이었다.

"자, 주위를 한번 둘러보시오. 뭐가 보이시오?
무슨 광경이 눈에 들어오시오? 자, 어떻소?
바로 지금 당신에게 총구를 겨눈 이들은 대체
누구란 말이오? 바로 지금 당신의 자손들이…
당신의 피로부터 생겨난 당신의 후예들이…
멀리 바다 건너 타국에서 날아온 내가 아닌…
바로 자신들의 시원이자 본질이자 배달겨레의 정신적
원형이요 정서적 그루터기인 당신에게 이처럼 담담히
총부리를 겨누고 있지 않느냐 말이오?"

마테오 주교는 계속 말을 이었다.

"자, 어떻소? 이제 좀 눈이 뜨이시오?
자, 아직도 모르겠소? 그래도 모르겠소?
다시 말해… 생면부지 낯선 우리들은 엄연한
실체로서 기꺼이 인정하면서도… 정작 자신들의

뿌리이자 씨앗이자 심적, 영적 생명의 원천인
당신은 고작 설화나 미신, 민담, 신화 따위로
허술히 취급하면서… 아무런 실체도 없는
한낱 무의미한 허상이나 환영처럼 치부하지
않느냐 말이오?"

(조금 침묵하다가)
마테오 주교는 또 입을 열었다.

"자, 이제 그만 인정하시오!"
"이제 그만 순순히 패배를 자인하시오!"
"지금 당장 마상에서 내려오시오!"

"자, 보시오. 당신의 주위를 둘러보시오.
당신은 더 이상 이 나라의 시조가 아니오.
당신은 더 이상 이 나라의 국조가 아니오.
당신은 이미 모든 권위를 잃고 당신의
자손들로부터 버림받았소. 그토록 철저히
외면받고 소외당한 채 이렇듯 우리 하느님의
발밑에 무참히 짓밟히고 말았소. 아니,
당신은 이제 하느님은커녕 부처나 공자, 노자나
맹자보다 못한… 허황되고 황당한… 그저 그런

일개 우스갯감으로 전락하고 말았소."

마테오 주교는 또 기세 좋게 말을 이었다.

"자, 이제 때가 되었소. 지금 당장 그 말에서
내려오시오. 그리고 즉시 내 앞에 무릎 꿇고
그 머리를 공손히 조아리시오. 그런 다음
당신 스스로의 목소리로 만군의 주 여호와
하느님께 당신의 죄를 고백하고…
여전히 미혹의 꿈에서 깨어나지 못하는
당신의 몽매함을 자복하고… 아직도 몽환적
환상에게 벗어나지 못하는 당신의 그 케케묵은
망념과 악벽과 인습적 오만함을 회개하고…
진심 어린 눈물과 사죄로 당신의 과오를
반성하고 참회하시오. 그리하여 이 순간,
당신의 개심을 긍휼히 여기사,
당신의 회심을 갸륵히 여기사, 마침내
자애로운 손길로 당신의 죄를 사해주시기를,
인애로운 숨결로 당신의 혼을 용서하시기를,
진정으로 목 놓아 그분께 간구하시오."

69곡
– 단군은 끝내 말에서 내릴 결심을 하고

마테오 루치 주교가 말을 마치자 단군은 잠시
마음의 동요를 안고 생각에 잠겼다. 그런 다음
조용히 고개를 들어 주위를 돌아보았다.
그랬다. 이들은 누구인가? 지금 이 순간 그를
에워싼 채 그를 향해 무심히 총구를 겨눈 그들은
다름 아닌 단군 자신의 자손들이었다.

그렇듯 단군과 그들 사이에는 어느덧 도저히
건너가지 못할 거대한 심연, 기나긴 단절이
가로놓여 있었다. 그리하여 그것은 또한 영원히
무너지지 않을 절대 무한의 장벽처럼 다가왔다.

이렇듯 그 사실을 새삼 또렷이 의식하자…
단군은 일순 숨이 턱 막히면서 어떤 정체 모를
고립감과 함께 못내 그 가슴을 헤짓는 서러움에
겨워 쓰거운 비애감이 울컥 북받쳐 올랐다.

이어 온갖 사념들이 뻗어 나와…

일제히 칡넝쿨처럼 뒤엉키면서 단숨에
그의 뇌수를 칭칭 휘어 감았다.

(이상한 순간이었다.)

분명 그의 눈은 순간 무언가를 바라보았고,
그의 마음은 순간 무언가를 잇달아 생각하고
있었지만, 어찌된 일인지 그는 도무지
그 무언가가 진정 무엇인지 전혀 아무것도
의식할 수 없었던 것이다.

다시금 슬픔인지 멍울인지…
환멸인지 애착인지… 아니, 자기 자신을 향한
분개인지 노염인지 자괴인지 모를
숱한 감정의 회오리가 뭉클 솟구쳐 올랐다.

그대로 꾹 입술을 사리문 채
그는 어떻게든 눈물을 보이지 않으려고 무진
애를 썼다. 그렇게 가까스로 격정의 내연을,
뜨겁게 차오르며 목울대를 콱 찌르는 그 감정의
덩어리를 억누르고 또 억눌렀다.

그러나 서글픈 그 영혼을 헤집는 허수한 그 마음
달랠 길 없어 저절로 비죽 솟아나와 어느새
눈가를 타고 넘어 또르르 뺨 위를 구르는 굵은
그 눈물방울만은 차마 어쩔 수가 없었다.

그러면서 생각했다.

'너희가 비록 나를 외면해도 나는 결코
너희들을 미워하지 않는다. 나는 오직 너희의
영광과 번영과 행복만을 소망할 뿐.

너희가 오늘 나를 버리고 저들의 믿음과 신앙을
삶의 좌표이자 수호자로 삼아 마침내 너희의
내일을 헤쳐 나갈 지혜의 무기이자 진리의
나침반으로 삼고자 한다면… 나는 기꺼이 너희를
위해 오늘의 수모를 감내하리라.'

그리고 또 생각했다.

'아, 나 이제 떠나면… 언제 또 세상에 올까.
언제 또 세상에 내려와 너희를 볼까.
아, 이 얼마나 가혹한 달콤함인가.

오, 이토록 아름다운 몰락이 어디 있으랴.
이토록 향기로운 추락이 어디 있으랴. 아,
내 오늘 너희를 위해 무엇을 더 서러워하랴.
내 진정 너희를 위해 무엇을 더 아쉬워하랴.
내 정녕 너희를 위해 무엇을 더 아까워하랴.'

이윽고 단군은 그들, 바로 그를 향해
총구를 겨눈 젊은 그 후예들을 향해 마지막
당부(고별사)를 전하려는 듯 맘속으로 조용히
혼잣말을 중얼거렸다.

(그리 얼마쯤 지났다.)

그리하여 마침내
단군은 스스로 야훼의 권능 아래 패배를
인정하고 더불어 어떤 결심을(선량한 패배는
불의한 승리보다 값지다!) 굳히고는 선선히 말
등에서 바닥으로 내려섰다.

곧 그는 말없이 눈을 돌려 거기 자신을 향해
총을 겨눈 그들, 푸른 그 영혼들,
바로 자기 자신의 젊은 자손들을 바라보았다.

순간적으로 울컥하고 가슴이 먹먹해지며
비탄의 정념이 치밀었지만 이내 그는 자신의
정동을 억압하면서 짐짓 담담한 눈길로 고개를
떨어뜨린 채 조용히 마테오 루치 주교를 향해
한 걸음을 내디뎠다.

그러는 사이 마테오 주교는 목에 걸고 있던
은십자를 벗어 오른손에 쥐었다.

그 상태로 너벗이 단군을 굽어보았다.

이제 곧 그 은십자 목걸이를 향해 단군이 다가와
진실로 십자가의 권위에 승복하여 무릎을 꿇고
온순히 그 머리를 조아리길 기대하면서……

그때였다. 단군이 막 또 한 걸음 내딛는 순간,
그의 '표가라말이 돌연 커다란 곰으로 변신해'
마테오 루치 주교를 향해 들입다 달려들기
시작했다. 그 서슬에 마테오 주교는 그만 덜컥
당황해서 몸을 움칠거렸다.

이어 냉큼 손에 쥔 은십자 목걸이를 그쪽으로

핵 던지려는 찰나 드르르륵! 하는 연발 총성이
울리면서 이내 쿵 소리를 내며 그 곰은 맥없이
그 자리에 나뒹굴고 말았다. 그 바람에 주교는
절로 주춤하며 손동작을 멈췄다.

곧 기동대장 오적의 지시를 받은 기동대원
하나가 그 곰의 머리맡으로 다가가더니…
거기 가냘프게 신음하며 애처롭게 죽어가는
그 물체를 향해 다시금 드르륵드르륵 방아쇠를
당겨 재깍 확인 사살을 가했다.

그러고서 그가 곧장 제자리로 물러서자
단군은 절로 그 물체의 머리맡으로 다가가
그 자리에 털썩 무너져 내리면서 거기 피로 물든
그 곰의 머리를 끌어안고 아이처럼 펑펑 눈물을
쏟아내며 서럽게 울기 시작했다. 그러면서 그는
들릴 듯 말 듯 목이 멘 소리로 애절히 '어머니'를
불렀다. 그러나 그 소리는 이내 목에 걸려 나오지
않고 돌연 꺽꺽, 울음 섞인 딸꾹질로 변해버렸다.

바로 그때…

단군을 에워쌌던 경찰 기동대 사이에서 뭔지
모를 미묘한 분위기가 감지되면서… 조금씩
감정의 동요가 일기 시작했다. 그러면서 하나둘
총구를 떨어뜨리고 절로 훌쩍훌쩍하면서 단군을
따라 울먹이기 시작했다.

이내 그 소리는 점점 더 처량한 애조를 띠고
서글프게 흐느거렸다. 이윽고 방금 그 곰을 확인
사살한 기동대원이 순간 픽 하는 소리와 함께
돌연 그 자리에 무너져 내렸다. 그렇게 맥없이
바닥에 꿇어앉아 왼손으로 바닥을 짚고 오른손
주먹으로 퍽퍽 바닥을 내리치면서 절로 엉엉
소리 내어 울기 시작했다.

곧 그 울음은 북받치는 설움을 주체하지 못한
통한의 오열이 되어 왕 하고 터져 나왔다. 이어
그 울음이 자연 또 하나의 울음을 촉발하면서
이내 이 울음과 저 울음이 어지럽게 뒤엉키며
급격히 팽창하다가 마침내 그 자체의 압력에
굴복하여 펑 하고 폭발하면서 주위는 순식간에
거대한 울음바다로 변해버렸다.

그사이 기동대장 오적은 몰래 그 자리를
빠져나와 어느 건물 모퉁이에 숨어 마립간
청장에게 전화를 걸어 방금 눈앞에서 벌어진
그 기묘한 상황을 긴급 보고했다. 그는 큰 키에
어깨가 떡 벌어지고 흉곽이 유독 두꺼운
근육질의 당당한 체구였다.

잠시 후 청장은… 자신의 심복인 기동대장
오적에게 이런 밀령을 내렸다.

"지금 당장 전투헬기를 띄워 그 쓸모없는
등신들을 모조리 쓸어버려라!
너절한 새끼들! 덜떨어진 자식들! 얼빠진 군상들!
그런 시시한 일로 눈물바람이라니!
그런 민춤하고 감상적인 머저리들은 더 이상
나의 부하들이 아니다!"

다소 생급스럽고 충동적인 느낌의 그런 밀명을
받고 기동대장 오적은 곧 전화를 끊었다.

그는 잠시 생각하고는…
으레 주인의 명에 유령시종(절대복종)하는 무골

무뇌 자아상실형 충견답게 입가에 씰긋 웃음기를
드러내곤 어딘가로 급히 전화를 걸어 '지금 즉시
전투헬기를 출동시키라'는 청장님의 지시를
그쪽에 하달했다.

* 단군의 고별사(젊은 자손들에게) *

1

행복하여라. 가끔 웃어라. 까닭 없이 미소를
지어라. 네 안에 숨어 있는 기쁨의 우물을
샘솟게 하라.

그리하여 잊지 마라. 너는, 너 자신 그 자체로
가장 아름답고 가장 완전하며 가장 신비로운
존재라는 걸.

너는 너 자신 속에 어진 첫새벽과 선한
첫 아침과 고운 첫 햇살을 고스란히 품고 있는
생명 어린 눈망울의 지고지순한 존재라는 걸.

그리하여 너는, 너 자신 그 자체로, 그토록
불안하고 불안정한 그 자신 그 자체로, 더없이
가치 있고 진실하며 사랑스러운 존재라는 걸.

다른 그 누구도 너 자신을 대신할 수 없다는

걸. 바로 너 하나만이 오직 경이로운 대자연의
싱그러운 결실이자 생기로운 숨결이며
자비로운 이 세계의 참다운 보옥이자 기적의
무지개라는 걸.

지금 이 세계는 오직 너 하나가 살아 있기에
아직도 존재하고 있다는 걸.

온 세계가 오직 너 하나의 현재를 위해 이렇듯
끊임없이 숨을 쉬고 있다는 걸. 온 세계가 오직
너 하나의 미래를 위해 이렇듯 아낌없이 네 앞에
펼쳐져 있다는 걸.

2
행복하여라. 가끔 웃어라. 까닭 없이 미소를
지어라. 네 안에 숨어 있는 기쁨의 우물을
샘솟게 하라.

그리하여 잊지 마라.
이 세상은 사냥터가 아니다.
인생은 쟁탈전이 아니다.
하여 너는 사슴을 쫓는 사냥꾼이 아니다.

하여 너는 사냥꾼이 사슴을 쫓듯
시간을 쫓으며 살지 마라.
하여 시간은 네가 쫓는 사슴이 아니다.

또한 너는 사냥꾼에게 쫓기는 사슴도 아니다.
하여 너는 사슴이 사냥꾼에게 쫓기듯 시간에
쫓기며 살지 마라.
하여 시간은 너를 쫓는 사냥꾼이 아니다.

그리하여 너는 관찰하듯 살아가라.
그리하여 너는 탐구하듯 살아가라.

그리하여 너는 살아 있는 모든 것, 숨을 쉬는
모든 것, 존재하는 모든 것들을 응시하고
관조하며, 탐지하고 발견하며 살아가라.

그리하여 너는 뚜벅뚜벅 걸어가라.
다른 누구도 아닌 너 자신의 의지로
다른 누구도 아닌 너 자신의 두 발로
다른 누구도 아닌 너 자신의 발자국을 새기며

그렇게 뚜벅뚜벅 슬픔을 건너, 시련을 건너,

세월을 건너, 오직 너 하나, 다른 누구도 아닌
너 자신의 용기로, 다른 누구도 아닌 너 자신의
운명에 맞서 그렇게 뚜벅뚜벅 너 자신의 그 길을
걸어가라.

3
행복하여라. 가끔 웃어라. 까닭 없이 미소를
지어라. 네 안에 숨어 있는 기쁨의 우물을
샘솟게 하라.

그리하여 때때로 너를 위해 웃음꽃을 피워라.
이따금 너를 위해 네 안의 그 아이를 깨워라.

이유 없이 꽃을 사라. 너를 위해 꽃송이를
들어라. 너를 위해 꽃향기를 맡으라.

그리하여 때때로 너를 위해 마음꽃을 피워라.
이따금 너를 위해 네 안의 그 동심을 깨워라.

의미 없이 노래를 하라. 너를 위해 콧노래를
불러라. 너를 위해 휘파람을 불어라.
그리하여 어쩌다…

네 인생이 문득 지치고 아프고 괴로워질 때면,
혼자서 고요히 새벽 강가에 서 보아라.

바로 거기… 상서로운 꿈으로 피어나는 원시의
숨결, 향기로운 침묵으로 속삭이는 미지의 음성.

소리 없이 굽이치는 생명의 맥박, 영원처럼
메아리치는 태초의 고동, 태아처럼 잠을 깨는
영혼의 떨림…

그 오랜 고독과 인내와 바람과 기다림의
물안개를 바라보아라……

70곡

- 마테오 주교는 슬그머니 자리를 피하고
- 전투헬기가 나타나 기총소사를 개시한다

그러는 사이 본능적으로 위험을 감지한 마테오
주교는 손에 든 은십자를 다시 목에 걸고는
살랑살랑 말 머리를 돌려 혼자 슬그머니
그 자리를 벗어나기 시작했다.

그러면서 왠지 그들 기동대를 향한 배반감
비슷한 불유쾌한 감정이 밀려들면서 돌연 뭔가
개운찮은 뒷맛에 사로잡힌 나머지 그는 좀처럼
씁쓸한 기분을 떨칠 수가 없었다.

그런저런 착잡한 심경에 잠긴 채로 그의 말이
잠시 후 저만큼 멀어졌을 때였다. 멀리 어둠의
저편, 거기 불 켜진 남산타워 그 너머에서
별안간 강렬한 프로펠러 회전음을 일으키면서
경찰 무장헬기 한 대가 전격 모습을 드러냈다.

그 무장헬기는 빠르게 허공을 헤치며 이쪽

단군과 기동대원들의 머리 위로 곧장 날아왔다.
"알렐루야! 알렐루야! 그러면 그렇지!" 하고
마테오 주교는 순간 그쪽을 돌아보며 입속말로
연신 내뱉었다.

그러고는 즉시 말 머리를 그쪽으로 돌려 정성껏
성호를 긋고 나서 목에 건 은십자에 몇 초간
안도의 입맞춤을 했다. 그 순간,
불편했던 심기는 씻은 듯이 사그라져 버렸다.

동시에… 그렇듯 위태위태한 그 순간에 기적처럼
등장한 경찰 무장헬기를 향해, 즉 그토록 그를
사랑하사 이처럼 극적으로 위험 속에서
건져내시는 지고지결하신 하느님 아버지를 향해
그는 맘속으로 겸허히 감사의 기도를 올렸다.

정말이지 그 모든 게 하느님 아버지의 위대한
섭리이자 성결한 의지이며 아울러 거룩한
은덕이자 성스러운 가호가 아닐 수 없었다.

이윽고 작전 지역 공격 목표물에 근접한
무장헬기는 대뜸 아무 경고나 위협도 없이

다짜고짜 다다다다 기관총을 난사하기 시작했다.

그야말로 무차별적 기총소사였다.

그 순간 기동대장 오적은 혼자 건물 모퉁이에
몸을 숨긴 채 잠자코 그 모습을 지켜보았다.
마치 티브이 화면 속에 비친 어느 전투 장면을
감상하듯 거의 무관심에 가까울 만큼 무감각한
표정이었다. 그런 그의 시선 속에서 부하
기동대원들은 저마다 허둥지둥하면서 황급히
공중으로 총구를 쳐들고 잇달아 머리 위의 그
물체를 향해 동시다발적으로 응사를 시작했다.

그렇게 얼마간 분노의 총탄이 빗발치는 필사의
총격전이 뒤를 이었다. 그러나 전세는 이미
선제공격을 감행한 무장헬기 쪽으로 기울어진
뒤였다. 애초 기선을 제압당한 그들로선 어찌해도
역부족이었다. 그런 상태로 적기 아닌 적기가
뿜어대는 난폭한 총화를 뚫고 지상에서 아무리
응사를 거듭한들 제대로 된 반격이 될 리 없었다.

그렇듯 비정과 비열과 냉혈의 그 공습기를 향한

반격 아닌 반격의 혼란 속에서 연달아 픽픽
기동대원들이 무너져 내리기 시작했다.

이제 더는 전투도 교전도 격전도 대공사격도
그 무엇도 아니었다. 그저 일방적인 피의 살육극,
잔악무도한 학살의 무대, 일종의 무장헬기 전투력
검증 차원의 유효 살상력 성능 실험장……

이렇듯… 이곳은 그야말로 무지막지한 도륙과
흉포한 멸살의 집행장으로 돌변하고 말았다.

그리하여 기를 쓰고 응사하던 대원들이 속속
치명상을 입고 쓰러지면서 그곳 바닥은 온통
널브러진 주검들로 새까맣게 뒤덮이고 말았다.

남은 대원들은 급기야 발작적 공포감에 짓눌린
나머지 절로 기세가 꺾이면서 돌연 응전의 의지를
잃고 그 자리서 전원 무참히 사살되고 말았다.

그사이 마테오 주교는 몰래 말을 몰아 숙소인
이화호텔 방으로 살랑 되돌아가고 없었다.

얼마 후 맡은 임무를 완수하고 무장헬기가
신속히 작전 지역 저편으로 철수하자…
그 자리엔 마침내 처참하게 너부러진 덧없는
주검들만 고스란히 남았다. 거기 용도 폐기된
인체 모형 같은 부하들의 주검을 응시한 채
기동대장 오적은 한 번 성그레 웃고 나서 다시금
휴대폰의 단축 번호를 눌러 마립간 청장에게
전화를 걸었다.

"쓰레기를 전량 폐기 처리했습니다!"

기동대장 오적은 그리 청장에게 사후 보고를
했다. 이어 청장으로부터 몇몇 지시사항을
전달받고 나서 그는 막 전화통화를 마쳤다.

다음 순간, 갑자기 퍽! 하는 소리가 나면서
그는 절로 휴대폰을 떨어뜨리고 그대로 맥없이
그 자리에 고꾸라졌다.

방금 주먹으로 그의 뒷머리에 회심의 일격을
가한 사람은 다름 아닌 현규였다.

그동안 현규와 두목은 부하들과 함께 근처 건물
옥상에 몰래 모여 이제까지 벌어진 그 모든
일련의 사태를 낱낱이 지켜보았다.

그러다 한순간 건물 아래 따로 숨어 무시로
상황을 보고하던 부하 하나가 다급히 전화를
걸어 어떤 사실 하나를 긴급 보고했다.

한데 그 부하가 그리 긴급 보고한 사실이란
것은, 다름 아닌 '기동대장 오적과 마립간
청장이 주고받은 은밀한 그 통화 내용'이었다.

그러니까 그 부하는 그 순간 공교롭게도
기동대장 오적이 몸을 피한 바로 그 건물
모퉁이에 잠복해 있었고… 그러다 우연찮게
그들 두 사람의 통화 내용을 엿듣게 된 것이었다.

그 부하로부터 긴급 보고를 받고 나서 현규는
잠시 생각에 잠겼다.

처음에는 별 감응이 없었다.

뭐가 어찌됐든 자신과는 전연 상관없는(즉 그로서는
전혀 간여할 필요성이 없는 남의) 일이었던 것이다.
그러다 별안간 어떤 분노심이 왈칵 치밀어 오르면서
저도 모르게 그는 일당을 이끌고 뭔가에 쫓기듯
급급히 옥상을 떠나 그 건물을 내려가기 시작했다.

도무지 뭐가 어떻게 된 셈판인지 알다가도 모를
일이었다. 실로 불가해한 순간이 아닐 수 없었다.

얼마 후 그들 무리가 막 건물 밖으로 달려 나왔을
때는 그 무장헬기가 이미 작전을 완수하고 기수를
돌려 경찰청 격납고로 되돌아가려는 시점이었다.
무장헬기는 그렇게 왔던 길을 거슬러 남산타워
방향으로 유유히 멀어지고 있었다.

잠시 그쪽 하늘을 바라보며 멀거니 서 있다가
현규는 저도 모르게 어떤 의무감 혹은 의기찬
정의감에 이끌려 기동대장 오적의 뒤로 살금살금
다가갔다.

그런 사실은 까맣게 모른 채… 오적은 그 순간
멀리 무장헬기가 사라져 간 그 어둠을 응시하며

혼자 골똘히 생각에 잠긴 듯했다. 이윽고
현규가 막 오적의 등 뒤로 바짝 다가섰다.

그때였다. 현규가 다짜고짜 오적의 뒷머리를
향해(거기 그 방심한 목표물을 향해 분결에 혹은
얼결에) 있는 힘껏 직격으로 주먹을 날렸다.

그야말로 한 치의 망설임도 없는 단호한 응징,
통쾌한 일격, 가차없고 통렬한 정의의 심판이
아닐 수 없었다.

그렇듯 현규의 주먹이 느닷없이 오적의 꼭뒤를
직방으로 강타하면서 피격물은 그대로 여지없이
허물어져 내렸다. 바로 그 순간까지도 현규는
왜 자신이 그런 행동을 하는지, 자신에게 왜
그런 심리적 기변이 일어났는지, 자기 자신도
도시 그 이유를 알지 못했다.

하지만 왜 그런지 그의 마음 깊은 곳에서
무언가가 자꾸만 그런 행동을 하도록 그의 혼을
넌지시 자극하고 부추기면서 차마 거부할 수 없는
심비의 숨결로 은근히 다그치는 것만 같았다.

바로 그때, 눈앞의 그 주검 더미 사이에서 언뜻
꿈틀꿈틀하는 움직임이 일더니… 이윽고 누군가
힘겹게 시체 하나를 밀어내면서 자신의 상체를
불쑥 내밀었다. 그랬다. 단군. 그였다. 그는 그리
살아 있었다. 어찌된 영문일까. 요컨대 그가 살아
있게 된 경위는 이랬다.

즉 아이러니하게도 아까 그 상처 입은 곰을 확인
사살했던 그 기동대원이 공중에서 막 기총소사가
시작되는 찰나, 잽싸게 몸을 던져 단군의 몸을
감싼 채로 빗발치는 그 총격을 오롯이 받아내며
그의 목숨을 구한 것이었다.

71곡

– 현규는 당장 이화호텔로 쳐들어가
– 마테오 주교를 처단하겠다고 말한다

현규는 저절로 단군에게 다가가 조심조심
그를 부축해 일으켰다.

그런 현규를 보는 순간 단군은 문득 자신의
철부지 시절을 떠올렸다.

지난 그 시절 단군은 그야말로 청춘의 혈기와
넘치는 의욕, 설익은 객기를 주체하지 못해
어머니 교웅과 아버지 환웅 그리고 할아버지
환인의 애간장을 무던히도 태우곤 했다.
그때마다 아버지 환웅은 애써 절제된 어조로
이렇게 나무라곤 했다.

"장차 할아버지와 나를 이어 한민족의 아버지요
배달국의 계승자요 단국(고조선)의 국조가 될
사람이 어찌 이리 철이 없단 말이냐. 어차피
나와 할아버지의 이름은 단군이란 그 이름을

증거하기 위해 존재하는 것으로도 족하니…

장차 '환국(한국), 신시(배달국), 단국(고조선)'은
오직 단군이란 그 이름 아래 온전히 한겨레로
통합될 것이다.

그리하여 우리 셋은 곧 천지인 삼위일체, 이는
모든 시간과 공간과 역사의 흐름을 관통하는
단 하나의 정신…

다시 말해 '셋(…)이면서 또한 하나(-)'이며
'하나(-)이면서 또한 셋(…)'인 것이다."

곧 환웅은 이렇게 말을 이었다.

"물론 넌들 어찌 무모함을 미덕으로
만용을 용기로 과격함을 낭만으로 여기면서
조심성과 신중성을 되레 악덕으로 치부하는
젊음의 광증이 없겠느냐만…
그럼에도 넌 다른 이들과는 달라야만 한다.
그래야만 너의 자손들이 훗날 너로 인해 민족적
자부심을 갖고 세계만방에 인류 보편의 가치인

홍익인간의 이상을 두루 펼쳐나갈 것이
아니겠느냐? 또한 제일 먼저 너 자신부터 그런
사람이 되어(즉 홍익하는 인간이 되어) 모든 이의
아름다운 롤 모델이 돼야 하지 않겠느냐?"

환웅은 계속 말을 이었다.

"또한 명실상부 역사적 실존임에도 불구하고
너는 정작 너의 후손들로부터 신화나 설화,
민담쯤으로 치부되어 종당에는 버림받고
외면당할 안타까운 운명으로 태어났다만…
설사 그렇더라도 너는 본디 뜨거운 피와 따스한
심장, 인간적 연민과 넉넉한 가슴, 선량하면서도
강인한 순정의 눈물을 지닌 감성적 존재이며
또한 청징하고 영롱한 생명적 실체임을 한시도
잊어서는 안 되느니라……"

그러저러한 과거와 미성숙의 날들을 추상하면서
단군은 내심 자기 앞에 선 또 하나의 청춘,
바로 현규의 두 눈동자를 통해 이제까지 이르는
그의 성장과정과 과거사를 죄 읽어 내렸다.

그러면서 동시에 자신의 그 시절과 현규의
과거사가 묘하게 오버랩되자 그는 절로 만감이
교차하면서 일순 착잡한 심경에 사로잡혔다.

그러면서 그는… 전날 그 창고에서 자신의 몸을
과혹하게 채찍질하던 그날 그 광기 어린 현규의
모습은 그만 잊기로 했다.

그리하여 그는 용서하고 수용하고 이해하면서
너그럽게 그 영혼을 감싸 안기로 했다. 그러자
서서히 근심의 운애가 걷히면서… 이윽고 어떤
희망의 빛살 하나가 홀연 그의 마음속을 비췄다.

'이 나라, 이 민족, 나아가 이 세계의 모든
희망과 좌절은 오직 청년에게서 나온다. 청년이
희망을 품으면 온 세계가 곧 희망의 공간으로
변한다. 그러나 청년이 희망을 잃으면 그 세계는
곧 좌절의 나락으로 변한다.'

단군은 그리 맘속으로 중얼거렸다.
그 순간 단군은 알고 있었다.

'바로 지금 현규의 혈관 속을 흐르는 웅혼한
숨결, 도도한 기상, 생생한 그 변화의 물결을!
바로 그 거역할 수 없는 운명의 부름을!'

그때 현규가 '당장 무리를 이끌고 마테오 루치
주교의 숙소로 쳐들어가 응분의 대가를 치르게
해 주겠다'고 다짐했다.

그러자 두목도 재깍 고개를 끄덕이면서…
'매사 인과응보, 사불범정'이라며 그의 말에 적극
동조했다.

단군은 지그시 미소를 머금었다.

이어 그런 그들을 은근히 저지하면서 단군은
나직이 현규를 달랬다. 즉 '그대가 아무리 애를
써도 그 주교의 신력과 영기를 대적하기 힘들며,
외려 부질없이 안타까운 희생만 더할 뿐'이라고.
그러니 '이쯤에서 그만 값없는 희생을 멈추고
순순히 물러서는 게 가장 현명하고도 용기 있는
결정'이라고.

하지만 소용없었다. 그는 막무가내였다. 이미
분격하여 무섭게 타오르는 설분의 열망이
그의 자의식을 온통 점령했기에 그는 결국 통제
불능의 무모한 복수심(혹은 의무감)에 떠밀려
단군의 만류를 뿌리치고… 그대로 곧장 무리를
다그쳐 마테오 주교의 숙소인 이화호텔 쪽으로
우 몰려갔다.

72곡

– 마테오 주교는 응징의 철퇴를 손에 들고
– 마지막 심판을 준비한다

현규가 그리 무리를 몰아 이제 막 이화호텔
근처까지 다가왔을 때였다.

저만치 도로 앞쪽에서 검고 커다란 형체 하나가
문득 그들의 눈에 들어왔다.

그 형체는 다름 아닌 3미터가 넘는 거인으로
변신한 마테오 주교였다. 그의 손에는 '묵직한
쇠공에 뾰족한 돌기가 나 있는 위협적인 철퇴'가
들려 있었다.

그것은 일명 '말레우스 말레피카룸(Malleus
Maleficarum. 마녀의 철퇴)'으로 불리는
성스러운 퇴마 실행용 무기의 하나였다.

또한 그것은 그가 지닌 두 개의 십자가, 곧 낡은
나무상자 속에 든 그 청동 십자가와 더불어 그의

목에 걸려 있던 그 작은 은십자 목걸이의
'합동 변신체'였다.

이윽고 현규가 그 형체를 향해 총공격을 명하자
그 즉시 두목을 필두로 한 수십 명의 사내들이
일제히 무기를 쳐들고 전원 그쪽으로 돌진했다.
순간 자신을 향해 달려드는 그 무리를 향해
마테오 주교는 지체 없이 철퇴를 휘둘렀고 이쪽
무리는 잇달아 치명상을 당해 맥없이 퍽퍽
뒤엎어지며 속절없이 그 바닥을 나뒹굴었다.

그 와중에 방금 주교가 휘두른 철퇴에
머리를 정통으로 얻어맞고 그대로 파삭 머릿골이
으스러지며 그 반동으로 몸을 휘청하면서 두목은
그 자리에 퍽석 거꾸러지고 말았다.

(그는 막 숨이 끊어지는 찰나 용케도 기억을
되살려 자신이 좋아하는 어느 흥겨운 트로트의
멜로디 한 가닥을 떠올렸다.)

다음 순간, 이를 지켜보던 현규는 마침내
바닥에서 피 묻은 각목 하나를 집어 들고는

이내 발악하듯 고함을 내지르면서 벌겋게 핏발
선 눈으로 독기를 세우고 마테오 주교를 향해
달려들었다.

"에트et 투tu, 현Hyeon!"
(현규, 너마저도!)

순간 마테오 주교가 탄식하듯 내뱉었다.

이어 주교의 철퇴가 지체 없이 현규를 향해
날아들었고 그 철퇴가 막 그의 머리통을
가격하려는 찰나! 그는 누군가에 의해 기적적으로
철퇴의 공격을 피하면서 돌연 데굴데굴 바닥을
나뒹굴었다. 그사이 현규를 향해 날아오던 철퇴는
그대로 단군의 머리를 타격했고… 이어 퍽 하고
머릿골이 으스러지는 소리와 함께 단군은 허망히
바닥으로 무너져 내렸다.

그렇듯 위기일발의 그 순간에 그쪽으로 뛰어든
단군의 희생으로 인해 현규는 가까스로 철퇴의
일격을 피했다.

이내 마테오 주교가 다시금 손에 든 철퇴를
휘휘 돌리는가 싶더니…

이윽고 이제 막 바닥에서 일어서는
현규의 머리통을 향해 벼락같이 또 한 번 철퇴가
날아들었다.

그리하여 주교의 철퇴가 당장 그의 머리를 또
여지없이 강타하려는 찰나!

뭔가 번쩍하고 또다시 그쪽으로 뛰어들었다.

그렇듯 절체절명의 그 순간에 주저 없이 몸을
던져 그를 밀쳐내면서 자부선인은 자신의 머리로
대신 그 철퇴의 공격을 직접 받아냈다.

그리하여 대번 치명타를 입고 동시에 흩날리는
눈 사이로 왈칵 적혈을 흩뿌리면서…
노인은 까무룩 의식을 놓고 단군에 이어 또다시
허망하게 그 자리에 무너져 내렸다.

다음 순간, 그 공간은 갑자기

장면 전환(와이프아웃)이 이루어지듯
눈 깜짝할 새 전의 그 단군상이 서 있던 해모수
빌딩 앞 도로상으로 휘익 배경이 치환되었다.

73곡

– 그리하여 마테오 주교의 철퇴가
– 현규를 향해 최후의 일격을 가한다

거기 그 자리, 전날의 그 해모수 빌딩.
저만치 보이는 그 빌딩 정문 앞에는 전날의 그
청동 단군상은 사라지고 텅 빈 화강석 받침대만
덩그러니 그 자리에 서 있었다.

바로 그 생령 없는 받침대 앞에서
선아가 홀로 선 채 이쪽 도로를 바라보고 있었다.

곧 선아는 현규를 알아보고는 득달같이 이쪽
도로로 달려오기 시작했다.

현규는 순간 자신을 향해 달려오는 선아를
바라보았고 그렇게 그녀는 점점 더 그를 향해
가까워지고 있었다. 이윽고 선아가 막 현규
앞으로 바짝 다가와서 발을 멈췄다. 둘은 그렇게
서로를 응시한 채 얼마간 잠잠히 서 있었다.
그러다 마침내 어떤 강렬한 감정에 이끌려 둘은

왈칵 팔을 벌려 동시에 서로를 꼭 끌어안았다.

그 순간은 뭐랄까. 말하자면 그것은 좀체
설명하기 힘든 복잡미묘한 감정들에 휩싸인
실로 격렬하면서도 이상야릇한 그 무엇이었다.
그리 돌연히 부둥켜안은 채로 둘은 한동안
꼼짝도 하지 않았다.

마테오 루치 주교는 그 순간 그의 평생을 바쳐
그토록 갈망하던 운명의 그 시각이 다가왔음을,
그렇게 필생의 과업을 완수할 수 있는
일생일대의 절대적 기회가 임박했음을 직감했다.

그에게는 그야말로 다시없는 우발적 행운과 함께
실로 기적적인 선물과도 같은 유일무이의 호기가
찾아온 것이다.

즉 '그들 두 젊은 남녀를 단 한 번의 철퇴로
일거에 무너뜨림으로써 거기 마지막 남은 단군의
불씨를 영원히 제멸함과 동시에 기나긴 영적
전쟁에서 마침내 완전한 승리를 거두게 되리라는
감격 어린 직관적 전망'이었다.

마테오 주교는 알고 있었다.

현규는 곧 단군(왕검)의 현재적 분신이자
그들 한민족의 최후 계승자이며… 선아는 곧
그의 아내 '태원'임과 동시에 그의 어머니인
'교웅'의 현신이란 사실을.

그리하여 마테오 주교는 이제 마지막 성호를 긋고
맘속으로 결연히 승리를 봉헌하는 회심의 기도를
올린 다음 서서히 철퇴를 회전시키면서 그들 두
젊은 한 쌍을 향해 최후의 일격을 겨누었다.

그럼에도 그들 두 젊은 남녀는 미동 하나 없이
서로 꼭 끌어안은 채 주교의 그 철퇴 앞에 기꺼이
자신들의 두 육신을 내주었다.

이윽고 마테오 주교가 급기야 둘을 향해 힘차게
철퇴를 휘둘렀다.

거의 동시에 바닥에서 '단군과 자부선인 그리고
그 자리에 쓰러져 있던 검은 곰(웅녀)의 주검'이
어느새 한몸으로 똘똘 뭉쳐지면서 희고 크고

단단한 '빛의 눈덩어리'로 변했다.

그 빛의 눈덩어리는 대번 태양처럼 빛을 발하면서
그 젊은 한 쌍을 향해 날아드는 주교의 철퇴를
향해 번쩍 달려들었다.

다음 순간,

마테오 주교의 철퇴가 여지없이 그 빛의
눈덩어리를 강타했고…
곧이어 현요한(눈부시게 찬란한) 그 빛의 화신은
끝내 산산이 부서지면서… 일순간
먼지처럼 바람에 불려 산지사방으로 푸르르
흩어져 버렸다.

74곡

– 주교는 마침내 최후의 승리를 거머쥐고
– 젊은 그들에게 은십자를 건넨다

그리하여 마침내 동서의 운명을 건 최후의
영적 전쟁은 돌연히 막을 내렸다.

마테오 주교의 완벽한 승리였다.

주교는 그렇게 자신의 주 여호와 하느님을 향한
'완전무결한 승리의 옥배'를, 동시에 존모하는
인노첸시오 교황 성하를 향한…
'영구불변의 정복과 영원불멸의 황금 깃발'을
드높이 치켜들었다.

그사이 주교는 도로 본래의 모습으로 되돌아와
있었다. 손에 들려 있던 철퇴 또한 사라지고
없었다. 곧 주교는 천천히 발을 옮겨 그들 두
젊은 남녀에게로 다가왔다.

주교는 잠시 미소를 머금은 채 그들 두 사람을

응시했다. 그의 가슴은 이내 훗훗한 기쁨으로
일렁거렸다.

그러면서 생각했다. (그는 즉감했다. 다시 말해
비록 애초의 계획과는 달리 그들 두 사람은
여직 살아 있지만, 그럼에도 당초의 의도보다
외려 잘된 일인지도 모른다는 절대적 확신이
들었던 것이다.)

요컨대 '방금 자신의 철퇴로 희고 정채로운 그
의혹의 빛 덩어리를 서슴없이 격타해 주저 없이
분쇄함으로써…

이미 이 둘의 영혼 속에서도 단군에 대한 모든
기억과 정신과 혼과 본질적 속성들이 모조리
산멸된 상태'였기 때문이었다.

일테면 마테오 주교 그 자신의 시각으로 볼 때
그들 두 사람은 이제 단군의 자손도 한민족의
후예도 배달족의 현재도 아닌, 오직 만군의 주
여호와 하느님의 어린 양들로… '새롭게 거듭난
상태'였던 것이다.

이윽고 마테오 주교는 생각을 멈추고 자신의
목에 걸린 은십자를 벗은 다음 그들 두 남녀에게
곧장 그것을 건넸다.

그러면서 말했다.
"자, 이 십자가를 받거라.
이 십자가는 이제 너희들의 것이다."

그러면서 또 말했다.
"자, 받거라. 그리고 듣거라."

이제 너희가 '신지무의/십분준신'하고
(철저히 믿어 의심치 않고),
'거악생신'하듯(군은살을 없애고 새살이 돋듯),
'착산통도'하듯(산을 뚫고 길을 내듯),
'산명곡응'하듯(산이 울리고 골짝이 메아리치듯),
'격고명금'하듯(북을 치고 징을 울리듯),
'풍기수용'하듯(큰바람 일고 강물이 용솟음치듯),
이 십자가와 함께 '신심직행'하여(믿음대로 곧장
행동에 돌입하여) '새로운 나라, 새로운 희망,
새로운 시대'를 열어가거라."

그러고서 또 말을 이었다.

"이제 그 오래된 신화나 전설, 현실과 유리된
터무니없는 미신이나 속신, 무복과 점복, 시대를
거역하는 엉터리없는 그 악속과 무속 따위는
모두 잊거라.

그것은 죽었다. 지금껏 너희들의 마음속에
출몰하던 그런 미개한 토템과 천박한 구습,
이제껏 너희들의 정신과 영혼 속에 횡행하던
그런 더러운 습벽과 성습된 악폐, 한낱 우몽한
무당놀음이요 못된 도깨비장난 같은 샤먼의
망령 따위는 완전히 소멸되었다.

오늘 이렇게 우리 주 하느님과 지고한 십자가의
이름으로 준엄한 심판을 받아 철저히 파괴되고
부서지고 소거되어 그것은 종내 영원한 무로,
저 까마아득한 회색빛 하늘 너머로,
다시는 기억하지 못할 무한의 망각 속으로 영영
되돌아가 버렸다.

이제 너희는 그 모든 과거와 전생과 악업을

잊고, 이제 다시는 추악한 기억과 고통의 숨결을
되새기지 말고… 이토록 아름다운 십자가 아래
참다운 진리와 신앙, 순미하고 거룩한 이성의
빛을 통해 찬란한 미래를 개척하거라.”

이제 막 현규는…
그 은십자를 건네받아 손에 쥐었다. 그리고 다시
손바닥을 펴 잠시 눈에 비친 그것을 응시하더니
이어 의미심장한 눈길로 선아를 돌아보았다.
마테오 주교는 절로 흐뭇한 충일감에 겨워
발그레 미소가 번졌다.

이내 현규가 선아에게로 몸을 돌렸다.
이어 선아가 현규를 마주보고는 다소곳이
머리를 수그린 채 그 은십자 목걸이를 넘겨받을
준비를 했다.

곧 현규는 손에 든 그 은십자 목걸이를 선아의
목으로 가져갔다. 그리고 막 현규의 손을 떠나
그 은십자 목걸이가 선아의 목에 걸어지는 찰나!
그녀는 불현듯 ‘전날의 기억’이 되살아났다.

그랬다. 바로 그 기억!

그것은 다름 아닌 이마 가장자리에 상처를 입고
쓸쓸히 피 흘리는 단군상 앞에서 불쌍한 마음에
절로 입가를 실룩이며 눈물짓던……

오래전 그 '어린 날의 기억'이었다.

75곡

– 현규와 선아는 은십자를 거부하고
– 마테오 주교는 깊은 실망에 잠긴다

현규는 방금 선아의 목에 은십자를 걸어주려다
그녀의 눈가에 흐르는 굵은 눈물방울을 보고는
순간 움찔하며 몸동작을 무춤거렸다. 이어 그는
선아의 목에 걸어주려던 그 은십자를 되거두어
돌연 그것을 그녀의 손바닥에 건네주었다.

선아는 곧 그것을 건네받아 그대로 미련 없이
주교의 앞가슴을 향해 그 은십자 목걸이를 툭
던져버렸다. 이어 그 은십자 목걸이가 주교의
앞가슴을 부딪고 제풀에 톡 바닥으로 떨어져
내리는 찰나 둘은 힘 있게 꼭 서로를 끌어안은
채로 번쩍 몸을 솟구어 순식간에 저쪽 해모수
빌딩 앞으로 날아갔다.

다음 순간, 둘은 거기 텅 빈 그 화강석 받침대
위로(바로 그 나지막한 보호 난간 안으로)
눈 깜짝할 새 떡하니 새로 올라앉았다.

(그때였다.)

별안간 사방에서 회오리가 일듯
아까 흩어졌던 희디흰 그 빛의 파편들이
불시에 되살아나 그대로 일시에 머리를 돌려
거기 그 받침대 위에 올라앉은 그들 두 사람을
향해 일제히 몰려들었다.

그리하여 둘은 금세 시야에서 흐려지면서…
방금 되살아온 그 빛의 회오리에 의해 홀연
둘러싸였고… 잠시 후 그 빛의 회오리가 저절로
감쪽같이 자취를 감췄을 때… 그들 두 사람은
이제 희고 단아한 전통 한복 차림의
젊고 아름다운 순백의 한 쌍으로 변모해 있었다.

곧이어 그들 둘은 다시금 변신을 시작하는가
싶더니… 이윽고 그 형체는 어느덧 또 하나의
영락없는 전의 그 청동 단군상의 형상으로
'새롭게 탈바꿈'했다.

동시에 그 받침대 정면에는 어느새
'국조 단군상'이란 다섯 글자가 홀연 되살아나

신묘한 황금빛 광채로 번득거렸다.

그사이 주교는 다시 거인으로 변신해 아까 그
철퇴를 손에 들고 새로운 그 단군상 앞으로
저벅저벅 다가왔다. 주교는 잠시 두 입술을 맞다문
채 눈앞의 그 단군상을 굽어보며 침묵에 잠겼다.

바로 그 순간, '그토록 검질긴 단군의 숨결과
정신의 혈맥, 바로 그 그악하기 그지없는 왕검의
국맥(민족혼)과 기백(투혼), 바로 그 한도 끝도
없이 되살아나는 혼연일체의 그 빛과 숨과
무량억겁 불사불멸의 생명력'을 의식하자……

주교는 그만 어떤 불순한 이물질이 왈칵 영혼의
심부를 침습하는 듯 일순 뜨악한 이질감과 동시에
으르르 몸소름이 나면서…

당장 월컥하고 날구역이 치밀 지경으로
지긋지긋한 혐오감이 솟구쳤다. 그리하여 그는
대번 잔지러질 듯이 몸을 떨면서 사뭇 통탄스러운
어조로 잇달아 그 단군상을 향해 마구 혐구를
토해내는 것이었다.

순간적으로 격노한 탓이었는지 그의 입에서는
결김에 모어인 독일어가 튀어나왔다.

"이토록 미련할 수가!
이리도 미개한 종족이라니!
잡되도다! 속되도다! 우루하도다!
절개도 믿음도 지조도 없이!
만군의 여호와께 불충하는!
참으로 망령된 족속이 아닌가!
아! 아직도 귀신에 홀려 작두춤을 추는구나!
여전히 미신에 빠져 신장대를 흔드는구나!"

그리하여 그는 잠시나마 그들 두 연인에게
희망을 둔 자신의 착오를 질책하면서…
절로 허망감에 겨워 자조적인 어조로 이렇게
중얼거렸다.

"수루도 오페데레 에트 모르툼 플라겔라스.
surdo oppedere et mortuum flagellas.
'쇠귀에 경 읽기'요
'죽은 자식 불알 만지기'였어."

이윽고 그는 다시 천천히 철퇴를 회전하면서
눈앞의 그 단군상을 향해 최후의 일격을 가할
준비를 했다.

그사이…
하늘에선 펑펑 함박눈이 날리기 시작했다.

그 광경은 어쩜 천상의 화원에서 흩뿌리는…
꿈꾸는 낙화들의 향연인 양 사락사락 난분분
그 어둠을 벗기며 송이송이 향기롭게…
포근포근 감미롭게 지상으로 떨어져 내렸다.

마침내 그는 다시 눈앞의 그 단군상을 향해
주저 없이 힘차게 철퇴를 휘둘렀다.
이어 '따악!' 하는 충격음과 함께 주교의 철퇴가
순간 단군상의 앞머리를 강타했다.

그 한 번의 타격으로 대번 단군상의 앞이마가
옴싹 벗겨지면서 그 자리에 움푹 흠집이 패었다.

이어 그 상처가 채 다 드러나기도 전에 또다시
단군상의 앞머리를 향해 주교의 두 번째 철퇴가

날아들었다.

바로 그때 '차르르!' 하는 익숙한 소리와 함께
홀연 성냥불 하나가 타올랐다. 그 성냥불은
그렇게 오 형사의 손에 들려 있었다.

그날 밤 오 형사는 경찰서 사무실에 혼자 남아
고민하다가 결국 느지막이 경찰차를 몰아
바로 그 장소, 명동 삼일대로 쪽으로 향했다.

평소 그리로 가는 길을 모르는 바는 아니었지만
그럼에도 그는 습관적으로 내비를 치고 달렸다.
한데 얼마 후 거기 목적지에 도착해 보니 그곳은
다름 아닌 이곳 해모수 빌딩 앞 도로였던 것이다.

이상한 일이었다. '내가 잘못 온 걸까?'
아니었다. 내비 화면은 분명 이화호텔 근처
삼일대로를 가리키고 있었다. 그가 막 이곳에
다다랐을 때는… 마침 마테오 주교가 그 젊은
남녀에게 은십자 목걸이를 건네려던 순간이었다.

오 형사는 잠시 차 안에서 그들을 지켜보다가

슬그머니 차문을 열고 운전석을 나왔다.
그리고 가만가만 주변을 서성이면서 잇달아
흘금흘금 그쪽을 곁눈질했다.

그러다 풀쑥 담배 생각이 났다. 곧 그는 잠바
주머니에 손을 넣어 담뱃갑을 꺼냈다.

헌데 아뿔싸! 깜박 잊고 그만 라이터를 사무실
책상에 올려두고 나왔다. 그래 하는 수 없이
담뱃갑을 도로 주머니에 넣으려는 참인데…
문득 그 자리에 떨어져 있는 작은 성냥갑 하나가
눈에 들어왔다.

순간적으로 그의 눈이 번쩍 뜨였다.

그렇듯 상황이 상황인지라…
반가운 마음에 후딱 몸을 굽혀 바닥에서 그는
그 성냥갑을 집어 들었다.

순간 손에 들린 그 작은 성냥갑을 바라보자
그는 괜스레 기분이 좋아지면서… 저도 모르게
씰긋 입꼬리가 올라갔다.

곧이어 그는 다시 잠바 주머니에 손을 넣어
담뱃갑을 꺼냈다.

이어 그는 담뱃갑에서 담배 한 개비를 뽑아
대뜸 입에 물었다. 이어 그는 담뱃갑을 도로
주머니에 찔러 넣고…

그 작은 성냥갑 안에서 마른 성냥개비 한 개를
꺼내 곧 드르륵하고 성냥갑의 옆구리를 그어
'성냥불'을 켰다.

76곡

– 그리하여 마테오 주교의 철퇴가
– 단군상의 안면을 내리치는 찰나!

이제 막 마테오 주교가 휘두른 두 번째 철퇴가
단군상의 안면을 때리려는 찰나… 차르르! 하고
성냥불이 켜졌고 동시에 그 자리는 '오래전 그
어느 시점'으로 홀연 되돌아가 버렸다.

여기는 대한민국 수도 서울. 모년, 모월, 모일.
어느 부도심, 2호선 지하철역 인근. 때는 오후,
아마도 2시 반에서 3시 10분 언저리. 이상스레
살풍경한 기운이 감도는 우중충한 날씨였다.

대략 12층 안팎으로 보이는 어느 낡은 빌딩의
정문 앞이었다. 그 형태는 뭐랄까. 그러니까
좀 기다란 장방형으로… 쉽게 말해 크고 튼튼한
성냥갑 모양의 콘크리트 건물 한 개를 그 자리에
수직으로 박아 세운 다음 그대로 견고하게
밑바닥에 고정시켜 놓은 듯한 모양새였다.

또한 그 빌딩 정면은 그대로 그 면 전체가 다
창이 없는 온벽 형태였는데,

거기에는 바로 '건곤감리(하늘 땅 물 불),
청홍백(음양 태극 백의민족), 즉 세로로 된 웅장한
태극기 문양'이 그려져 있었다.

아울러 그 빌딩 정문 앞쪽에는
단단한 화강석 받침대 위에 육중하게 올라앉은
'청동 단군상'이 세워져 있었다……

그 받침대 정면에는 본디 '국조 단군상'이란
글자가 음각돼 있었는데, 지금은 거의 알아보기
힘들 만큼 마멸된 상태였다.

대략 초등학교 3학년쯤 됨직한 여자아이 하나가
등에 책가방을 멘 채 지금 막 그 빌딩 정문 앞을
스치는 중이었다.

그 책가방의 지퍼 손잡이(고리)에는
'앙증한 곰 인형' 하나가 덜렁 매달려 있었다.

그때 갑자기 한 젊은이의 형상이 그 자리에
나타났다. 그의 손에는 큼지막한 돌멩이 하나가
들려 있었다.

그는 잠시 눈앞에 선 단군상을 응시한 채 생각에
잠겼다. 그러다 느닷없이 손에 든 그 돌멩이를
치켜들고 눈앞의 그 단군상을 노려보며 냅다
돌팔매를 날릴 자세를 취했다.

그는 맘속으로 대뜸 단군상의 안면(정확히는
양미간)을 겨눴다.

돌멩이를 움켜쥔 그의 오른팔이 미세하게 떨렸다.
이윽고 그가 순간 몸을 한번 뒤로 젖혔다가 그
반동으로 막 단군상의 얼굴을 향해 돌멩이를
날리려는 찰나, 그 소녀가 얼른 손을 뻗어 그의
허구리께를 홱 잡아챘다.

그 바람에 그는 움찔하며 동작을 멈추더니…
이어 무섭도록 창백해진 얼굴로 흘금 한번 소녀
쪽을 바라보고는… 이내 다시금 그 단군상 쪽으로
시선을 돌렸다.

그러고는 돌멩이를 움켜쥔 오른팔이 무색하게
그 상태로 엉거주춤 서서 몇 초 동안 굳은 듯이
꼼짝도 하지 않았다.

그러다 순간 무슨 생각을 했는지, 그는 언뜻
감정의 동요가 이는 듯한 기색을 보이면서
잇달아 이쪽저쪽……

소녀와 단군상을 번갈아 바라보는 것이었다.
소녀의 눈망울엔 그새 그렁그렁 눈물이 고였다.

그렇게 잠시 더 어정쩡한 표정을 짓고 섰다가
이윽고 순식간에 얼굴빛이 돌변하면서 그 소녀를
빤히 내려다보며 마치 '저도 저를 어찌하지
못한다'는 듯 그는 단호히 고개를 가로저었다.

그렇듯 정색한 표정과 동시에 불현듯 본연의
자세로 되돌아온 그는 그 즉시 처음의 그
목표물을 향해 손에 든 그 돌멩이를 있는 힘껏
팔매질했다.

곧이어 자지러질 듯한 비명 소리가 허공을

갈랐고… 그 돌멩이는 빠르게 단군상을 향해
날아들었다.

그리 겁에 질린 새끼 괭이처럼 비명을 토하면서
소녀는 질끈 눈을 감고 양손으로 꽉 두 귀를
감싸 쥔 채 그 자리에 폭삭 주저앉고 말았다.

그리하여 방금 그 돌멩이가 막 단군상의 얼굴에
부딪히는 찰나 그것은 그대로 작은 은십자의
형상으로 돌변했고……

그 십자가는 그렇게 단군상의 이마 가장자리를
때리면서 그 자리에 꽉 들이꽂히고 말았다.

77곡

– 울먹이는 소녀와 다섯 개의 조약돌

그 젊은이는 그사이 저쪽 어딘가로 홀연 모습을
감췄다. 곧이어 그 은십자가 꽂힌 단군상의
이마에서 주르르 핏물이 흘러내리기 시작했다.

그 핏물이 곧장 단군상의 몸을 타고 내려와 이내
검붉게 받침대를 물들이면서 바닥으로 질척질척
흥건히 흘러내렸다.

잠시 후 소녀는 등에 멘 책가방을 열고 그 안에서
귀여운 인형 캐릭터가 그려진 일회용 밴드 하나를
꺼냈다. 그때 가방 안에서 낯선 물체가 어뜩 눈에
비쳤다. 곧 소녀는 가방 안으로 다시 손을 가져가
그 낯선 물체를 조심스레 손에 쥐었다.

그리하여 방금 소녀가 꺼내든 그 물체는 바로
새알심만 한 크기의 작고 동글동글한 회백색
'조약돌 다섯 개'였다.

거기 손바닥에 들린 그 조약돌 다섯 개를
바라보며 소녀는 잠시 생각에 잠겼다.
그런 다음 책가방을 그대로 바닥에 둔 채 그
조약돌 다섯 개를 손에 꼭 쥐고 소녀는 조용히
몸을 일으켰다.

소녀는 그 자리에 서서 살포시 고개를 들고
다시금 투명한 눈망울로 눈앞의 그 단군상을
올려다보았다.

소녀의 가녀린 몸이 한순간 가늘게 떨렸다.
그 순간 소녀는 무슨 생각을 떠올렸을까.

바로 그 순간…

소녀는 어쩜 '생의 기쁨을 채 알기도 전에 자기
자신도 모르는 아스라한 별빛 슬픔을 알아버린
작고 가여운 순백의 영혼, 여리디여린 동심의 창,
슬프디슬픈 순수의 눈동자'였다.

소녀는 이윽고 훌쩍훌쩍 울먹이면서 한 발 한 발
발걸음을 떼어… 거기 피 흘리는 그 단군상을

향해 가만가만 다가갔다.

한 손에는 그 작은 다섯 개의 조약돌이, 다른
한 손에는 그 작은 일회용 밴드가 들린 채였다.

혼자였다. 아니, 아니었다.
그렇지 않았다. 혼자가 아니었다.
바로 그 작은 조약돌 다섯 개와 함께였다.

그랬다. 그 순간 그 앞으로 스쳐가는 행인들
그 누구도 그런 소녀의 행동을 주목하지 않았다.

그들은 숫제 아무것도 보이지 않는다는 듯, 거기
'울먹이는 소녀와 피 흘리는 단군상'을 외면한 채
그저 드바쁜 발걸음으로 바람처럼 휙휙 그 앞을
스쳐갈 뿐이었다.

슬픈 단군의 신화

종곡

별지: 새벽 강가에서

"단군 시조님, 이제 가시면…
언제 또 오시나이까?" 하고 내가 물었다.

저만치서 피어나는 물안개를 바라보며
나는 홀로 새벽 강가에 서 있었다.

한동안 아무 답이 없었다. 이따금 그쪽에서
단잠 자는 젖먹이의 숨소리인 양 색색
'새벽 강의 숨결음'이 들려왔다.

그러다 문득… 잔잔한 그 숨결 너머로 꿈결인 듯
감미로운 '새벽 강의 속삭임'이 들려왔다.

"떠난 적이 없었다. 네가 날 잊은 것일 뿐.
나는 늘 네 곁에 있다."

그랬다. 떠난 적이 없었다.
내가 그를 잊은 것일 뿐. 내가 그를 떠난 것일
뿐. 내가 그를 등진 것일 뿐. 그랬다. 떠난 적이

없었다. 그는 늘 나의 곁에 있었다.

온유한 그 얼굴. 자애로운 그 미소. 그윽한
그 눈길. 도타운 그 사랑. 향기로운 그 음성.

저기 저 멀리 아이처럼 눈을 뜨는 새벽빛처럼.
저기 저 멀리 별빛처럼 숨을 쉬는 눈망울처럼.

그는 늘 그 이름을 지키며 그 자리에 오롯이
남아 있었다.

그럼에도 그는 다시 나를 떠났다. 그는 이제
내 곁에 없다. 그는 이제 대답이 없다.

그는 떠났다, 황금빛 추억을 주고
그는 떠났다, 이슬빛 숨결을 주고
그는 떠났다, 새벽빛 향기를 주고

그는 떠났다, 그는 떠났다,
하늘빛 그리움을 남기고……

(단기 4357년 모월)

슬픈 단군의 신화

2024년 11월 01일 초판 1쇄 인쇄
2024년 11월 26일 초판 1쇄 발행

지은이 : 이천도
펴낸이 : 이미례
펴낸곳 : 미래성
주소 : 서울시 동작구 상도로 82, 609호
모바일 : 010-8927-8783
팩스 : 02-6305-7076
가격 : 30,000원
메일 : duutaa@naver.com, miraesung7@hanmail.net
ISBN 979-11-958899-8-3

이 도서의 국립중앙도서관 출판예정도서목록(CIP)은
서지정보유통지원시스템 홈페이지(http://seoji.nl.go.kr)와
국가자료공동목록시스템(http://www.nl.go.kr/kolisnet)에서 이용하실 수 있습니다.
(CIP제어번호: CIP2018011458)